BIRGIT EBBERT

Tod im Tee

TOD STATT THEATER In einem kleinen Hagener Theater wird mit Amateurschauspielern das Stück »Die mörderische Teerunde« nach einer Geschichte von Agatha Christie inszeniert. Die Premiere können sich Krimibuchhändlerin Anja Henke und Kommissar Gerd Neubert nicht entgehen lassen, und so sitzen sie im Zuschauerraum, als in den ersten Minuten die Hauptdarstellerin zusammenbricht, nachdem sie aus ihrer Teetasse getrunken hat. Ein anwesender Arzt kann nur noch den Tod feststellen, und Gerd Neubert nimmt offiziell die Ermittlungen auf. Aber auch Anja Henke lässt die Frage keine Ruhe, wie und warum die Frau gestorben ist. Sie untersucht auf eigene Faust die Hintergründe und entdeckt bald, dass so mancher einen Grund hatte, der Laienschauspielerin den Tod zu wünschen. Da stirbt ein junger Mann, der ebenfalls Kontakt zum Theater hatte, und es eröffnen sich weitere Motive. Wie gut, dass Anja Henke ein großes Netzwerk hat und Informationen erhält, die dem Kommissar verborgen bleiben. Das bringt die Hobbydetektivin jedoch auch in Gefahr.

Birgit Ebbert, geboren 1962 in Borken/Westfalen, studierte in Bonn und Münster Erziehungswissenschaften, Psychologie und Soziologie. Nach Stationen in Stuttgart und Bochum und langjähriger Tätigkeit im Bildungsbereich lebt sie heute als freie Autorin in Hagen. Sie kann auf eine Vielzahl an Veröffentlichungen im Bereich Jugendbuch, Ratgeber und Lernhilfen zurückblicken. »Tod im Tee« ist ihr zweiter Roman mit der Krimibuchhändlerin Anja Henke als Ermittlerin.

Bisherige Veröffentlichungen im Gmeiner-Verlag:
Hagen – Porträt einer Stadt (2016)
Schneewalzer (2015)
Wer mordet schon im Ruhrgebiet? (2015)
Falsches Zeugnis (2015)
Brandbücher (2013)

BIRGIT EBBERT

Tod im Tee

Kriminalroman

GMEINER SPANNUNG

Besuchen Sie uns im Internet:
www.gmeiner-verlag.de

Im Ehnried 5, 88605 Meßkirch
Telefon 07575/2095-0
info@gmeiner-verlag.de

1. Auflage 2016

Lektorat: Dominika Sobecki
Herstellung: Mirjam Hecht
Umschlaggestaltung: U.O.R.G. Lutz Eberle, Stuttgart
unter Verwendung eines Fotos von: © VICUSCHKA/photocase.de,
© Jan Matoska/Fotolia.com
Druck: CPI books GmbH, Leck
Printed in Germany
ISBN 978-3-8392-1946-1

Personen und Handlung sind frei erfunden.
Ähnlichkeiten mit lebenden oder toten Personen
sind rein zufällig und nicht beabsichtigt.

KAPITEL 1

Ein kleiner Tee aus Adonisröschen gegen Herzbeschwerden, ein großer gegen Herzensbrecher.

»Komm, Anja, sonst kannst du doch auch nicht genug bekommen von Mord und Totschlag!« Oliver Henke sah seine Frau mit einem flehentlichen Blick an. »Ich habe keine Lust, allein zu dieser Premiere zu gehen.«

Anja Henke seufzte. Sie hatte sich so auf einen Samstagabend vor dem Fernseher gefreut. Ihre siebenjährige Tochter Ida übernachtete bei einer Freundin, ihr großer Sohn Tobias war in seiner Bochumer Studentenbude und im Fernsehen gab es eine Inspector-Barnaby-Nacht. Dass an dem Abend die Laienspielgruppe, in der Olivers Mitarbeiter Lars Wollenweber mitspielte, ihre Premiere im Theater an der Volme gab, hatte sie völlig vergessen. Dabei hing das Plakat, das »Die mörderische Teerunde« von Agatha Christie ankündigte, seit Wochen im Fenster ihrer Krimibuchhandlung »Mord & Ortschlag«.

»Gerd Neubert kommt übrigens auch!«

Anja lachte, weil Oliver das in einem Tonfall sagte, als wäre dies das stichhaltigste Argument dafür, dass sie mitgehen musste. Sie kannte Kriminalkommissar Gerd Neubert von einigen Fällen, bei deren

Auflösung sie ihm mit wertvollen Tipps geholfen hatte. Gerd würde das natürlich weit von sich weisen, aber insgeheim wusste er doch, was er an ihr hatte. Dank ihrer Buchhandlung war sie mitten im Hagener Geschehen und bekam mehr mit als er in seinem Büro auf der Hoheleye. Inzwischen hatte sich fast so etwas wie eine Freundschaft zwischen ihnen entwickelt, die allerdings noch nicht so weit ging, dass er etwas über seine Vergangenheit preisgab. Auch seine Lebensgefährtin Rosina hatte nur angedeutet, dass es da etwas gab, über das er nicht sprechen wollte.

»Na, wenn Gerd Neubert da hingeht, dann muss ich wohl auch, was?« Anja zwinkerte ihrem Mann zu. »Lass mich nur schnell den Festplattenrecorder programmieren, vielleicht kann ich mir beim Frühstück wenigstens die erste Barnaby-Folge ansehen.«

Oliver beeilte sich ihr zuvorzukommen. »Mach du dich ruhig fertig, ich kümmere mich darum«, sagte er und erntete ein lautes Lachen, das durch den Flur, der zum Schlafzimmer führte, herüberklang. »Du meinst wohl, ein Jogginganzug wäre nicht die passende Kleidung für die Premiere, was?«

Wenig später stand Anja in einem schwarzen Overall, der durch einen roten Seidenschal farblich aufgepeppt wurde, vor ihm.

Oliver sah leicht zu ihr hinauf. »Musstest du denn diese Totschläger anziehen?«, murrte er und zeigte auf die hohen Absätze ihrer Pumps, mit denen Anja ihren Mann um einige Zentimeter überragte. »Die mag ich überhaupt nicht.«

»Ich weiß!« Ein spitzbübisches Lächeln zog über Anjas Gesicht. »Strafe muss sein.«

Ihr Mann schüttelte nur den Kopf und zog sein Jackett über. »Von mir aus können wir. Ich hoffe nur, dass du mit den Absätzen nicht im Kopfsteinpflaster auf dem Elbersgelände hängenbleibst!«

Lachend gingen die beiden zum Auto und machten sich auf den Weg zu dem kleinen privaten Theater auf dem Areal einer längst geschlossenen Textilfabrik, auf dem sich heute Büros, Werkstätten, Restaurants und Kultureinrichtungen befanden.

»Gut, dass du so hartnäckig warst«, meinte Anja unterwegs. Eigentlich war sie gespannt, was die Theatergruppe auf die Beine gestellt hatte. Erst vor einem halben Jahr hatte sie das Plakat ins Fenster gehängt, mit dem das Theater an der Volme für dieses Projekt Laienschauspieler suchte. Anlässlich des 40. Todestages der Queen of Crime, Agatha Christie, sollte ein Stück inszeniert werden, an dem neben Hagener Amateurdarstellern auch Schauspieler aus Torquay, der englischen Partnerstadt, teilnahmen. Torquay war die Heimatstadt von Agatha Christie, ihren 125. Geburtstag hatte das englische Seebad mit einem neuntägigen Festival begangen, zum 40. Todestag gab es Austauschreisen mit verschiedenen Städten, unter anderem Hagen. Auch die Laienspielgruppe rund um »Die mörderische Teerunde« sollte nach

Torquay reisen, um das Stück dort zu zeigen, was bei einigen Hagenerinnen im Vorfeld zu einiger Verwirrung geführt hatte.

Anja erinnerte sich gut daran, dass zwei Kundinnen, die sich beide für das Projekt beworben hatten, darüber stritten, welche Englischkenntnisse die Darsteller mitbringen sollten. Die eine meinte, gute Englischkenntnisse seien unverzichtbar, die andere war gegenteiliger Meinung. Ob die beiden in dem Stück mitspielten? Sie hatte das nicht verfolgt.

»Weißt du, wer außer Lars Wollenweber an dem Projekt teilnimmt?«, erkundigte Anja sich bei Oliver in dem Augenblick, als dieser eine Parkkarte zog.

»Ich!«, scholl eine weibliche Stimme durch das offene Fahrerfenster hinein. Eine stämmige Frau mit kurzen weißen Haaren blieb an der anderen Seite der Parkscheinsäule stehen. »Das finde ich ja schön, dass Sie auch kommen, Herr Henke«, sagte sie zu Oliver.

Anja drehte sich weg, damit die Frau ihren Gesichtsausdruck nicht sah. Das hätte sie sich denken können, dass Margret von Klaten mit von der Partie war. Es gab kaum ein kulturelles Angebot in Hagen, an dem sie nicht beteiligt war und sei es als Fotografin, Platzanweiserin oder selbst ernannte Pressesprecherin, die sich gerne in der Nähe des Mikrofons von Radio Hagen oder der Kamera von TV58 aufhielt.

»Vielleicht war die Idee doch nicht so gut«, meinte Oliver, nachdem er Frau von Klaten erklärt hatte, dass die Autohupen hinter ihnen ihm galten und er den

Weg frei machen musste. Bis dahin hatte die Weißhaarige ihm erklärt, dass seine Stiftung dieses Theaterprojekt unbedingt unterstützen müsste, damit es außerhalb der Stadtgrenzen groß herauskam.

»Diese Frau schreckt echt vor nichts zurück.« Oliver schüttelte noch den Kopf, als er den Motor ausstellte. »Wie kann man so sein. Soll sie doch in die Stiftung kommen und einen Antrag stellen, aber mich nicht bei der Einfahrt ins Parkhaus zuquatschen!«

Anja begnügte sich damit, verständig zu nicken und ihm über die Wange zu streichen. Es gab solche Menschen. Sie hatte sich darauf einstellen müssen, als sie vor neun Jahren mit Tobias nach Hagen zog. Gleich bei ihrem ersten Besuch einer Ausstellung an Olivers Seite hatte sie erlebt, wie manche Hagener ihn umschmeichelten, weil er als Geschäftsführer einer Kulturstiftung über Fördermittel verfügen konnte, mit denen sich stattliche Projekte realisieren ließen.

Oliver grummelte weiter, als sie die Treppe vom Parkhaus hinuntergingen. »Am besten gehe ich auch nur noch mit einer Maske aus dem Haus!« Dabei spielte er auf einen Freund seines Stiefsohns Tobias an, der die Professoren an der Ruhr-Uni mit seinen wechselnden Kostümierungen verwirrte und stets eine Maske trug.

»Für den nächsten Bühnenball im Theater Hagen basteln wir dir eine schöne Maske«, versprach Anja und schaute konzentriert auf den Boden, um mit ihren hohen Absätzen nicht zwischen zwei der alten Pflastersteine zu rutschen.

»Ich sehe, Anja hat sich auch mit Totschlägern bewaffnet«, ertönte eine tiefe Männerstimme neben ihr.

Als Anja aufsah, bemerkte sie Gerd Neubert und neben ihm Rosina Schönberg, deren Pumps im Gegensatz zu ihren eigenen schwarzen Schuhen knallbunt waren, aber mindestens ebenso hoch. Die Absätze waren wie Korkenzieher gedreht und wirkten dadurch besonders martialisch. Wo Rosina nur immer diese verrückten Schuhe fand? Vielleicht gab es dort auch welche mit Messerabsatz, die würden gut ins »Mord & Ortschlag« passen. Sie nahm sich vor, Gerds Lebensgefährtin danach zu fragen, jetzt musste das warten, weil Rosina die Treppe hinaufeilte. Oliver scheuchte auch sie die Stufen zum Theater hinauf, das sich im ehemaligen Pumpenhaus der Textilfabrik befand, auch wenn auf dem Schild neben dem Eingang »Kapelle« stand. Niemand konnte sich vorstellen, dass vor über 100 Jahren ein Unternehmer ein solch hübsches Gebäude um Wasserpumpen herum gebaut hatte.

»Darf ich Ihnen einen Tee anbieten?« Eine junge Frau in einem karierten Wollkostüm, das sehr englisch wirkte, unterbrach Anjas Gedanken über das Theater. Sie lachte und wählte unter den farbigen Teetassen die rote aus. Gerade wollte sie die Tasse an den Mund führen, da hörte sie, wie hinter ihr Gerd Neubert sagte: »Danke nein, ich schaue mir die mörderische Teerunde lieber nur an und muss nicht darin mitspielen. Wer weiß denn, was die in den Tee gemischt haben? Erst kürzlich hat mir ein Kollege von einem alten Fall erzählt, bei dem eine Nichte ihre Erbtante mit einem Tee aus Adonisröschen ins Jenseits befördert hat!«

KAPITEL 2

Statt eines Rauschs wartet nach Verzehr von Almrausch mitunter der Tod.

Anja hob lachend ihre Tasse an den Mund und nippte an dem Tee. Als sie noch in Oldenburg gelebt hatte, ehe sie Oliver begegnet war, hatte sie manchmal in einem Teeladen ausgeholfen und an Teeverkostungen teilgenommen. Durch Oliver und die luxuriöse Kaffeemaschine, die er ihr zur Eröffnung ihrer kleinen Buchhandlung geschenkt hatte, war sie auf den Kaffeegeschmack gekommen. Dennoch erkannte sie gleich, dass der Tee wohltemperiert war, ohne Milch, eher ungewöhnlich für englischen Tee, aber dieser schmeckte auch nicht wie Earl Grey, sondern fast ein bisschen süß. Mit einem leicht bitteren Nachgeschmack. Gerd würde doch nicht recht haben mit seiner Unkerei? Sie stellte die Tasse auf das Tablett, das ein junger Mann mit einem Zopf hielt, der in einem blauen Overall steckte, der so gar nicht zu einer Premiere passte.

»Schmeckt Ihnen der Tee nicht?«, erkundigte sich der Mann, als er Anjas halbvolle Tasse sah.

Was sollte sie darauf antworten? Ich habe Angst, dass Gift darin ist? Das kam ihr albern vor. Wieso ließ sie sich auch von Gerd so verrückt machen. »Doch! Er ist ausgezeichnet«, sagte sie hastig. »Ich möchte mir allerdings vor Beginn der Vorstellung die Bilder von Rosina Schönberg ansehen und die Tasse nicht mit in den Zuschauerraum nehmen.«

Die leicht gerunzelte Stirn des Mannes verriet, dass er das für eine Ausrede hielt.

Anja folgte Oliver durch den dicken schwarzen Samtvorhang, der den Kassenvorraum vom Zuschauerraum trennte. Auf der Bühne standen drei kleine Bistrotische, auf denen Harlekine in verschiedenen Farben saßen. Links neben dem Fenster zur Regie, das sie von einer Führung durch das Theater kannte, stand ein Regal mit farbigen Teetassen. Genau solchen Tassen wie die, in denen ihnen beim Eintritt der Tee serviert worden war. An der Wand hinter den Tischen hingen ein Spiegel mit einem breiten goldenen Rahmen und das Bild eines Harlekins. Ein solches Bild hatte Anja lange nicht gesehen, es erinnerte sie an ihre Jugend, als Pierrot- und Harlekin-Puppen in waren und in vielen Mädchenzimmern Kunstdrucke von Clowns jeglicher Couleur hingen. Aber Agatha Christie war vor 40 Jahren gestorben, die Harlekin-Mode hatte sie sicher nicht erlebt. Aus welchem Jahr stammte eigentlich die Vorlage für das Theaterstück? Das sollte sie als Krimibuchhändlerin eigentlich wissen. Vermutlich hätte ihre Mitarbeiterin Britta Jansen die Jahreszahlen sofort parat. Sie selbst wusste nicht einmal, worum es in der Kurzgeschichte »Die mörderische Teerunde« ging. Rasch fischte sie unter dem strafenden Blick ihres Mannes einen Programmzettel von einem Stuhl, der ganz außen in der Reihe stand.

Sie wollte gerade die Inhaltsangabe des Stückes lesen, da forderte ein Gong die Zuschauer bereits auf, ihre Plätze einzunehmen.

»Sind wir so spät?« Anja blickte zu Oliver hinüber.

Ihr Mann zog die Schultern hoch. »Ich war schnell fertig.«

Gerd Neubert, der direkt hinter Oliver stehen blieb, grinste. »Ich auch!«

Ehe Anja etwas antworten konnte, ließ Rosina ein trockenes »Das sieht man!« verlauten.

Unter leisem Lachen suchten sie ihre Plätze auf. Anja war froh, dass sie am Rand saß. Von dort aus konnte sie während der Vorstellung aufstehen und fotografieren. Oliver hatte sie zum Glück daran erinnert, ihre Kamera mitzunehmen. Sie hatte mit den Besitzern des Theaters wie auch mit manchen Museen und Veranstaltern ein Abkommen, dass sie Fotos machen durfte. Als nächstes Ausstellungsprojekt schwebte ihr eine Sammlung von Fotos mit möglichen Krimi-Tatorten vor, zu denen sie einen Mini-Krimi-Wettbewerb ausloben wollte. Seit sie bei einer Mord-am-Hellweg-Lesung eine Postkarte mit einem Mini-Krimi mitgenommen hatte, spukte ihr das Projekt im Kopf herum. Das wäre eine schöne Möglichkeit, ihren erlernten Beruf als Fotografin mit ihrer Tätigkeit als Krimibuchhändlerin zu verbinden.

Anja betrachtete das Bild, das neben ihr an der Wand hing. Was Rosina sich wohl gedacht hatte bei dem schwarzen Bild, aus dem eine einzelne Rosenblüte in Rosa hervorstach? »Almrausch«, stand unter dem Werk. Da immer noch nicht alle Plätze besetzt waren, drehte Anja sich zu Rosina, die mit Gerd direkt hinter ihnen saß. »Wieso heißt das Bild ›Almrausch‹?«, fragte sie leise und deutete mit dem Kopf auf die Wand.

Rosina beugte sich zu ihr vor. »›Almrausch‹ ist ein anderer Name für die Alpenrose, eine wunderschöne Blume, die allerdings ebenso giftig wie schön ist. Hinter dem märchenhaften Aussehen kann der Tod lauern.«

»Psst!«, zischte ein älterer Mann, der zwischen Rosina und einem Rollator saß, der in schwarz-rot-gold angemalt war. »Können Sie sich denn nicht in der Pause unterhalten?« Er schaute die beiden Frauen mit einem griesgrämigen Gesicht an.

Anja öffnete den Mund, um etwas zu entgegnen, da ging die Beleuchtung im Zuschauerraum aus und es war für einen kurzen Moment stockfinster. 99 Zuschauer starrten auf die Bühne, als eine Bewegung im Gang Anjas Aufmerksamkeit erregte. Schon wurde der Scheinwerfer auf eine Stelle hinter ihr gerichtet. Dort stand Olivers Mitarbeiter Lars Wollenweber mit einem Schnurrbart, wie Anja ihn nur vom Kaiser-Friedrich-Denkmal an der Hohensyburg kannte, und der unter dem dunkelbraunen Hut ein wenig grell hervorstach. Die Maskenbildnerin hatte es geschafft, den 27-Jährigen in einen alten Mann zu verwandeln. Auf dem Programmzettel sah sie, dass er in seinem hellbraun karierten Tweed-Anzug einen Mr. Sattersway spielte. Der Platzierung in der Darstellerliste nach war das eine der Hauptrollen.

»Dauert das noch lange hier?«, näselte Lars Wollenweber-Sattersway und ging langsam die Stufen zur Bühne hinunter. »Ich werde um 16 Uhr in Doverton Kinsbourne erwartet.«

Aus der Tür neben der Bühne erschien der junge Mann mit dem Zopf, der ihr eben erst die Teetasse abgenommen hatte, in einem blauen Arbeitsanzug. »Zehn Minuten noch. Das haben wir gleich. Ein paar Kleinigkeiten nur, dann läuft das Fahrzeug wieder. Trinken Sie doch solange drüben im ›Café Harlekin‹ einen Tee.«

Bei den letzten Worten wurden die Bistrotische, die Anja beim Betreten des Theaters ins Auge gefallen waren, in Scheinwerferlicht getaucht.

Ehe Anja ihre Kamera aus der Tasche holen und Lars Wollenweber-Sattersway und den Automechaniker fotografieren konnte, ging Lars in seinem karierten Anzug zur Bühne. Im gleichen Augenblick kam von links eine Frau mit schulterlangen grauen Haaren auf die Bühne. Das war doch Clarissa Möllmann, eine der Kundinnen, die über ihre schlechten Englischkenntnisse gejammert und sich trotzdem beworben hatte. Hatte sie also eine Rolle ergattert!

Anja versuchte, auf dem Programmzettel den Namen der anderen Kundin zu finden, mit der Frau Möllmann im »Mord & Ortschlag« über die Rollenbesetzung diskutiert hatte.

Durch das »Guten Tag!« mit dem Lars Wollenweber-Sattersway die beiden Stufen zur Bühne hochging, wurde ihre Suche unterbrochen. Anja schob das Papier zu Oliver hinüber und hob ihre Kamera, um die erste Szene auf der Bühne nicht zu verpassen. Dort ließ sich Lars Wollenweber-Sattersway an einem Tisch nieder und sah die Bedienung, die neben dem Teetassenregal wartete, auffordernd an.

»Guten Tag, was darf ich Ihnen bringen?«, erkundigte sich Clarissa Möllmann in ihrer Rolle als Kellnerin und verschwand gleich wieder, nachdem der Gast einen Tee mit wenig Milch und ohne Zucker geordert hatte.

»Schöne Tassen haben Sie da«, empfing Lars Wollenweber-Sattersway die Bedienung, als sie mit einer bauchigen Teetasse und einem Kännchen Milch zurückkehrte.

Die Frau kam nicht zu einer Antwort, weil ein leises Klingeln ertönte und eine zweite Frau mit kastanienrotem Haar, in dessen silbernen Strähnen sich das Licht der Scheinwerfer spiegelte, die Bühne betrat und so tat, als würde sie eine Ladentür öffnen und schließen.

Anja lachte leise. Da hatten sich ja zwei gesucht und gefunden. Annegret Bäumler, die zweite streitsüchtige Kundin, war also tatsächlich ebenfalls in das Ensemble aufgenommen worden. Vielleicht dank ihrer Englischkenntnisse, die sie zur Erheiterung des Publikums schon im ersten Satz unterbrachte. »Guten Tag, meine Tassen, äh, my cups.« Schon verhedderte sie sich im Text.

Anja war froh, dass sie ihr Gesicht hinter der Kamera verbergen konnte. Es war gemein, dass sie lachen musste. Frau Bäumler war eigentlich eine nette Frau, die mit ihrem Übersetzungsbüro gut im Geschäft war. Aber wie sie sich damals aufgespielt hatte! Und dann dieses krampfhafte Zurschaustellen ihrer Sprachfähigkeiten, die hier in Hagen niemanden interessierten. Selbst die meisten Delegierten aus der englischen Partnerstadt im Publikum beherrschten anscheinend so viel Deutsch, dass sie den bisher schlichten Dialogen des Stückes folgen konnten. Jedenfalls hatten sie soeben an der richtigen Stelle gelacht.

Annegret Bäumler auf der Bühne hatte sich wieder gefangen. Ausführlich erzählte sie – eher dem Publikum als der Bedienungs-Darstellerin –, dass ein paar ihrer Tassen zu Bruch gegangen waren, sie Gäste erwartete und daher Ersatztassen benötigte.

»Wir erwarten einen alten Freund meines Schwiegervaters«, berichtete Annegret Bäumler der Verkäuferin und Bedienung, während diese eine Tasse nach der anderen in Papier drehte. »Er hat den alten Tom lange nicht besucht. Ich kenne Mr. Sattersway überhaupt noch nicht.«

Anja sah, wie Lars Wollenweber-Sattersway an seinem Bistrotisch den Kopf hob und die Frau ansah. »Verzeihen Sie, dass ich mich einmische«, näselte er. »Ich hörte meinen Namen. Gestatten, Sattersway!«

Die Rothaarige stellte die Tasse zurück, die sie zuletzt angesehen hatte. »Das ist ja ein Zufall. Ich bin Beryl Gilliat. Wie kommt es, dass Sie noch hier sind? Wir erwarten Sie jeden Moment. Mein Mann Simon und mein Schwiegervater Tom sind schon ganz ungeduldig. Als warteten sie auf die Queen.«

Anja schmunzelte, als sie das künstlich-alberne Kichern hörte, genauso hatte Annegret Bäumler bei ihr im Laden schon gekichert. Entweder war sie ein schauspielerisches Naturtalent oder sie war von Natur aus so.

Lars Wollenweber-Sattersway schilderte die Autopanne, lehnte jedoch das Angebot zur Mitfahrt ab.

Anja war beeindruckt, wie überzeugend er spielte, dass ihn etwas an Annegret-Beryls Art abstieß. Diese trug die Überheblichkeit ihrer Rolle fast zu stark auf. Allerdings schien von der Anspannung zwischen den Frauen, die Anja von der Bühne bis zu ihrem Platz spürte, außer ihr niemand etwas zu bemerken. Vielleicht spielten die beiden aber auch einfach gut und Anja war nur voreingenommen von dem erbitterten Streit der beiden in ihrer Buchhandlung.

»Dann nehme ich noch eine rote Tasse«, ließ Annegret in ihrer Rolle als Beryl verlauten und hob ihre Nase so hoch wie ein Jagdhund, der eine Fährte witterte.

»Mit ihr möchte ich keine längere Zeit im Auto sitzen«, wisperte Lars Wollenweber-Sattersway dem Publikum zu, während die Frauen ihren Handel abschlossen. »Sie ist doch ganz anders als Simons erste Frau, Lily, von der mein Freund Tom Adison immer nur geschwärmt hatte und die unter seltsamen Umständen in Kenia gestorben ist.«

Anja schaffte es gerade noch, die drei Darsteller aufs Bild zu bannen, da gingen die Scheinwerfer aus und drei Reihen vor ihr wurde geklatscht und »Lars!« skandiert. Anscheinend hatte der Mitarbeiter ihres Mannes seinen Fanclub mitgebracht. Das konnte heiter werden, wenn die nach jeder Szene applaudierten. Noch hatten sie lediglich das erste Bild hinter sich. Während auf der Bühne Schatten umherhuschten und Möbel verrückten, erklang über die Lautsprecher der Song »Tea for Two«, der Anja an Fernsehabende ihrer Kindheit erinnerte, an denen sie mit ihren Eltern den Doris-Day-Film »Tea for Two« gesehen hatte.

Sie zog Olivers Hand mit dem Programmheft zu sich hinüber, um endlich herauszufinden, worum es in dem Stück ging. Bis die Scheinwerfer die Bühne wieder erhellten, hatte sie erfahren, dass die Tassen, die Frau Bäumler-Gilliat gerade gekauft hatte, eine wichtige Rolle in dem Stück spielten. Hoffentlich nur in dem Stück. So ganz war sie den bitteren Geschmack des Begrüßungstees nicht losgeworden trotz des Lutschbonbons, das sie mit leisem Knistern unter dem entsetzten Blick ihres Mannes in den Mund geschoben hatte.

KAPITEL 3

Schönheit und Knollengift des Alpenveilchens können den Atem stocken lassen.

Nachdem die Scheinwerfer wieder angegangen waren, kam Anja aus dem Fotografieren nicht heraus. Die kleinen Bistrotische waren zwei weiß gestrichenen Tischen gewichen, die durch ihre hübschen Schnitzereien von dem schwarzen Vorhang im Hintergrund abstachen. Dahinter standen dicht aneinander verschiedene Gartenstühle mit bunten Kissen. Auf einem von ihnen gab ein alter Mann vor, ein Nickerchen zu machen. Vor den Tischen waren Liegestühle platziert, in denen sich zwei junge Frauen räkelten.

»Entschuldigung!« Anja zuckte zusammen, als neben ihr plötzlich die Theaterbesitzerin auftauchte. Wo mochte sie sich während der Vorstellung aufhalten? Im Programmheft hatte sie den Namen nicht gesehen.

»Könnten Sie für uns ein paar Szenenfotos machen, auf denen möglichst viele Schauspieler zu sehen sind?«, bat die Frau. »Unsere Fotografin hat gerade angerufen, dass sie nicht kommen kann, und ich habe meine Kamera nicht hier.«

Anja nickte, ohne den Blick von der Bühne zu nehmen. Sie kannte die junge Fotografin und hatte schon oft mit ihr gefachsimpelt. »Was hat sie denn?«, erkundigte sie sich.

»Ihrer Katze geht es sehr schlecht, nachdem sie an einem Alpenveilchen geknabbert hat, nun muss sie zum tierärztlichen Notdienst«, antwortete die Theaterbesitzerin und erhob sich, als Annegret Bäumler-Gilliat auf die Bühne fegte.

»Simon, dich habe ich hier vorgesehen«, rief die Rothaarige einem schlanken Mann mit buschigem rotem Haarschopf zu.

Anja hatte keine Zeit nachzuschauen, welcher Schauspieler den Ehemann der Hauptfigur spielte, weil eine junge schwarzhaarige Frau mit einer roten Tasse die Bühne betrat und sie dem alten Mann auf dem Gartenstuhl brachte.

»Ich weiß ja, Grandpa, dass es dir schwerfällt aufzustehen, deshalb bringe ich dir den Tee schon mal. Mit viel Milch und Zucker.« Sie lächelte den Alten an. Als sie zurücktrat, stieß sie gegen Lars Wollenweber-Sattersway. »Verzeihung, ich habe Sie nicht gesehen.«

»Gestatten, Sattersway!«, entgegnete Lars Wollenweber. »Ich bin es, der sich entschuldigen muss, ich habe mich angeschlichen, um meinen alten Freund Tom Adison nicht zu erschrecken.« Er blickte in die Teetasse. »Wäre doch schade, wenn der Tee auf der Erde landete, nicht wahr?«

Anja zoomte das hübsche Gesicht der Schwarzhaarigen heran, die sehr gut spielte. Als Lars davon sprach, dass der Tee auf der Erde landen könnte, wurde die Schwarzhaarige blass und stotterte: »Wieso auf der Erde?« Dann fing sie sich wieder und stellte sich vor. »Ich bin Inez. Kennen Sie mich noch? Es ist so lange her, dass wir uns gesehen haben.«

Lars Wollenweber-Sattersway lachte. »Ich war damals auch schon ein alter Mann und werde mich kaum verändert haben. Aber Sie sind ja bildhübsch geworden.«

Konnte es sein, dass diese Inez-Darstellerin tatsächlich auf Kommando erröten konnte, oder war da was zwischen ihr und Lars? Anja schmunzelte. Eine Theatergruppe war sicher eine gute Kontaktbörse. Sie verließ die drei und lenkte ihre Kamera auf die andere Seite des Raumes, wo sie aus den Augenwinkeln ständig Bewegung wahrgenommen hatte.

Tatsächlich standen dieser Simon-Darsteller, Annegret Bäumler und ein weiterer älterer Mann mit einem Lorgnon dort unschlüssig herum, als warteten sie auf ein Zeichen, dass sie sich setzen durften.

Nun traten zwei rothaarige junge Männer auf die Bühne, beide fast gleich groß und im gleichen Alter. Ob sie Zwillinge darstellen sollten?

Anja ließ die Kamera sinken und schaute gespannt auf die Szene.

Annegret-Beryl schob die beiden jungen Männer auf Lars Wollenweber zu, der inzwischen an jener Tischseite Platz genommen hatte, die Tom Adison zugewandt war.

»Mr. Sattersway, das sind Timothy und Roland«, stellte Annegret in ihrer Rolle als Dame des Hauses dem Gast die beiden Jungen vor.

»Euch hätte ich auch nicht wiedererkannt«, sagte Lars Wollenweber-Sattersway. »Wer ist denn nun der Sohn von Lily und wer der von Beryl?«

Auf der Bühne breitete sich ein betretenes Schweigen aus.

»Das ist für uns nicht wichtig«, sagte Annegret Bäumler-Gilliat rasch und wandte sich an die anderen Gäste. »Ich denke, es wird Zeit, Platz zu nehmen. Simon, ich habe deine Lieblingstasse dorthin gestellt.«

Anja hob ihre Kamera und zoomte den Finger heran, der auf eine rote Tasse zeigte. Ein ausgefallenes Motiv, das sich bestimmt nie wieder ergeben würde. Sie war begeistert und leistete im Stillen Abbitte bei ihrem Mann, weil sie diese Premiere eigentlich hatte schwänzen wollen. Allein wegen der Fotos hatte sich der Besuch schon jetzt gelohnt, und die Laienschauspieler waren teilweise wirklich gut.

»Oh, es fehlt eine Tasse«, stellte Annegret-Beryl fest. »Entschuldigen Sie, Doktor Horton, aber irgendwie habe ich den Überblick verloren.« Sie ging von der Bühne.

Anja nutzte den ruhigen Moment, um die Teetafel zu fotografieren, was nicht so leicht war, weil einer der jungen Männer dem Mann mit dem Lorgnon, der Doktor Horton darstellte, seine Tasse gab, er selbst dann wiederum von jemand anderem eine Tasse bekam. Am Ende schien es Anja, als hätten nur der alte Tom Adison und Mr. Sattersway die ursprünglich verteilten Tassen vor sich.

»Oh, Sie haben ja schon eine Tasse, Doktor Horton, hatte ich mich doch nicht verzählt?« Annegret-Beryl betrat mit einer weiteren Tasse die Szene und blickte verwundert auf den Tisch.

»Ich habe noch keine«, rief Simon ihr zu. »Ich habe dir meine hingestellt.«

Anja staunte. Diese Schauspieler waren wirklich gut. Wie Annegret den verstörten Gesichtsausdruck hinbekam, als sie hörte, dass ihr Schauspiel-Ehemann seine Tasse an ihren Platz gestellt hatte, und nun noch stammelte: »Nein, nein, behalte du deine ruhig, ich nehme diese hier.«

Im Hintergrund bewegte sich der Vorhang. Anja sah Clarissa Möllmann hinter dem schwarzen Stoff hervorlugen und war gespannt, wie die Verkäuferin in diese Familienszene passte. Eine uneheliche Tochter vielleicht, die überraschend eintrifft, oder die Geliebte des Ehemannes. Anscheinend hatte Clarissa Möllmann doch keinen Auftritt, denn sie verschwand wieder hinter dem Vorhang.

Während Annegret mit ihrer Tasse um die Gruppe herumging, wandte sich Anja den alten Männern zu. Erst jetzt fiel ihr auf, dass dieser Tom Adison verschiedenfarbige Pantoffeln trug. Sie zoomte sie heran. Herrlich, der rechte war uni in einem dunklen Rot, und aus dem grünen Hausschuh am rechten Fuß stach ein Zeh hervor. Genau das richtige Foto für den Wettbewerb zum Thema »Einmal und nie wieder«, an dem sie sich beteiligen wollte. Wenn der Mann nur endlich seine Füße stillhalten würde, ständig wippte er damit, während er mit Mr. Sattersway alias Lars Wollenweber sprach.

Sie stellte ihre Kamera gerade auf Serienbilder, um wenigstens ein brauchbares Foto zu bekommen, als sie ein Stöhnen hörte. Aus den Augenwinkeln nahm sie wahr, dass jemand zusammenbrach. Rasch lenkte sie ihre Kamera in die Richtung. Annegret-Beryl lag auf dem Boden und wimmerte.

Na, das ist mal ein spannendes Stück, in dem gleich im zweiten Bild eine Hauptfigur zusammenbricht, dachte Anja und versuchte, zwischen den Tisch-, Stuhl- und Menschenbeinen das Gesicht der Darstellerin zu erwischen. Das hätte man besser inszenieren können, fand sie. Sonst starben die Menschen immer vorne auf der Bühne, damit die Zuschauer das auch mitbekamen. Gut, dass sie keine Kritik schreiben musste, das würde sie auf jeden Fall anmerken. Sie blickte durch den Sucher der Kamera. Wirklich erstaunlich, dass die Darstellerin es schaffte, so lange still liegen zu bleiben. Da hörte sie, wie jemand zischte: »Steh sofort auf, verflixt noch mal! Kein Zusammenbruch, Annegret, hörst du!«

KAPITEL 4

Der Aronstab weckt den Geist und lähmt den Körper.

»Das gibt Ärger«, flüsterte Rosina Anja von hinten zu. Sie lachte leise. »Ich habe meine Bilder teilweise während der Proben aufgehängt und jedes Mal hat die Frau versucht, einen Zusammenbruch in ihre Rolle einzubauen.«

»Das hat sie ja perfekt hingekriegt«, mischte Gerd Neubert sich ein. »Spielen kann sie, das muss man ihr lassen.«

»Aber jetzt könnte sie endlich aufstehen, damit es weitergeht«, meinte Oliver. »Oder es könnte jemand kommen, der die Polizei ruft oder so.«

Als hätte Lars Wollenweber seinen Chef gehört, sagte er: »Wir müssen die Polizei rufen!«

Anja richtete ihre Kamera auf ihn.

»Ist ein Arzt hier im Publikum?«, fragte Lars Wollenweber nun und wirkte längst nicht mehr so ruhig wie vorher, fast als hätte er seine Rolle als Mr. Sattersway vergessen.

Aus dem Fenster zum Regieraum zischte wieder eine Stimme: »Was macht ihr da? Das ist ein völlig falscher Text.«

Nun bemerkte Anja, dass sich die anderen Schauspieler unruhig umschauten.

»Ist ein Arzt hier?« Lars Wollenwebers Frage war ohne Zweifel direkt ans Publikum gerichtet und nicht an die anderen Darsteller.

Zwei Reihen vor Anja erhob sich ein Mann mit schütterem Haar, der Anfang 60 sein mochte. »Ich bin Arzt!« Er ging die Stufen zur Bühne hinauf. Die Frau, deren Liegestuhl den Zugang zum hinteren Bühnenbereich versperrte, war bereits aufgestanden und schob die Liege beiseite. Der Arzt beugte sich über Annegret, die weiterhin regungslos am Boden lag.

Anja löste ihre Kamera ein ums andere Mal aus, während das Publikum gebannt zur Bühne blickte.

»Wenn das zum Stück gehört, dann alle Achtung«, sagte Oliver gerade, als der Arzt sich erhob und den Kopf schüttelte.

Aus dem Regieraum eilte eine etwa 40-jährige Frau mit einem strengen Knoten herbei.

»Das ist die Regisseurin Samantha Sandmann«, wisperte Rosina Anja ins Ohr.

»Ruhe!«, zischte der Griesgram neben ihr und warf den beiden Frauen einen zornigen Blick zu. »Halten Sie doch mal Ihre Klappe!«

»Es geht gleich weiter«, erklärte die Regisseurin dem Publikum, ehe sie sich zu dem Arzt wandte und leise fragte: »Was soll das? Was machen Sie hier auf der Bühne?« Danach fauchte sie Lars Wollenweber an: »Und wieso hast du den Text geändert? Soll das eine Meuterei werden?«

»Dann wäre das eine tödliche Meuterei«, unterbrach der Arzt das Zetern der Regisseurin. »Die Frau ist definitiv tot.«

Das war der Moment, in dem Gerd sich nach vorne beugte und Anja bat: »Tu mir den Gefallen und fotografiere auch das Publikum von vorne. Sicher ist sicher.« Dann forderte er Rosina und Oliver auf, sich am Ausgang zu postieren, damit keiner das Theater verließ.

Die drei sahen ihn überrascht an.

»Nur eine Sicherheitsmaßnahme«, entschuldigte er sich. »Aber das wäre nicht der erste Mord auf offener Bühne. Ich frage mal den Arzt, was er vermutet.«

Gerd stand auf und ging zur Bühne. »Ich bin von der Polizei«, sagte er in dem bestimmenden Ton, den Anja inzwischen gut kannte.

Er wandte sich an das Publikum: »Bitte bleiben Sie auf Ihren Plätzen, bis wir wissen, was geschehen ist und wie es weitergeht.«

Anja hörte, wie hinter ihr Stühle gerückt und Taschen geöffnet wurden. Es konnte nicht lange dauern, bis die ersten ihren Platz verließen. Rasch ging sie nach vorne und lichtete eine Reihe im Publikum nach der anderen ab. Sie versuchte, jeden Winkel des Zuschauerraums zu erwischen.

»Ich bin mir nicht ganz sicher, aber es könnte sein, dass sie vergiftet wurde«, hörte Anja hinter sich den

Arzt zu Gerd Neubert sagen. »Ihre Gesichtsfarbe ist ungewöhnlich. Ich bin kein Experte für Vergiftungen. Ich hatte in meiner aktiven Zeit lediglich einen Vergiftungsfall, als das Nachbarkind die Beeren vom Aronstab gegessen hat.«

»Dann rufe ich am besten die Kollegen und die Spurensicherung«, gab Gerd flüsternd zurück und zog sein Handy aus der Tasche. »Lassen Sie doch bitte den Vorhang schließen.«

Anja betrachtete die kleine Bühne. Einen Vorhang gab es nur im Hintergrund als Teil der Kulisse, vorne war keiner vorgesehen. Sie überlegte gerade, ob man wenigstens die Tische umkippen könnte, um die Frau vor den Zuschauern abzuschirmen, da kamen bereits die Besitzer des Theater mit einem Paravent, den sie so platzierten, dass die Tote nicht zu sehen war.

Gerd Neubert richtete das Wort wieder an das Publikum. »Ich bitte Sie, noch ein paar Minuten auszuharren. Die Vorstellung muss leider unterbrochen werden und …« Er blickte zu der Treppe, die ins Theatercafé führte. »Ich kann Ihnen nicht mal erlauben, oben etwas zu trinken, weil hier gleich die Rettungskräfte den Platz vor der Bühne benötigen.«

»Wir könnten Getränke nach draußen bringen«, schlug der Theaterbesitzer vor.

Gerd schüttelte den Kopf. »Das bringt zu viel Unruhe. Wenn es stimmt, was Doktor, äh, wie heißen Sie eigentlich?« Er drehte sich zu dem Arzt hinter sich um.

»Gernot Zielcke«, sagte der Arzt.

»Wenn es stimmt, was Doktor Zielcke vermutet, dann müssen wir alle befragen, auch Ihre Mitarbeiter.« Dabei wandte er sich an den Theaterbesitzer, der blass geworden war. »Meinen Sie etwa, die Frau wurde getötet? Auf unserer Bühne?«

Anja konnte nicht verstehen, was der Intendant außerdem sagte, weil Rettungssanitäter den Gang entlangstürzten und das Martinshorn von draußen ins Theater schallte.

Als sie aufblickte, erhaschte sie gerade noch Olivers entsetztes Gesicht, als direkt hinter den Rettungskräften mehrere uniformierte Polizeibeamte das Theater enterten und sich rechts und links von der Zuschauertribüne in den Gängen verteilten.

Auf der Bühne tuschelte Gerd mit einer Frau in dem Overall der Rettungskräfte, die fast so bestimmt auftrat wie der Kommissar. Das musste die Notärztin sein, durch den Sucher erkannte Anja am Namensschild, dass sie recht hatte. Sie sah, wie der Kommissar nickte und unwillig das Gesicht verzog. Blöd, dass die beiden so leise sprachen. Sie bekam nur einzelne Wörter mit. »Vielleicht« und »Gift« und »Eher wahrscheinlich« und schloss daraus, dass Annegret vermutlich vergiftet worden war. Ganz sicher war sich die Notärztin allerdings nicht, deshalb empfahl sie dem Kommissar, die Leiche untersuchen zu lassen.

Gerd winkte zwei Beamte zu sich. »Nehmt von allen Zuschauern und Schauspielern die Personalien auf«, sagte er. »Die jetzt alle hier zu befragen, dauert viel zu lange und hinterher war alles überflüssig. Notfalls müssen wir die Leute ins Präsidium bestellen. Vergesst das Personal nicht, vielleicht haben die was gesehen.«

Die Beamten wollten zu ihren Kollegen gehen, da rief Gerd sie zurück. »Und fragt alle, ob sie möglicherweise Fotos gemacht haben. Das ist zwar nicht erlaubt, aber wir kennen das ja, der eine oder andere zückt immer sein Handy, wenn das Töchterlein oder der Freund auf der Bühne ist.«

Anja dachte an ihre Fotos. Da sie die ganze Szene für einen Teil des Stückes gehalten hatte, hatte sie viele Aufnahmen gemacht. Vielleicht sogar von dem Augenblick, in dem die Frau starb. Sie schüttelte sich. Diese Vorstellung behagte ihr nicht, und dennoch hätte sie umgehend die Fotos durchgesehen, wenn Gerd Neubert sie nicht angesprochen hätte.

KAPITEL 5

Bärenklau von der Wiese lindert Atembeschwerden und fördert den Juckreiz.

»Kannst du mir einen Gefallen tun?« Fast hätte Anja verpasst, dass Gerd sie meinte, so vertieft war sie darin, das letzte Foto auf dem Display der Kamera zu vergrößern, um die Schärfe zu kontrollieren. Irgendetwas war ihr schon beim Fotografieren aufgefallen, das wollte sie überprüfen.

»Ich höre gerade, dass unser Fotograf bei einem anderen Tatort ist und erst später kommen kann, ich will aber die Tote abtransportieren lassen. Hier sind mir einfach zu viele Menschen.«

Anja seufzte. Dass Männer immer so lange ausholen mussten, ehe sie zur Sache kamen. »Und jetzt willst du, dass ich ein paar Tatortfotos mache. Sag das doch gleich!«

»Genau! Wir brauchen die gesamte Szene, alles, was du siehst, und am besten noch ein bisschen mehr. Die Spurensicherung macht auch Fotos, aber mir ist es lieber, wenn ich noch welche von einer unabhängigen Person habe.« Gerd lachte. »Die Spusi hat doch nur ihre Spuren im Blick. Aber vielleicht liegt das Geheimnis ganz woanders.«

Anja dachte an das Durcheinander mit den Sitzplätzen und den Tassen. Möglicherweise lag darin die Lösung des Falles.

»Wenn einer weiß, dass der äußere Schein häufig trügt, dann bin das wohl ich.« Nach diesen Worten ließ Gerd Anja stehen und ging den Gang hoch zum Ausgang.

Nachdenklich schaute Anja ihm nach. Da war es wieder, dieses Geheimnis, das Gerd Neubert umgab und das sie seit ihrer ersten Begegnung zu entschlüsseln suchte. Auch jetzt war keine Gelegenheit, die Zuschauer wurden unruhig und fragten den Kommissar klagend, wie lange sie noch warten müssten und wann sie endlich gehen dürften.

Also stieg Anja die drei Stufen zur Bühne hinauf und ging durch die Tür in den Bereich hinter den Kulissen, der sonst nur Theaterangehörigen vorbehalten war. Sie wusste, dass von dort aus eine Treppe ins Obergeschoss führte und darunter eine Art Garderobe war, in der die Schauspieler sich manchmal umzogen.

Anja fotografierte die weit geöffnete Tür zur Bühne, die jemand mit einem Holzkeil gestoppt hatte, damit die Beamten freien Zugang hatten. Auch den Aufstieg ins Obergeschoss, wo sich die Küche befand, lichtete Anja gewissenhaft ab und wollte schon wieder die Bühne betreten, als ihr etwas einfiel. In den Regalen neben dem Treppenaufgang standen weitere Requisiten, darunter einige Tassen, wie sie in dem Stück zum

Einsatz gekommen waren. Ob bereits jemand den Tisch abgeräumt hatte? Sie konnte sich nicht daran erinnern und entschied, sicherheitshalber Fotos von den Tassen zu machen.

»Was gibt es denn da zu fotografieren?«, ertönte die heisere Stimme eines Mannes hinter ihr. Da stand der Schauspieler, der den Mann mit den verschiedenfarbigen Pantoffeln spielte. Selbst wenn sie ihn ohne die Koteletten nicht erkannt hätte, ein Blick auf die Füße verriet ihn.

»Oh, stehe ich Ihnen im Weg?« Anja ging zur Seite, weil sie dachte, der Mann wolle sich umziehen. »Ich bin auch schon verschwunden.«

Der Mann lachte. »Lassen Sie nur. Ich muss bloß die Schuhe wechseln.« Er stockte. »Nachdem Annegret uns auch noch die Premiere versaut hat.«

»Wenn Sie das so nennen wollen!«, sagte Anja, weil ihr keine andere Entgegnung einfiel. Die Formulierung des Mannes fand sie angesichts des Todesfalls befremdlich.

»Ich weiß. De mortuis nil nisi bene. Nichts Schlechtes über Tote! Aber diese Frau war eine Nervensäge erster Güte, es gab keine Probe, bei der sie nicht versucht hat, ihren Kopf durchzusetzen.« Er schnaufte verächtlich. »Und die Regisseurin hat sich das gefallen lassen.«

Anja rief sich ihre Begegnungen mit Annegret Bäumler in Erinnerung. Mehrere Situationen kamen ihr in den Sinn, in denen sie ihre Mitarbeiterin hatte ablösen und bremsen müssen, weil Annegret Bäumler Sonderwünsche äußerte oder sich gar über die Geschenkverpackung beschwerte. Und das, obwohl Britta sich für die Queen des Geschenkeverpackens hielt. Wäre ihre Mitarbeiterin im Theater gewesen, hätte man sie auf jeden Fall in die Reihe der Verdächtigen einfügen müssen. Wenn die Unternehmerin mit dem großen Geldbeutel und dem kleinen Geist sich hier genauso aufgeführt hatte wie im »Mord & Ortschlag«, gab es in der Theatergruppe sicher mehr als eine Person, die ihr eins auswischen wollte. Aber würde jemand sie wegen einer verbalen Verletzung umbringen?

»Stellen Sie sich vor, sie wollte das ganze Stück ändern. Dabei spielen wir eine Kurzgeschichte von Agatha Christie. ›Die mörderische Teerunde‹. In letzter Minute wird der Mord verhindert. Aber das passte ihr nicht. Bei der Generalprobe kam sie sogar mit einer Riesenstaude Bärenklau um die Ecke. Damit wollte sie auf der Bühne das Thema Gift hervorheben, um die Zuschauer zu verwirren. Na, Sie hätten mal erleben sollen, wie Samantha da ausgeflippt ist. Sie hat sogar damit gedroht, dass Annegret nicht mitspielen darf.« Ein Grinsen schob sich für einen kurzen Moment über das Gesicht des Mannes. »Das wäre auch richtig gewesen und unproblematisch, weil Clarissa sich ja das gleiche Kostüm hat schneidern lassen, für den Fall, dass sie einspringen muss.« Er senkte die Stimme und sah sich um. »Wenn Sie mich fragen, kann das nur Clarissa gewesen sein. Die beiden haben sich doch um die Rolle gestritten wie sonst nur Hausfrauen um ein Küchengerät im Discounter!«

Anja blickte an ihm vorbei auf die Bühne, wo Gerd erschienen war und ihr ein Zeichen gab, dass sie endlich die Fotos machen sollte, damit die Leiche weggeschafft werden konnte. Sie entschuldigte sich schweren Herzens bei Tom Adison, wie sie den Mann in Gedanken nannte, weil sie seinen echten Namen nicht wusste. »Ich muss schnell ein paar Fotos machen und komme dann wieder.«

Damit zwängte sie sich an Gerd, der inzwischen im Rahmen der Bühnentür stand, vorbei und fotografierte systematisch jedes Fleckchen auf der Bühne. Wenn Gerd nur nicht auf die Idee kam, ihre Speicherkarte zu beschlagnahmen. Die Fotos boten eine ideale Ausgangsbasis, um der Polizei mit ihrem Wissen unter die Arme zu greifen. Sie grinste bei dem Gedanken an die Entführung der kleinen Hanna, die ohne ihre Ideen vielleicht niemals aufgeklärt worden wäre. Eigentlich war sie schon lange nicht mehr als Hagener Miss Marple unterwegs gewesen. Miss Marple in jungen Jahren natürlich und ohne Dutt und Mister Stringer.

»Ich denke, das reicht.« Gerd tauchte unvermittelt neben Anja auf. »Mit deinen Bildern von der Vorstellung können wir uns einen guten Eindruck verschaffen, was hier geschehen ist.« Er streckte bereits die Hand aus und Anja ahnte, dass er darauf wartete, dass sie ihm ihre SD-Karte hineinlegte. Während sie darüber nachdachte, wie sie das umgehen konnte, riefen von verschiedenen Seiten Beamte nach Gerd und er verschwand – ohne ihre Fotos.

Anja wollte gerade die Bühne verlassen und sich auf die Suche nach Oliver manchen, als sie eine hohe Frauenstimme hörte, die ihr völlig unbekannt war.

»Was hattest du an der Seite der Bühne zu tun? Du hattest deinen Auftritt längst hinter dir und solltest oben warten bis zur Pause«, schimpfte die Frau.

Anja vermutete, dass die Stimme aus dem Regieraum kam. Vielleicht gehörte sie der Mitarbeiterin in der Technik. Sie hob die Kamera ans Gesicht und ging fotografierend am Vorhang entlang über die Bühne. Niemand hielt sie auf. Gerd hatte seine Kollegen und die Spurensicherung gut instruiert.

Je näher sie dem Regiepult kam, umso deutlicher wurden die Stimmen. Sie klappte das Display der Kamera aus und schwenkte den Fotoapparat auf Hüfthöhe so lange, bis sie auf dem kleinen Bildschirm den Technikraum erblickte. Eine junge Frau saß vor dem Regiepult. Neben ihr stand eine Frau in den 40ern, die ihre Haare streng nach hinten gebunden hatte. Anja hatte die Regisseurin auf der Bühne das erste Mal gesehen, als sie nach Annegrets Zusammenbruch geschimpft und Lars Wollenweber angefahren hatte. Rosina hatte ihr unter dem bösen Zischen ihres Nachbarn zugeflüstert, dass die Regisseurin in Dortmund arbeitete und im Theater an der Volme lediglich die Leitung des Theaterprojektes übernommen hatte.

Die Frau neben der Regisseurin dagegen erkannte Anja sofort. Es war Clarissa Möllmann, die in der ersten Szene eine Bedienung und Verkäuferin gespielt hatte. Interessant, dass Clarissa während der Terrassenszene keinen Auftritt hatte und dennoch kurz hinter dem Vorhang zu sehen gewesen war, bevor Annegret stürzte. Gab es nicht sogar in den Agatha-Christie-Geschichten Fälle, bei denen Menschen mit Giftpfeilen getötet wurden? Oder war das bei Edgar Wallace? Sollte der Verdacht aufkommen, dass Annegret Bäumler durch einen Giftpfeil gestorben war, würde Clarissa Möllmann auf jeden Fall weit oben auf der Liste der Verdächtigen stehen. Aber vielleicht hatte sie auch länger in dem Treppenhaus gestanden und Gift in Annegrets Tasse gefüllt.

Anja blickte sich um, der Körper der Toten wurde gerade angehoben und in einen Zinksarg gelegt. Vor den Augen der Zuschauer? Erleichtert bemerkte Anja, dass diese inzwischen das Theater verlassen hatten. Sie schaute auf die Stelle, an der gerade noch die Leiche gelegen hatte. Auf dem schwarzen Boden war fast nichts zu sehen. Ein feuchter Fleck, der entstanden sein konnte, als Annegret Bäumlers Teetasse herunterfiel, die nun zerbrochen am Boden lag. Möglicherweise war es auch ein Blutfleck, der von dem Sturz stammte. Eine Blutlache, wie sie eine Waffe erzeugt hätte, mit der Organe verletzt worden wären, gab es nicht. Anja war sich sicher, dass Annegret vergiftet worden war, wie es dieser Doktor Zielcke vermutet hatte. Anja dachte an den bitteren Nachgeschmack des Tees, den sie getrunken hatte. Wenn die Schauspieler den gleichen Tee bekommen hatten, wäre Annegret Bäumler ein seltsamer Geschmack vielleicht nicht aufgefallen. Aber gab es heute überhaupt noch Gifte, die so schnell tödlich wirkten? Sie dachte an die Krimikräuterwanderung, die ihre Kollegin Lena Lensing im Münsterland angeboten hatte. Wie hieß noch dieses Gift, vor dem die Dozentin gewarnt hatte. Fischerkappe?

Sie kam nicht dazu, den Gedanken zu Ende zu bringen, weil Oliver vor der Bühne stand und fragte, ob sie mit in den »Feuervogel« käme. Er wollte mit Lars Wollenweber dort ein Bier trinken, Rosina schloss sich ihnen an, nachdem klar war, dass Gerd vorerst beschäftigt war und Oliver Rosina nach Hause bringen würde.

Die Chance, einen der Darsteller zu interviewen, ließ Anja sich natürlich nicht entgehen. Dann konnte sie auch gleich mit Rosina die Einzelheiten dieser Kräuterwanderung zusammentragen, vielleicht halfen diese bei der Lösung des Falles. Auch das, was sie in Wunsiedel bei dem Besuch der Ausstellung über Agatha Christie und ihre Gifte erfahren hatte, konnte interessant sein. Vielleicht waren sie und ihre Familie nicht die einzigen Hagener, die sich für die tödlichen Gifte Agatha Christies interessiert hatten.

KAPITEL 6

Besenginster stärkt den Kreislauf und beendet ihn.

Oliver, Lars, Rosina und Anja suchten sich einen Platz in der Ecke des »Feuervogels«, wo sie für die meisten anderen Gäste hinter dem alten Pick-up versteckt waren, der mitten in der Kneipe stand.

»Ich brauche was Starkes!«, meinte Lars, während er sich auf den Stuhl fallen ließ.

Anja und Oliver wechselten einen Blick. Es sah ganz danach aus, als müssten sie nicht nur Rosina, sondern auch Lars nach Hause bringen. Im Theater hatte er sich gut im Griff gehabt, aber nun war die Farbe aus seinem Gesicht gewichen und er starrte bleich und stumm vor sich hin.

Oliver winkte der Kellnerin. »Für den jungen Herrn einen Malt, für mich ein alkoholfreies Weizen und die Damen können sicher einen Schluck Wein vertragen, oder?«

»Für mich auch einen Malt!«, erklärte Rosina.

Anja sah sie überrascht an. Sie hatte Rosina noch nie etwas Stärkeres als einen Wein trinken sehen. Erst jetzt fiel ihr auf, dass sie fahrig wirkte und blass im Gesicht war. »Geht es dir nicht gut?«, erkundigte sie sich.

Rosina winkte ab. »Alles okay!«, sagte sie. »Mein Kreislauf! Das Alter vermutlich.«

Anja runzelte die Stirn. Auch diese Bemerkung passte nicht zu Rosina. Irgendetwas war da.

Oliver unterbrach ihre Gedanken. »Und was willst du, Anja?«

»Ein Radler«, sagte Anja schnell. Sie wollte einen klaren Kopf behalten, um zu Hause in Ruhe die Fotos durchzusehen. Das war mit einem gespritzten Pils leichter als mit einem Viertel Wein intus.

»Schnell, wenn's geht!«

Anja hörte, wie Oliver der Bedienung seine Bitte zuraunte. Lars Wollenweber schien nichts davon mitzubekommen. Er starrte auf den roten Wagen, seit er sich hingesetzt hatte.

»Mensch, Lars, nun komm mal zu dir.«

Im ersten Moment war Anja erschrocken über Olivers schroffen Ton, der überhaupt nicht zu seinem Wesen passte. Er hatte sonst das Talent, in jeder Situation die richtige Tonlage zu finden, was gerade in der Zeit von Tobias' Pubertät und Idas Trotzphase sehr hilfreich gewesen war.

»Das ist ein Ding!«, lautete Lars' Antwort. Immerhin hatte Oliver es mit der direkten Ansprache geschafft, seinen Mitarbeiter aus der Lethargie zu reißen. »Liegt da auf einmal eine Tote vor mir.« Lars schüttelte den Kopf. »Ich fasse das nicht. Von einer Sekunde auf die andere. Das geht doch nicht.«

Bei der letzten Bemerkung musste Anja lachen. Wie

er das sagte. Wie ein kleines Kind, das seinem Stofftier versehentlich das Ohr abgerissen hatte. Ungläubig und überrascht davon, dass die Welt so hinterhältig war.

»Leider gibt es das«, sagte Rosina, und Anja bemerkte, dass auch sie ziemlich fertig aussah, als wäre sie von dem Todesfall persönlich betroffen.

»Kanntest du die Tote?«, erkundigte sie sich. »Sie war Kundin bei mir. Annegret Bäumler. Viel mehr weiß ich nicht über sie.«

Rosina schüttelte den Kopf. »Näher kenne ich sie auch nicht. Sie hat für mich vor einiger Zeit überprüft, ob ich die Texte für meinen Ausstellungsflyer richtig übersetzt habe. Eine Freundin hatte sie mir empfohlen.« Sie lachte kurz auf. »Sie hatte mir allerdings gleich gesagt, dass sie schnell und gut, aber nicht einfach wäre.«

»Wie meinte sie das?« Anja speicherte alles ab, was Rosina über die Tote sagte, vielleicht konnte das bei ihren Ermittlungen wichtig werden.

»Ach. Sie war echt päpstlicher als der Papst. Mir hätte es gereicht, wenn die Titel und Materialbeschreibungen einfach wörtlich übersetzt wurden. Aber sie meinte, gerade die Titel, die auf Redensarten anspielten, müssten sinngemäß übersetzt werden. ›He rocks the boat‹ heißt dann eben nicht, ›Er schaukelt das Boot‹, sondern ›Er sorgt für Ärger‹.«

»So war sie bei den Proben auch«, unterbrach Lars Wollenweber Rosina. »Das konnte man schon nicht mehr 150-prozentig nennen, das war nervig. Samantha Sandmann, die Regisseurin, ist manchmal regelrecht ausgeflippt, wenn Annegret sich in die Regiearbeit einmischte.«

Anja horchte auf. Gab es da womöglich ein Motiv, Annegret Bäumler zu beseitigen oder matt zu setzen? Noch war ja nicht klar, ob sie wirklich getötet werden sollte. Das hatte sie durch unauffälliges Zuhören im rechten Moment erfahren, ehe Gerd sie als Letzte aus dem Theater verbannt hatte. Die Notärztin vermutete eine Vergiftung. Da die Tote allerdings zierlich und klein war, bestand nach Auffassung der Ärztin die Möglichkeit, dass sie nicht getötet, sondern nur für eine kurze Zeit außer Gefecht gesetzt werden sollte. Allerdings würde eine Regisseurin dafür wohl kaum ihre eigene Premiere aussuchen und sich selbst um den Lohn ihrer Arbeit bringen.

»Auf welche Weise hat sie sich eingemischt?«, wollte Oliver wissen, nachdem die Getränke verteilt waren.

»Das ging bei der Rollenbesetzung los. Eigentlich war Clarissa, das ist die, die heute die Verkäuferin gespielt hat, für die Hauptrolle, also Beryl Gilliat, vorgesehen.«

»Die war wirklich gut«, meinte Rosina. »Aber auch diese Inez hat toll gespielt, oder Anja?«

Anja sah, wie Lars Wollenwebers Gesichtsfarbe augenblicklich von weiß zu rot wechselte. Dann war das auf der Bühne doch nicht gespielt, sondern echt.

Sie lächelte, als sie antwortete: »Ja, sie war gut. Überhaupt haben alle Darsteller gut gespielt.«

»Na ja, ich habe schon gepatzt«, gab Lars Wollenweber zu. »Aber das lag auch an Annegret. Die hat sich wieder so in Szene gesetzt, dabei hatte ihr Samantha bei der Generalprobe extra gesagt, sie solle sich nicht so in den Vordergrund spielen, auch wenn sie die Hauptrolle hätte.«

»Wieso hatte sie denn nun die Hauptrolle?« Anja war froh, dass sie das Gespräch geschickt auf den Ausgangspunkt zurückbringen konnte. Sie wollte zu gerne wissen, wie es Annegret Bäumler geschafft hatte, die Rolle der Beryl Gilliat an sich zu ziehen.

»Sie hat der Regisseurin klar gemacht, dass es wichtig wäre, dass die Besetzung der Hauptrolle gut Englisch sprechen kann, weil wir doch auch in Torquay auftreten sollen.« Er stockte. »Sollten. Wie geht es jetzt eigentlich weiter?«

Oliver zuckte die Achseln, als sein Mitarbeiter ihn ansah. »Das musst du mich nicht fragen. Das einzige, was ich dazu sagen kann, ist, dass du deinen Urlaubsantrag stornieren kannst.«

Anja stieß Oliver den Ellbogen in die Seite. Das war nun wirklich nicht der richtige Zeitpunkt, um sich mit solch banalen Fragen zu beschäftigen.

»Ist doch wahr!«, sagte Oliver trotzig wie ein kleines Kind, und alle am Tisch lachten. Sogar Lars, ehe er das inzwischen aufgetaute Eis aus seinem Whiskyglas trank.

»Ich sollte dann wohl mal«, meinte er und wollte schon aufstehen.

Anja ärgerte sich, dass ihr Mann mit seiner Bemerkung den Erzählfluss des Laiendarstellers unterbrochen hatte. Fieberhaft überlegte sie, wie sie das Gespräch wieder in Gang bringen konnte, ohne zu neugierig zu wirken. Sollte sie Rosina fragen, ob es sich bei der Pflanze neben dem Tisch, deren Blätter ihr die Haare zerzausten, um Besenginster handelte? Darüber hatten sie in dem Kräuterseminar gesprochen, so konnte sie das Gespräch wieder auf den Giftanschlag bringen.

Doch Rosina kam ihr mit einer Frage zuvor: »Wieso hat Clarissa eigentlich die Verkäuferin gespielt?«

Anja war der Freundin dankbar für diese Frage, denn Lars Wollenweber setzte sich sofort wieder hin, als hätte er nur auf ein solches Signal gewartet.

»Die Rolle hat sie dann, nach dem Einwand von Annegret, bekommen. Eigentlich hätte sie bei der Premiere nicht einmal spielen sollen, auch deswegen gab es Ärger«, berichtete er. »Bei den Proben in der letzten Woche und bei der Premiere haben ja einige Engländer aus Torquay mitgemacht, die gerade im Rahmen der Städtepartnerschaft mit einer Delegation hier sind. Einer hat Doktor Horton gespielt, eine der Frauen im Liegestuhl gehörte zu den Leuten aus Torquay, zwei Kunden in dem Café am Anfang, die sonst von den Ehrenamtlichen gespielt werden, und die Verkäuferin. Heute war die Frau allerdings krank, Magen-Darm oder so etwas. Jedenfalls ist Clarissa kurzfristig eingesprungen.«

Das erklärte auch die Spannung, die Anja empfunden hatte, als Clarissa als Verkäuferin und Annegret als Beryl Gilliat auf der Bühne standen. Sie war davon ausgegangen, dass sie zum Stück gehörte und neugierig machen sollte, was zwischen den Frauen im restlichen Verlauf der Inszenierung passieren würde. Sie wollte gerade nachfragen, als Lars Wollenwebers Smartphone klingelte. Felizitas Berger, las sie auf dem Display, ehe er das Gespräch mit einem fragenden »Ja?« annahm. Ob das die Inez-Darstellerin war? Der junge Mann wurde rot und verabschiedete sich hastig.

»Halt, du solltest nach dem Whisky aber nicht mehr fahren«, versuchte Oliver ihn zu bremsen.

»Ich gehe zu Fuß. Muss nur die Treppe rauf und an der Stadthalle vorbei«, erklärte Lars Wollenweber und war schnell verschwunden, nachdem Oliver ihm erklärt hatte, dass die Getränke auf seine Rechnung gingen.

Rosina lachte. »Die Treppe!«

Anja und Oliver fielen ein. Was hatten sich die Leute aufgeregt, als vor einiger Zeit diese Metalltreppe über die Volme gebaut wurde, um das Elbersgelände mit der B 54, Emst und der Stadthalle zu verbinden. Und nun waren alle froh über die Abkürzung.

»Wollen wir dann auch?« Oliver wartete die Antwort der beiden Frauen nicht ab, sondern winkte der Kellnerin.

Anja hatte nichts gegen den abrupten Aufbruch, sie war neugierig, was ihre Fotos von dem Abend zutage fördern würden.

KAPITEL 7

Der Buchsbaum bringt Segen bei Fieber und Rheuma und manchmal am Grab.

»Na, du hast es ja eilig«, meinte Oliver eine halbe Stunde später, als Anja sich zu Hause direkt an ihren Computer setzte, statt wie sonst ihre Pumps von den Füßen zu schleudern und die Straßenkleidung gegen den Jogginganzug zu tauschen.

»Während ich mich umziehe, können die Dateien doch schon von der Kamera auf den Rechner wandern«, verteidigte sie sich und schob ihren Zeigefinger über das Touchpad des Laptops, um den Ordner mit den Fotos auf den Desktop zu ziehen. Endlich erschien auf dem Bildschirm der Hinweis, dass die Dateien übertragen wurden. Sie drehte sich zur Seite und zog als Erstes die hohen Schuhe aus. »So besser?«

Oliver kam zu ihr, beugte sich herab und küsste sie. »So besser!« Dann zog er den Programmzettel aus seiner Sakkotasche und wedelte damit vor Anjas Gesicht herum. »Ich vermute, dass du den haben möchtest!«

Anja streckte ihre Hand aus, doch ihr Mann machte sich einen Spaß daraus, sie wie ein Kind zu necken und seinen Arm immer wieder wegzuziehen.

Das Klingeln der Türglocke unterbrach ihr Gelächter.

»Erwartest du jetzt Besuch?« Oliver sah Anja erstaunt an. Dann grinste er. »Hattest du etwa deinen Lover bestellt, weil ich im Theater sein würde?«

Anja knuffte ihn in die Seite, dann stand sie auf und sammelte ihre Schuhe ein. »Hoffentlich ist nichts mit Ida oder Tobias!« Bei dem Gedanken an ihre Kinder wurde sie augenblicklich ernst. Sie machte sich nicht die Mühe, ihre Schuhe ordentlich wegzuräumen, sondern warf sie in den Schuhschrank im Eingangsbereich und öffnete auf Strümpfen die Tür. Sie atmete erleichtert auf, als sie sah, wer auf dem schmalen Zuweg stand.

»Entschuldigung, dass ich noch störe«, sagte Gerd Neubert. »Aber ich habe vergessen, deine Speicherkarte sicherzustellen. Der Fotograf von der Spurensicherung, der kam, als die Leiche schon weg war, hat mich darauf hingewiesen, dass wir das Material umgehend benötigen.«

»Komm rein!« Anja schloss hinter dem Kommissar die Tür und folgte ihm ins Wohnzimmer, wohin er ohne weiteren Hinweis seine Schritte gelenkt hatte. Sie musste daran denken, wie viel sich seit ihrer ersten Begegnung im »Mord & Ortschlag« verändert hatte.

»Hallo, Gerd«, begrüßte Oliver den Ermittler, der inzwischen häufig Gast in ihrer Familie war und sich auch mit ihm gut verstand. »Brauchst du wieder einmal Hilfe von unserer Stardetektivin bei der Aufklärung deines Falls?«, frotzelte Oliver wie immer, wenn die Männer sich trafen.

Gerd lachte. »Ich hoffe es nicht. Obwohl ich einen Tod coram publico noch nicht hatte in meinen fast 25 Dienstjahren. Äh, 25 minus drei.«

Anja hatte bereits den Mund geöffnet, um zu fragen, was es mit der merkwürdigen Zeitangabe auf sich hatte, da wandte Gerd sich ihrem Computer zu.

»Ich sehe, du hast die Daten bereits übertragen«, sagte er. »Eigentlich müsste ich dich bitten, sie umgehend zu löschen, weil du im Polizeiauftrag geknipst hast.«

»Und im Auftrag des Theaters!«, empörte sich Anja. »Die Theaterfotografin war krank, deshalb habe ich die Fotos für die Internetseite und die Presseinfo gemacht.« Daran, dass es keine Vorstellung gegeben hatte, über die im Internet oder in der Presse berichtet würde, dachte sie in dem Augenblick nicht.

Gerd schnaufte. »Ich habe doch gesagt, eigentlich! Mensch, Anja! Deinetwegen habe ich ja schon oft Ärger bekommen, weil ich nicht streng genug war. Nur weil ich überzeugend erklären konnte, dass Hinweise aus der Bevölkerung zum Abschluss eines Falles geführt haben, hat der Polizeipräsident beide Augen zugedrückt. Davon abgesehen, kannst du dir die Presseinformation abschminken, wir haben das Theater gebeten, sich diesbezüglich zurückzuhalten.« Er sah ihr in die Augen. »Dich bitte ich auch, weder bei Facebook noch in anderen sozialen Medien Fotos zu posten, ich fürchte, es sind genug Handybilder im Umlauf, weil jeder sein Smartphone gezückt hat, nachdem die Bäumler umgekippt ist.«

Anja seufzte. Er hatte in allem recht. Viele Besucher hatten die Tote fotografiert und bestimmt war einer darunter, der seine Fotos im Internet teilte oder an die Zeitung verkaufte. Und mehr als einmal hatte Gerd sich in ihrer Anwesenheit absichtlich verplappert, um sie mit Informationen zu versorgen, die sonst unerreichbar gewesen wären. Sie nahm die Speicherkarte aus dem Laptop und verstaute sie in einer Kunststoffhülle, ehe sie sie Gerd überreichte. »Wiedersehen macht Freude«, sagte sie und zwinkerte ihm zu. »Das ist meine 64er-Karte, die hat einiges gekostet.«

Gerd Neubert ging nicht darauf ein, er steckte die Karte in seine Jacke und fragte: »Hast du die Fotos schon angesehen?«

Anja schüttelte den Kopf. »Wir können ja mal reinschauen.« Dabei öffnete sie das erste Bild, auf dem eine Person zu sehen war. »Das ist Clarissa Möllmann, die gerne die Rolle der Toten gespielt hätte«, erklärte sie.

»Da kann sie froh sein«, entfuhr es Gerd, doch dann wollte er wissen: »Wieso hat sie die Rolle nicht bekommen? Die spielte doch ganz gut. Besser als die Tote jedenfalls.«

»Die Tote konnte besser Englisch.« Anja berichtete, was sie von Lars Wollenweber erfahren hatten, und ließ nebenher ein Foto nach dem anderen durchlaufen.

»Halt mal an!«, bat Gerd, als der Tisch mit den Tassen auf dem Bildschirm erschien. »Da ist die rote Tasse noch heil. Wieso hat die Tote sie vom Tisch genommen?« Er sah von Anja zu Oliver, als müssten die beiden ihm das erklären können.

»Das kann dir nur die Regisseurin sagen. Vielleicht steht es aber auch in den Regieanweisungen im Rollenheft. Am besten guckst du dort nach«, schlug Oliver vor.

Daran, dass der Text des Theaterstückes interessant sein könnte, hatte Anja nicht gedacht. Sie würde gleich am nächsten Tag versuchen, eine Kopie von Lars' Unterlagen zu machen.

Gerd verzog das Gesicht. »Ich fürchte, über das Stück hat sich keiner meiner Kollegen Gedanken gemacht.« Er sah auf die Uhr. »Jetzt erreiche ich die Regisseurin auch nicht mehr. Abgesehen von der Uhrzeit sind die Kontaktdaten der Zeugen im PC, sodass ich nicht darauf zugreifen kann. Das waren noch Zeiten, als wir uns Notizen in einem Block gemacht haben.«

Anja grinste. »Du darfst gerne meinen PC nutzen!«

»Das hättest du gerne. Vielleicht soll ich gleich das Passwort des Polizeicomputers auf deinem Rechner speichern!« Gerd lachte. Er konnte sich kaum beruhigen. »Jetzt weiß ich, warum der Zugang nur von bestimmten PCs möglich ist. Manch ein Kollege würde sich sonst bestimmt um den Finger wickeln lassen.«

Immer noch lachend verabschiedete er sich. »Den Rest gucke ich mir im Präsidium an.«

»Schade!«, rief Anja ihm nach, als er sich von Oliver zur Haustür bringen ließ. Dann vertiefte sie sich in die Fotos. Auf ihrem großen Bildschirm sah sie sofort, was sie schon im Theater irritiert hatte: Mitten auf dem Gartentisch in der Todesszene stand ein Blumentopf mit einem Buchsbaum, der überhaupt nicht zu einer sommerlichen Party passte und noch dazu – an diesem Tag besonders bedeutsam – giftig war. Sie musste ergründen, was es damit auf sich hatte. Doch vorher würde sie versuchen, den Weg der roten Tasse zu verfolgen, die Annegret Bäumler zuletzt in der Hand gehabt hatte.

Das war jedoch nur so lange möglich, bis plötzlich eine zweite rote Tasse ins Spiel kam.

KAPITEL 8

Die Christrose befreit vom Wahnsinn und vom Leben.

»Ich vermute, du möchtest heute deinen Kaffee nicht aus einer roten Tasse!«

Anja musste sich zwingen, ihre Augenlider zu öffnen. Sie drehte den Kopf zur Seite und versuchte, die Uhrzeit auf dem Radiowecker zu entziffern. Es war am Abend zuvor sehr spät geworden. Erstaunlich, dass Oliver schon so fit war, hatte er doch mit ihr zusammen die Fotos von dem Tisch mit den bunten Tassen auf der Theaterbühne verglichen und die Wege der verschiedenfarbigen Trinkgefäße nachgezeichnet.

»Es ist zehn vor elf, falls du wissen willst, wie spät es ist«, sagte Oliver und schickte sich an, ein Tablett mit zwei grünen Kaffeebechern und dampfenden Croissants auf das Kissen vor Anja zu stellen.

»Warte, ich setze mich erst hin«, nuschelte Anja verschlafen. Sie schüttelte sich und ruckelte so lange, bis sie mit dem Rücken vor der Kopflehne des Doppelbettes saß, auf Augenhöhe mit Oliver, der endlich das Tablett auf dem Kissen vor ihrem Bauch drapieren konnte.

»Wieso bist du schon wach?« Anja war beruhigt, dass ihr Mann einen Morgenmantel trug und seine Bartstoppeln an ihrem Kinn scheuerten, als er ihr einen Kuss gab. Wenigstens war er nicht fertig geduscht und angezogen.

»Hast du das Telefon nicht gehört? Ida hat schon angerufen, sie will bis heute Abend bei Vanessa bleiben, weil Vanessas Opa kommt und ihnen einen Zaubertrick verraten will.« Er zog die Schultern hoch. »Wenn ich das richtig verstanden habe. Sie hat nur kurz Hallo gesagt, ihre Bitte vorgetragen und den Hörer an Vanessas Vater weitergegeben.«

Das war typisch Ida. Anja schmunzelte. Wo immer es etwas zu sehen oder zu erleben gab, war sie vorneweg dabei. Aber besser so, als wenn sie schüchtern wäre. »Heißt das, wir haben einen kinderfreien Tag?«

Oliver nickte. »Deshalb habe ich für mich auch ein Croissant aufgebacken und einen Kaffee mitgebracht. Wir können wie in den Flitterwochen im Bett frühstücken und sehen, was wir danach anstellen.« Er zog den Bademantel aus, kroch unter seine Decke und kuschelte sich an Anja.

Doch Anja war inzwischen wach und in Gedanken versunken. »Dann habe ich Zeit, ein bisschen herumzutelefonieren, um etwas über Annegret Bäumler herauszufinden. Und vielleicht kann ich sogar ins Theater fahren, denen die Bilder bringen und versuchen, einen Blick hinter die Kulissen zu erhaschen. Bei der Führung habe ich blöderweise keine Bilder gemacht. Gerd hat gestern eine Andeutung gemacht, der ich gerne nachgehen möchte.«

Erst als Oliver von ihr abrückte und »Ach so!« sagte, fiel ihr ein, dass er sich den Tag womöglich anders vorgestellt hatte. Sie beugte sich zu ihm hinüber und gab ihm einen Kuss auf die Wange. »Komm, Schatz, wenn es um eines deiner Projekte ginge, würdest du auch alles andere vergessen.«

Oliver nickte. »Du hast ja recht. Aber wir haben so selten einen Sonntag nur für uns.«

»Das kommt jetzt öfter«, tröstete Anja ihn. »Ida wird selbstständiger und sie liebt es, woanders zu übernachten. Bald werden wir uns nach den Familiensonntagen zurücksehnen.« Sie biss in ihr Croissant, das so knusprig war, dass feine Blätterteigblättchen umherspritzten.

»Nein!«, rief Oliver und lachte. »Es ist doch besser, wenn wir aufstehen und in der Küche frühstücken.« Er sprang aus dem Bett und wischte die Krümel fort, während Anja einen Schluck Kaffee trank und darüber nachdachte, wen sie als erstes über Annegret Bäumler ausfragen könnte. Natürlich würde sie mit ihrer Kundendatenbank beginnen, dort hielt sie alles fest, was sie über ihre Kunden erfuhr, um ihnen passende Neuerscheinungen oder Geschenke zu empfehlen. Den Tipp hatte sie von einer Freundin aus ihrem Businessfrauen-Netzwerk.

Dass sie nicht gleich an die Businessfrauen gedacht hatte. Annegret Bäumler hatte sich vor einiger Zeit als Mitglied in ihrem Netzwerk beworben. Dafür musste sie einen Lebenslauf und ein Bewerbungsschreiben einreichen, das an alle Mitgliedsfrauen verteilt wurde. Jede hatte die Chance, ein Veto einzulegen, wenn sie etwas Negatives über die Bewerberin wusste oder diese in direktem Wettbewerb zu ihr stand. Hatte es nicht sogar Ärger wegen der Bewerbung gegeben, weil eine Mitgliedsfrau, die sich sonst nie an Aktionen beteiligte, gegen Annegret Bäumler votiert hatte?

Anja sprang aus dem Bett, verblüfft darüber, wie schnell sie plötzlich wach wurde. Jetzt erinnerte sie sich genau. Marlene Velbert hatte Annegret Bäumler abgelehnt, obwohl sie als Heilpraktikerin in einer gänzlich anderen Branche tätig war. Die Begründung war eher fadenscheinig, fast erpresserisch: Sie hatte erklärt, dass sie ihre Mitgliedschaft kündigen würde, wenn diese Frau aufgenommen würde. Das hätte die anderen nicht daran gehindert, Annegret Bäumler trotzdem aufzunehmen, aber sowohl die Übersetzerin in ihrem Kreis als auch eine Immobilienmaklerin hatten Einspruch wegen Tätigkeit in der gleichen Branche eingelegt. Wobei der Hinweis von Wilma Terstroet, der Immobilienmaklerin, nur halb zählte, weil Annegret Bäumler nicht selbst in der Branche tätig war, sondern ihr Mann.

»Sag mal Oliver, kennst du den Mann von Annegret Bäumler? Er ist Immobilienmakler«, fragte Anja ihren Mann, der frisch rasiert und gut duftend aus dem Bad kam.

»Wie kommst du jetzt darauf?«, wollte Oliver wissen.

»Normalerweise sind doch bei so einem Laienprojekt die Angehörigen der Schauspieler im Publikum«, antwortete Anja. Sie konnte sich nicht daran erinnern, dass nach dem Zusammenbruch der Schauspielerin jemand nach vorne geeilt war oder sonst wie eine größere Anteilnahme gezeigt hatte als alle anderen. Auch Gerd Neubert hatte nichts davon gesagt, dass er im Theater den Ehemann befragt hatte.

»Ich kenne einen Walter Bäumler«, erklang Olivers Stimme dumpf aus dem Schrank, in dem seine Hemden aufbewahrt wurden.

»Das wird er sein. So viele Immobilienmakler namens Bäumler wird es in Hagen nicht geben. Hast du den gestern gesehen?«

»Nein. Der war nicht im Theater.«

Anja war erleichtert, dass sie Oliver wieder gut verstehen konnte, während er ein kariertes Sporthemd anzog und die Knöpfe schloss.

»Ich habe mich ohnehin gewundert, wie wenige Leute ich da kannte. Ein völlig anderes Publikum als im Theater Hagen oder im Kunstquartier. Eigentlich erstaunlich.«

Anja überlegte, wie sie aus dem Schlafzimmer kam, ohne die Gefühle ihres Mannes zu verletzen. Das unterschiedliche Publikum in den Hagener Kultureinrichtungen war sein Lieblingsthema, darüber konnte er stundenlang philosophieren und hatte sogar angekündigt, eine wissenschaftliche Arbeit darüber zu verfassen. Zum Glück nahm das Telefon Anja die

Entscheidung ab, und da Oliver gerade erst mit einem halben Bein in seiner Jeans steckte, kam sie ihm zuvor und hob das Telefon aus der Ladeschale. »Henke«, sagte sie und schwieg dann so lange, dass Oliver ihr irgendwann ein Zeichen gab, um zu erfahren, wer am Telefon war.

»Ich weiß, ich war selbst dabei!«, war das erste, was Anja nach einigen Minuten sagte. Sie hielt kurz das Mikrofon am Telefon zu und flüsterte: »Marlene Velbert.« Sie wunderte sich, dass die Netzwerkkollegin, an die sie gerade noch gedacht hatte, ausgerechnet bei ihr anrief, um ihr zu berichten, dass Annegret Bäumler ermordet worden war. Hagen war eben doch ein Dorf, in dem Neuigkeiten schnell die Runde machten.

»Nach meiner Info steht noch nicht fest, dass sie ermordet wurde.« Anja hatte keine Lust, ausgerechnet Marlene ihre Infos auf die Nase zu binden. Die meldete sich immer nur, wenn sie etwas wollte, und wenn man selbst eine Frage hatte, fehlte ihr die Zeit, weil wichtige Kunden warteten. Das wusste Anja nicht aus eigener Erfahrung, sondern von ihrer Freundin Dorothee Herbst, die vor einiger Zeit den Rat einer Heilpraktikerin gesucht hatte und bei Marlene ziemlich abgeblitzt war. Anja kam ein Gedanke. Wenn Marlene schon anrief, konnte sie ihr wenigstens eine Frage beantworten, die sie gestern Abend beschäftigt hatte »Sag mal, lernt ihr als Heilpraktiker eigentlich auch was über Pflanzengifte?«

»Klar«, antwortete Marlene prompt. »Es gibt einige Pflanzen, die in homöopathischen Dosen gesundheitsfördernd sind und in großen Mengen tödlich. Wenn wir das nicht wüssten, wäre das schlimm. Wusstest du zum Beispiel, dass die Samenkapseln der Christrose tödlich sein können? Oder …« Sie hielt inne. »Du meinst aber nicht, dass Annegret vergiftet wurde, oder? Ich hatte es so verstanden, dass sie erschlagen wurde. Aber der blöden Kuh geschieht beides recht, die hat mich schon in der Schule getriezt, wo sie nur konnte und war ganz groß darin, Gerüchte über andere zu streuen.«

Anja schüttelte den Kopf. Stille Post at its best, oder? Wie konnte denn ein solches Gerücht entstehen? Aber vielleicht war das sogar hilfreich. Sie zumindest empfand es nicht als ihre Aufgabe, die Geschichte geradezurücken. »Das fiel mir nur so ein, weil ich gerade einen Krimi lese, in dem es um Gifte geht«, antwortete Anja, stolz, dass ihr so rasch eine Ausrede eingefallen war. Und da sie dabei war, Marlene anzuschwindeln, verabschiedete sie sich, indem sie ihr erklärte: »Du, ich muss mich um meine Familie kümmern. Wir sehen uns ja ohnehin am nächsten Donnerstag, oder?« Die Frage konnte sie sich nicht verkneifen, weil Marlene sehr lange nicht mehr an einem Treffen der Businessfrauen teilgenommen hatte. Dennoch tat sie so, als könnten sie beim nächsten Netzwerktreffen weitersprechen. Damit stand für Anja fest, dass sie es auf jeden Fall hinkriegen musste, das Treffen zu besuchen. Schon um zu sehen, ob Marlene tatsächlich anwesend sein würde. Und vielleicht erfuhr sie mehr über die Tote. Immerhin wusste sie nun, dass Clarissa Möllmann, deren Rolle Annegret Bäumler an sich gerissen hatte, sich als Heilpraktikerin mit der Dosierung von Pflanzengiften auskannte. Auch wenn Anja der Gedanke, dass sie eine Giftmörderin persönlich kannte, nicht behagte, rutschte ihre ehemalige Netzwerkfreundin ganz nach oben auf die Liste der möglichen Täter.

KAPITEL 9

Der gemeine Efeu lindert Husten und schockt bis zum Tod.

»Wer ist Marlene Velbert?«, erkundigte sich Oliver, als er mit Anja bei einem frischen Kaffee und einem Toast mit Rührei am Frühstückstisch saß.

»Eine Frau aus meinem Businessfrauen-Netzwerk«, antwortete Anja verhalten und häufte in Gedanken versunken Rührei auf ihre Toastscheibe, bis die ersten Bröckchen herunterfielen.

»Gut, dass die Kinder nicht da sind«, meinte Oliver. »Wo du ihnen doch immer beizubringen versuchst, Teller und Brot nur halb zu füllen.«

Anja betrachtete ihre Toastscheibe und schüttelte den Kopf. »Ich war ganz in Gedanken. Es ist merkwürdig, dass mich ausgerechnet Marlene angerufen hat. Ich habe sie ein- oder zweimal bei Treffen gesehen und das ist eine Weile her.«

»Vielleicht wusste sie, dass du gestern im Theater warst.«

»Davon hat sie nichts gesagt, sie hat zumindest so getan, als wäre ihr das neu. Woher auch? Ich glaube nicht, dass wir außer den Businessfrauen gemeinsame Bekannte haben und von denen war keine bei der Aufführung.« Anja hatte sich noch darüber gewundert, dass trotz der Rundmail an den großen Netzwerkverteiler keine der Kolleginnen erschienen war. Aber die Vorstellung war ausverkauft gewesen. Viele Darsteller hatten ihre Angehörigen zum Besuch motiviert, sodass andere Interessenten möglicherweise keine Karten mehr bekommen hatten.

»Ich habe die Mail gefunden, mit der sich Annegret Bäumler bei den Businessfrauen beworben hat«, berichtete Anja. »Ihr Mann ist tatsächlich Walter Bäumler und sie machte die Buchhaltung für seine Makleragentur. Ansonsten hatte sie ein Übersetzerbüro mit freien Mitarbeitern. Von Haus aus war sie Fremdsprachenkorrespondentin, hatte aber mal angefangen, Biologie zu studieren.«

»Sie wird sich wohl kaum selbst vergiftet haben«, ließ Oliver sich vernehmen, ehe er in seine Toastscheibe biss.

Anja schmunzelte. »Wohl kaum, aber sicher kannte sie sich mit Pflanzengiften aus.«

»Ach nee! Woher weißt du das denn?« Oliver ließ überrascht sein Brot sinken.

»Ich hatte auch noch die E-Mails der Frauen, die dafür gesorgt haben, dass sie nicht aufgenommen wurde«, antwortete Anja mit einem triumphierenden Grinsen. »Und rate mal, wer damals gegen sie gestimmt hat!«

»Och nö!« Oliver verzog das Gesicht. »Bei eurer

Weiberwirtschaft blicke ich sowieso nicht durch. Nicht solche Rätsel am Sonntagmorgen!«

»Clarissa Möllmann!«, verkündete Anja.

»Wie? Die ist in deinem Verein?« Oliver starrte Anja verblüfft an.

»Sie war in meinem Netzwerk«, entgegnete Anja. »Sie ist letztes Jahr ausgeschieden, da gab es irgendwelche Querelen, frag mich nicht. Aber zuvor hat sie noch zusammen mit Marlene Velbert dafür gesorgt, dass Annegret Bäumler nicht aufgenommen wird. Offiziell, weil sie selbst ebenfalls Immobilien betreut neben ihrer Heilpraktikertätigkeit. Inoffiziell, weil sie Zoff mit Annegret Bäumler wegen einer Übersetzung hatte.« Sie setzte ihre Tasse ab und schaute Oliver an. »Die Tote hat nämlich für Clarissa, also ihre Konkurrentin um die Rolle, ein Handbuch über Pflanzengifte aus dem Englischen übersetzt.«

»Nein!« Oliver knallte seine Tasse auf den Tisch. »Das gibt's nicht.«

»Doch! Ich sag's ja immer. Die Wirklichkeit schreibt die besten Geschichten. Sobald wir fertig sind, rufe ich Gerd an, um ihm das zu berichten.«

Oliver seufzte. »Dann wird aus unserem gemütlichen Sonntagsspaziergang zu zweit wohl auch nichts werden, fürchte ich.«

Anja legte den Kopf schief und schob die Unterlippe vor. »Na ja, wir könnten ja zu Fuß zum Theater an der Volme spazieren. Da ist heute Nachmittag eine Vorstellung, das heißt, das Café hat geöffnet und wir könnten dort etwas trinken.«

»Von mir aus!« Oliver lächelte. »Du gibst ja doch keine Ruhe.«

Anja blickte auf die Uhr. »Gleich zwölf. Ich brenne eine CD mit den Bildern von gestern Abend, vielleicht können die im Theater etwas damit anfangen. Du könntest eine Runde an Tobias' Schlagzeug trommeln«, schlug sie ihrem Mann vor. Dieser hatte begonnen, seinen Kindheitstraum vom Schlagzeugspielen zu realisieren, nachdem sie mit Tobias und dessen Trommeln Einzug gehalten hatte. Das hatte ihren Lebenspartner und ihren Sohn schnell zusammengeschweißt, und seit Tobias in Bochum studierte, verzog Oliver sich immer öfter in den Keller, um sich auszutoben, wie er es nannte.

»Danke, dass du dich um meine Freizeitgestaltung sorgst«, frotzelte Oliver. »Dann kümmere ich mich in der Zeit um den Efeu. Er sieht nicht mehr schön aus, jetzt wo die letzten Blätter abgefallen sind.«

Anja nickte zufrieden. Das war ihr sehr recht, der Efeu war ihr ohnehin ein Dorn im Auge, seit sie in einem Artikel gelesen hatte, dass er giftig war. Außerdem saß Oliver dann nicht am Esstisch und warf ihr vorwurfsvolle Blicke zu, weil sie nicht fertig wurde. Während des Brennvorgangs würde sie schnell ihre Freundin Vera Zeisig anrufen, die in Hagen jeden kannte, um von ihr zu erfahren, was sie über Annegret Bäumler wusste. Sie verschwand in ihr Arbeitszimmer, kopierte die Bilder, die unverfänglich waren, auf eine CD und drückte die Kurzwahltaste für Vera.

»Hallo Anja«, wurde sie begrüßt. »Ich habe schon mit deinem Anruf gerechnet.«

Anja kam es so vor, als könnte sie sehen, wie ihre Freundin das Telefon angrinste. »Jetzt sag mir bitte, woher halb Hagen schon weiß, was gestern passiert ist.«

»Polizeifunk und Hallenklatsch!«, hörte sie und wusste, was ihre Freundin meinte. Es gab ein paar Leute in Hagen, die immer gut informiert waren, wenn die Polizei ausrückte, und die dafür sorgten, dass sich Neuigkeiten bei Facebook wie ein Lauffeuer verbreiteten. Was nicht über soziale Netzwerke den Weg durch die Stadt fand, wurde garantiert in der Enervie-Arena diskutiert und geteilt, wenn dort Phoenix Hagen spielte wie an diesem Wochenende.

»Marlene hat mich gerade angerufen«, sagte Anja. »Von der hört man doch sonst nie etwas.«

»Bei mir hat sie auch durchgeklingelt«, bemerkte ihre Freundin. »Sie tat so, als wäre sie ganz aufgelöst, weil ihre beste Freundin Annegret gestorben sei. Ich habe das anders in Erinnerung.«

»Zu Recht!« Anja berichtete, was sie in den alten Mails gefunden hatte.

»Man könnte fast meinen, Marlene hätte etwas mit dem Tod zu tun, so auffällig, wie sie sich überall erkundigt.« Vera deutete genau das an, was auch Anja als Erstes durch den Kopf gegangen war. Es gab keinen Grund, warum Marlene sich so penetrant nach Annegret erkundigen sollte.

»Aber sie war gestern nicht im Theater, das weiß ich genau. Ich habe sie zwar ewig nicht gesehen, hätte sie aber auf jeden Fall wiedererkannt«, berichtete Anja.

»Dann weiß ich nicht, was das soll. Allerdings kann ich um diese Annegret keine große Trauer empfinden. Ich bin ja mit der zur Schule gegangen, damals hieß sie noch Annegret Fischer. Wann immer sie mir später über den Weg gelaufen ist, war sie so dominant wie während der Schulzeit. Selbst die Lehrer konnten sie nicht leiden, weil sie so selbstbewusst auftrat, dass es eher unverschämt und arrogant wirkte. Nachdem sie bei ihrer Tante in England gewesen war, erlaubte sie es sich, selbst unseren Englischlehrer, der wirklich gut war, zu kritisieren. Da kannte die nichts.«

Anja hörte ein Kichern in der Leitung. »Was gibt es da zu lachen?«

»Wir haben sie immer ›Rumpelstilzchen‹ genannt, weil sie so eine richtige Giftzwergin war, hinterlistig und gemein, ständig auf der Suche nach Fehlern bei anderen. Es konnte sein, dass sie dir einen Patzer Wochen später präsentierte, wenn du den längst vergessen hattest. Natürlich mit Vorliebe dann, wenn andere dabei waren und du nichts tun konntest.«

Das deckte sich in etwa mit dem, was Lars Wollenweber, wenn auch etwas zurückhaltender, gesagt hatte. Anja fiel ein, dass sie ihm sein Exemplar des

Textbuches abschwatzen wollte. Vielleicht stand sein Auto am Theater und sie konnten ihn dort treffen.

Rasch verabschiedete sie sich von Vera, packte ihre Kamera und ging vors Haus, um zu sehen, wie weit Oliver mit seiner Gartenarbeit gekommen war. Er winkte ihr mit einigen Efeuzweigen, an denen letzte Blätter hingen, vor der Nase herum.

»Von mir aus können wir«, säuselte Anja, nachdem er sein Spiel beendet hatte. Sie überlegte, wann sie ihn in ihren Plan mit dem Textbuch einweihen sollte. Sie entschied sich dafür, zu warten, bis sie unterwegs waren. So wichtig war das Textbuch nun auch wieder nicht – zumindest nicht für Oliver!

KAPITEL 10

Die Einbeere beruhigt die Migräne und treibt die Verdauung über die Maßen an.

Anja frohlockte, als sie das Theater an der Volme betraten und sie sah, dass die Regisseurin von »Die mörderische Teerunde« auf dem Podest saß und mit den Darstellern diskutierte, die sich in den ersten Reihen niedergelassen hatten. Wie gut, dass sie auf dem Spaziergang nicht dazu gekommen waren, über ihren Plan zu sprechen, Lars das Textbuch abzuschwatzen. Das hätte die Stimmung trüben können, aber so regelte sich alles von allein.

»Wir wollen nur einen Kaffee trinken«, erklärte Oliver hinter ihr der jungen Frau mit den braunen Locken, die vor einem Laptop saß und die Karten verkaufte.

»Ist die Chefin da?«, fragte Anja von der obersten Stufe zum Zuschauerraum aus. Etwas zu laut, wie sie erkannte, als alle Köpfe aus den Sitzreihen sich in ihre Richtung wandten.

Oliver verdrehte die Augen. Die junge Frau lächelte, aber nur leicht, nicht so, dass es auf Anja unhöflich wirkte, und antwortete: »Sie ist oben.«

»Wir haben gerade eine Besprechung, bitte kommen Sie später wieder«, sagte Regisseurin Samantha

Sandmann spitz, als Anja und Oliver den Gang hinuntergingen, aber sie ignorierten sie und gelangten an der Bühne vorbei zu der schmalen Treppe, die zum Café führte. Im Obergeschoss befand sich ein wunderbar zurechtgemachter Raum, in dem zurzeit die Bilder von Gerds Freundin Rosina hingen und sonntags vor den Nachmittagsvorführungen Kaffee und Kuchen angeboten wurden.

Anja sah zuerst Füße, die die Treppe hinunterkamen, und erkannte dann den Besitzer des Theaters. Er erklärte der Regisseurin freundlich, aber bestimmt: »Eure Besprechung ist wichtig, keine Frage, allerdings sollte sie nicht unsere Gäste vertreiben. Vielleicht setzt ihr euch oben in eine Ecke des Cafés oder geht hinter die Bühne.«

Er winkte Anja und Oliver zu sich heran. »Guten Tag, Herr Henke, was macht die Kultur?«

Anja lachte in sich hinein. Manchmal war es doch praktisch, die Frau eines Kultur-VIPs in Hagen zu sein. Oliver unterstützte mit der Stiftung, die er leitete, zwar selten Hagener Kulturprojekte, aber er kannte natürlich Gott und die Welt und hatte immer einen Tipp parat, wo es gerade Ausschreibungen gab oder möglicherweise einen Fördertopf. Auch jetzt vertiefte er sich mit dem Intendanten in ein Gespräch über die EU-Förderung von Theaterprojekten, sodass Anja sich entspannt an die Besitzerin wenden konnte, die oben neben der Theke stand und ihr erwartungsvoll entgegensah.

»Schön, dass Sie, trotz des unerfreulichen Vorfalls

gestern Abend, den Weg hierher gewagt haben«, sagte die Frau und rief die drei Hunde zurück, die sich sofort auf Anja stürzten.

»Das muss ja für Sie auch schlimm sein.« Anja war froh, dass sie eine Vorlage bekam, um in ein Gespräch über den Todesfall einzusteigen. »Wissen Sie schon Näheres?«

»Ich weiß nur, dass alle Mitglieder des Theaterprojektes heute Morgen befragt wurden. Wir«, sie deutete mit dem Kinn auf ihren Mann, der mit Oliver sprach und dabei den großen Golden Retriever streichelte, der von Anja abgelassen hatte, »waren auch bereits im Präsidium, obwohl wir mit der Inszenierung wenig zu tun hatten. Bei früheren Laienspielprojekten haben wir selbst die Regie übernommen, aber seit mein Mann auch die Schlossspiele leitet, haben wir eine Kollegin aus Dortmund engagiert.«

Anja horchte auf. Das klang ja eher distanziert. Sie erinnerte sich gut an die Führung im Theater kurz vor dem Start des Projektes. Damals war die Rede davon, dass eine gute Freundin die Inszenierung übernehmen würde. Sie hatte sich das gemerkt, weil sie ernstlich darüber nachgedacht hatte, selbst an dem Projekt teilzunehmen. Aber dann war ihr das zu viel gewesen, weil bereits klar war, dass die Ladenöffnungszeiten mit den Probenterminen kollidieren würden. Lars hatte sich verhalten über die Regisseurin geäußert und der Ton, in dem Samantha Sandmann sie gerade empfangen hatte, war nicht eben freundlich gewesen.

»Dann kann ich ja jetzt die Rolle übernehmen!«, schallte es aus dem Zuschauerraum bis zur Café-Plattform hinauf, auf der Bistrotische und eine Couchgarnitur zum Verweilen einluden. An einer Seite konnte man über ein Geländer, an dem kleine Töpfe mit vierblättrigen Einbeeren hingen, in den Bühnenraum schauen und zuhören, was dort gesprochen wurde. Sie musste sich keine große Mühe geben, um zu erfahren, worum es unten ging.

»Sagte ich nicht gerade, dass das Stück erst einmal nicht weitergespielt wird?«, ertönte die schrille Stimme der Regisseurin.

Als hätte sie nicht gehört, was Samantha Sandmann gesagt hatte, beharrte Clarissa weiter darauf, dass sie nun die Hauptrolle übernehmen könne, und erkundigte sich nach den nächsten Aufführungsterminen. »Ich kann die Rolle und hätte jederzeit einspringen können.«

»Ach, deshalb standest du uns bei der Premiere ständig im Weg«, bemerkte Mike Krämer trocken.

»Ich war jedenfalls stets präsent«, gab Clarissa Möllmann schnippisch zurück und sorgte für einen Streit darüber, wer in den wenigen Minuten, die gespielt worden war, gepatzt hatte.

Die Theaterleiterin seufzte. »Mir scheint, da muss ich runter und ein Machtwort sprechen.« Sie öffnete die Tür rechts neben der Theke.

»Äh, kann ich mitkommen?«, fragte Anja schnell. »Ich wollte mir ohnehin noch einmal die Räume hinter den Kulissen anschauen.« Sie spürte, dass das seltsam klang. Was ging sie dieser Bereich an?

Entweder empfand die Theaterleiterin das nicht so oder sie war in Gedanken bereits unten, sie hielt jedenfalls als Antwort die Tür auf und hastete die Treppenstufen hinunter, ohne darauf zu achten, ob Anja ihr folgte oder nicht.

Anja blieb kurz stehen, um sich zu orientieren. Von dem kleinen Treppenhaus ging links eine Tür zur Küche ab. Sie sah zwei Kaffeemaschinen und allerlei Requisiten, unter anderem viele bunte bauchige Tassen, wie sie am Abend zuvor auf der Bühne gestanden hatten. Sie wunderte sich, dass die Polizei diese hier nicht mitgenommen hatte.

Auf dem Treppenabsatz standen Kisten, auf denen Titel anderer Stücke standen, die sie in dem Theater bereits gesehen hatte. »Das Gasthaus an der Volme«, »Zeugin der Anklage«, »Die Mausefalle«.

Sie ging die Treppe hinunter und hörte wieder die schrille Stimme von Clarissa Möllmann. Genauso hatte sie bei dem letzten Meeting der Businessfrauen gekeift, als entschieden wurde, dass nur eine Kräuterwanderung im Jahr angeboten werden sollte und nicht zwei, wie sich Clarissa das gewünscht hatte. Am Ende hatte überhaupt keine stattgefunden, weil Clarissa Knall auf Fall aus dem Netzwerk ausgetreten war. Welche Kräuter die Heilpraktikerin wohl mit den Teilnehmern erwandert hätte?

Ob Gerd inzwischen wusste, woran Annegret

gestorben war? Es kam ihr plötzlich so vor, als gäbe es überall jene Pflanzen, die sie in Lena Lensings Münsterländer Workshop über Krimikräuter mit Wanderung kennengelernt hatte. Bis dahin hatte sie sich nie Gedanken darüber gemacht, dass selbst harmlose Blüten und Grünpflanzen bei falscher Anwendung tödlich sein konnten.

Anja eilte die Treppe hinunter, vielleicht wusste Lars Wollenweber mehr über den aktuellen Ermittlungsstand. Wenn sie die Theaterbesitzerin richtig verstanden hatte, waren alle Darsteller bei der Polizei gewesen. Die Wahrscheinlichkeit, dass Gerd einem von ihnen etwas erzählt hatte, war zwar gering. Aber manchmal konnte sie aus seinen Fragen und Antworten ihre eigenen Schlüsse ziehen, weil sie die Leute kannte oder eine Information besaß, die ihr bis dahin unwichtig erschien. Es wurde ohnehin Zeit, dass sie mit Olivers Kollegen sprach. Vorher wollte sie jedoch erkunden, wie es hinter dem schwarzen Vorhang aussah. Gerd hatte angedeutet, dass sich da jemand verstecken konnte. Der musste allerdings sehr schlank sein, das wurde Anja klar, als sie versuchte, sich zwischen der Wand und dem Stoff hindurchzuzwängen.

Sofort wurde sie von der Bühne angesprochen. »Wer ist da?«, erscholl die scharfe Stimme von Samantha Sandmann.

Anja suchte eine Lücke in dem Vorhang und steckte ihren Kopf hindurch. »Ich schaue nur etwas nach«, sagte sie, als wäre es völlig selbstverständlich, dass eine Außenstehende hinter dem Vorhang herumlief. Andererseits konnte die externe Regisseurin nicht jeden Einzelnen kennen, der etwas mit dem Theater zu tun hatte. Sie reagierte auch nicht auf Anjas Bemerkung, nur einige der Schauspieler schauten irritiert. Vor allem Clarissa Möllmann wirkte nervös. Ihre Augen weiteten sich ein wenig, als sie Anja sah.

Rasch ging Anja zurück in das kleine Treppenhaus. Etwas zu hastig. Sie stieß mit der Schulter gegen die offen stehende Tür zwischen Bühne und Treppenhaus. Mit einem lauten Knall fiel sie zu und Anja bemerkte überrascht, dass dahinter eine weitere Tür zum Vorschein kam, die bisher stets von der Bühnentür verdeckt worden war. Wohin mochte sie führen? Entschlossen drückte Anja die Klinke herunter.

KAPITEL 11

Nach dem Genuss der Engelstrompete hörte schon mancher die Engel trompeten.

»Und, was hat Gerd zu deiner Entdeckung gesagt?«, fragte Oliver und drückte nebenher die Fernbedienung, um die Tagesschau anzustellen. Ida lag bereits im Bett und sie hatten endlich die nötige Ruhe, um sich darüber auszutauschen, was sie am restlichen Sonntag erfahren hatten.

Vom Theater waren sie mit Lars Wollenweber zu dessen Wohnung gefahren, um sein Textbuch zu holen. Anja hatte Oliver signalisiert, dass sie im Beisein des Kollegen nichts über ihre Entdeckungen sagen wollte.

»Dass es vom Treppenhaus im Theater eine Tür zum Parkhaus gibt, war für Gerd nichts Neues«, berichtete Anja nun, solange der Fernseher noch tonlos Werbung ins Wohnzimmer sandte. Ausnahmsweise ohne Olivers Klage, dass die öffentlich-rechtlichen Sender auch nicht mehr die alten waren, wenn sie die Zeit vor der Tagesschau schon verkaufen mussten.

Statt zu meckern, lachte Oliver über Anjas enttäuschtes Gesicht bei ihrem Bericht. »Du musst zugeben, wenn die Polizei das übersehen hätte, hätte sie sehr schlecht gearbeitet.«

Als ob Anja das nicht ebenfalls klar gewesen wäre. Aber sie hätte es auch schön gefunden, wenn Gerd Neubert, wie sie selbst, aus allen Wolken gefallen wäre. Obwohl sie bereits an einer Führung durch das Theater teilgenommen hatte, war sie überrascht gewesen, dass sowohl von dem kleinen Treppenhaus neben der Bühne als auch von der Bühne aus Türen ins Parkhaus führten.

»Er wusste aber nicht, dass die Immobilie über das Büro von Walter Bäumler vermittelt wurde.« Die Enttäuschung in ihrem Gesicht wich einem triumphalen Lächeln. »Das habe ich von der Besitzerin erfahren. Und sie meint, es könnte sein, dass noch ein Schlüssel zu der Tür bei dem Makler wäre, weil er sich damals um die Erweiterung des Bühnenraums gekümmert hat.«

»Nun denkst du, der Ehemann hätte sich durch das Parkhaus hinter die Bühne geschlichen und seine Frau umgebracht!« Oliver lachte laut. »Du hast echt zu viele Krimis gelesen. Denk daran, wie viele Darsteller hinter den Kulissen herumwuselten. Wenn sich ein Unbefugter dazugesellt hätte, hätte das sicher jemand bemerkt und erwähnt.«

Anja kam nicht mehr dazu, ihre Idee zu verteidigen, weil auf dem Fernsehbildschirm die Tagesschausprecherin erschien und Oliver den Ton einschaltete. Die Idee, dass der Täter sich vom Parkhaus auf die Bühne geschlichen hatte, war zu schön gewesen.

Inzwischen stand fest, dass Annegret keines natürlichen Todes gestorben war, das hatte Gerd Anja verraten, als sie ihn im Präsidium angerufen hatte. Kurz darauf hatte sie es bereits bei Radio Hagen gehört, er hatte also kein Geheimnis ausgeplaudert. Leider auch nicht gesagt, wie genau Annegret gestorben war. Angeblich wusste er das selbst noch nicht, weil manche Analysen länger dauerten. Sie wollte lieber nicht zu genau wissen, was da wie von wem untersucht wurde. Schon als Jugendliche hatte sie die Augen geschlossen, wenn Quincy in der Pathologie arbeitete, obwohl sie die Serie geliebt hatte. In ihrer Buchhandlung lagen die Pathologen-Krimis in einem Extraregal, das weit von der Theke und ihrem Lieblingssitzhocker entfernt war.

Olivers Lachen lenkte Anjas Aufmerksamkeit auf den Fernseher. »Was ist so lustig an dem Wetter?«

»Der Beitrag davor war herrlich. Man fragt sich zwar, wieso es die Meldung in die Nachrichten geschafft hat, aber witzig. In Niedersachsen mussten 150 Rettungskräfte zu einem Treffen von Heilpraktikern und Homöopathen anrücken, weil die Damen und Herren eine Droge getestet haben. Wie blöd ist das denn? Ich meine, wenn die Drogen nicht dosieren können, wie wollen sie einem dann sagen, welche Menge dieser Kügelchen man nehmen soll?«

Das hatte Anja sich auch schon manches Mal gefragt. Vor allem, nachdem Clarissa Möllmann bei einem der Netzwerkstammtische erzählt hatte, dass sie von Haus aus Bürokauffrau sei und dann auf Heilpraktikerin umgeschult hätte.

»Warum schüttelst du den Kopf?«, wollte Oliver wissen, nachdem er sich beruhigt und den Fernseher ausgeschaltet hatte.

Anja berichtete ihm von der Diskussion über Heilpraktiker unter den Businessfrauen. »Es gibt keine vorgeschriebene Ausbildung, man muss 25 sein, einen Schulabschluss nachweisen, darf nicht vorbestraft sein und muss die entsprechende Prüfung beim Gesundheitsamt bestehen.« Sie stutzte. »Bei der Krimikräuterwanderung im Sauerland waren zwei oder drei Leute, die sich auf die Heilpraktikerprüfung vorbereiten wollten. Die haben gleich das Handout über die Giftpflanzen an sich gerissen, das die Kursleiterin vorbereitet hatte.«

Wo hatte sie die Kopie hingelegt? Vielleicht fand sie dort Anhaltspunkte, mit welchem Gift der Täter Annegret Bäumler getötet hatte. Waren darin nicht sogar die Dosierungen angegeben, die für Menschen tödlich sein konnten? Sie waren damals alle erstaunt gewesen, wie viele giftige Pflanzen in ihrer Umgebung zu finden waren, wenn man wusste, was man suchte. Wenn sie daran dachte, wie oft ihr in den letzten Tagen dieses Grünzeug begegnet war, hatte sie das Gefühl, Gerd würde sicher Probleme bekommen, den Täter zu ermitteln. Erst am Samstag hatte sie auf dem Blumenmarkt sogar eine Engelstrompete gesehen, die ihr bis zu dem Vortrag gänzlich unbekannt gewesen war.

»Wirklich merkwürdig. Wenn überhaupt, würde ich nur zu jemandem gehen, der eine medizinische Ausbildung hat«, unterbrach Oliver ihre Gedanken.

Anja ging nicht darauf ein, was sollte sie auch dazu sagen? Wichtig war eine Frage, die ihr seit dem Verlassen des Theaters unter den Nägeln brannte. Aber anfangs hatte Oliver neben Lars Wollenweber auf dem Beifahrersitz gesessen, und sie hätte nicht verhindern können, dass der junge Mann ihre Frage mitbekam. Olivers Mitarbeiter hatte sie nach Hause gefahren, nachdem er das Textbuch aus der Wohnung geholt hatte, und auf dem Weg hatten sie Ida mitgenommen, die daheim sofort vorführte, welchen Zaubertrick sie vom Opa ihrer Freundin Vanessa gelernt hatte.

»Worüber habt ihr im Theater eigentlich die ganze Zeit gesprochen? Ich hörte nur einmal etwas von Delegation, aber dann keifte Clarissa dazwischen.«

»Wir sprachen darüber, dass die Delegation aus Torquay noch nicht abreisen darf, weil einige der Mitglieder auf der Bühne waren, als die Bäumler starb und andere im Publikum saßen«, erzählte Oliver.

»Haha! Du meinst, jemand aus dem Publikum hätte Annegret auf der Bühne getötet?«

»Äh. Waren wir nicht zusammen in der Aufführung vom ›Gasthaus an der Volme‹? Da werden die Morde auch mit einem Blasrohr begangen.« Oliver schmunzelte, wurde jedoch gleich wieder ernst. »Im Moment sind alle Zuschauer Zeugen, vor allem aber sind alle Leute, die auf der Bühne waren, als die Bäumler zusammenbrach, verdächtig.«

Anja verstand, weshalb die meisten der Schauspieler so bedrückt gewirkt hatten, als sie mit der Regisseurin sprachen. Außer Clarissa, die einen völlig unbekümmerten Eindruck machte, bis sie Anja hinter dem Vorhang bemerkt hatte.

KAPITEL 12

Beeren und Rinde des Faulbaums können Darmbeschwerden lindern oder herbeiführen.

»Kann ich dich heute Vormittag allein lassen, Britta?« Anja stand am Schaufenster ihrer Krimibuchhandlung »Mord & Ortschlag« und kratzte die Reste des Plakats für »Die mörderische Teerunde« von der Scheibe, während ihre Mitarbeiterin die Bücherlieferung auspackte und in die Regale sortierte. Diese Arbeit hasste Anja, da war ihr selbst das Abkratzen der Reste des von der Sonne fast in die Scheibe eingebrannten Klebestreifens lieber.

»Montags ist doch nie viel los«, antwortete Britta Jansen und betrachtete die große Rolle Geschenkpapier mit den blutigen Messern, die Anja bestellt hatte.

Anja verstaute die Plakatreste im Abfalleimer und lachte über das Gesicht der Mitarbeiterin, die für ihr Leben gerne Geschenke einpackte und darüber alles vergessen konnte, sogar das Kassieren. Das allerdings war nur ein einziges Mal geschehen.

»Denkst du darüber nach, was du aus dem Papier machen kannst?«, erkundigte sich Anja bei Britta, während sie ihren Autoschlüssel in der Handtasche suchte.

»Ich weiß nicht, da ist man so eingeschränkt. Ganz

anders als bei den einfarbigen Papieren, die wir früher hatten.« Brittas krause Stirn ließ keinen Zweifel daran, welche Sorte Geschenkpapier sie bestellen würde, wenn sie verantwortlich wäre.

Anja wusste genau, was sie mit früher meinte. Die erste Weihnachtssaison, als Britta Jansen bei ihr angefangen und mancher Kunde verärgert den Laden verlassen hatte, weil sie darin vertieft war, ein Buch zu verpacken. Eine halbe Stunde lang. Um das zu verhindern, orderte Anja seither stets gemustertes Papier oder vorgefalzte Tüten, in die man das Buch nur hineinschieben musste.

»Ich bin in einer Stunde zurück«, versprach sie von der Tür des »Mord & Ortschlag« aus, die ein paar Töne aus dem »Kriminaltango« von sich gab, als Anja sie öffnete.

Anja ging zu ihrem Auto, das auf einem Stellplatz in der Nähe des gegenüberliegenden Spielplatzes geparkt war. Sie wollte die Tür öffnen, als sie Gerd Neuberts Stimme hinter sich hörte.

»Na, bist du schon wieder auf Ermittlungstour?«, erkundigte sich der Kriminalkommissar.

»Nein«, antwortete Anja. »Ich wollte zu dir, um dir die Ausbeute meines gestrigen Theaterbesuchs zu bringen.«

Gerd stutzte. »Die Fotos von Samstagabend habe ich doch bereits.« Er lachte. »Ich wollte dir die Speicherkarte zurückbringen, weil ich nach der Pressekonferenz etwas frische Luft brauchte.«

Pressekonferenz! Anja horchte auf. Das konnte nur bedeuten, dass es erste Ergebnisse gab. »Habt ihr den Täter etwa schon?«, fragte sie in einem Ton, der verriet, dass sie davon nicht begeistert wäre, weil sie dadurch um ihr Ermittlungsvergnügen gebracht würde.

»Das wäre schön«, seufzte Gerd. »Wir hatten gestern eine Reihe von Anfragen aus den Redaktionen, was es mit dem Tod im Theater auf sich hätte.« Er zog die Schultern hoch und ließ sie resigniert wieder fallen. »Ein Mord auf offener Bühne vor 100 Zuschauern, was soll man da anderes erwarten! War ja klar, dass die Medien das spitzkriegen!«

»Komm, ich lad dich zum Kaffee in der ›Öse‹ ein«, schlug Anja vor. »Britta Jansen wäre enttäuscht, wenn ich so schnell wieder zurück wäre. Obwohl …« Sie holte die Kameratasche hinter dem Fahrersitz hervor. »Bei dem schönen Wetter könnte ich gut endlich zum Schloss Hohenlimburg rauf und ein paar Fotos machen. Dorthin will ich schon lange einmal fahren.«

»Und ganz zufällig kommst du dann beim Ehemann der Toten vorbei und hast dort eine Autopanne oder sonst etwas, um bei ihm zu klingeln, was?« Gerd zwinkerte ihr zu.

»Wohnt der in Hohenlimburg?« Anja konnte sich nicht an die Adresse des Immobilienmaklers erinnern. Sie war ihr auch nicht wichtig erschienen, nachdem Oliver sie davon überzeugt hatte, dass Walter Bäumler kaum unbemerkt hinter der Bühne hätte herumlaufen können.

Gerd winkte ab und sagte genau das gleiche wie ihr Mann am Abend zuvor. »Selbst wenn der einen Schlüssel zu der Parkhaustür gehabt hätte.«

»Hat!«, unterbrach Anja ihn.

»Hat!«, äffte Gerd sie nach. »In dem Stück haben so viele Darsteller mitgespielt. Wenn man noch die Regisseurin, die Technikerin, die beiden Theaterleiter, die ja auch noch im Hintergrund herumwuselten, und die drei Leute von der Theke hinzurechnet, dann war das richtig voll.«

»Ich weiß! Aber müssen wir das hier im Stehen besprechen?« Sie sah ihn von der Seite an. »In der ›Öse‹ könntest du mir in Ruhe von der Pressekonferenz erzählen.«

»Du bist unverbesserlich!«, meinte Gerd und sah auf die Uhr. »Dann komm. In einer halben Stunde muss ich los.«

Sie gingen an dem Spielplatz vorbei zum Volkspark. Die Wasserspiele waren noch nicht abgestellt und da der Vormittag trotz des Morgenregens warm und sonnig war, saßen einige Gäste an den Tischen vor dem gläsernen Pavillon, in dem die »Öse« seit Jahrzehnten ihr Domizil hatte.

Als sie ein kleines Beet mit Sträuchern passierten, fragte sich Anja unvermittelt, ob der Busch mit den kleinen Beeren jener Faulbaum war, auf den die Dozentin bei der Krimikräuterwanderung hingewiesen hatte. Sie musste unbedingt dieses Handout suchen, nicht nur wegen Annegrets Tod, auch weil es wichtig war zu wissen, welche Pflanzen giftig sein konnten. Ida war zwar längst aus dem Alter heraus, in dem sie alles in den Mund steckte, aber ihre Experimentierfreude war nicht kleiner geworden. Die Beeren konnten bei einem Einkaufsspiel leicht als Johannisbeeren durchgehen.

Gerd Neubert winkte ihr von einem Ecktisch aus zu. Anja hatte nicht bemerkt, dass er mit großen Schritten vorangestürmt war, um ihren Lieblingstisch direkt am Fenster zu erobern. Hier hatte man den besten Blick in den Park und musste nur auf die Tischnachbarn zur Linken achten, wenn man über Dinge sprechen wollte, die nicht für die Öffentlichkeit bestimmt waren.

»Auch einen Cappuccino?«, fragte sie Gerd. Als dieser nickte, ging sie zur Eistheke, um die Getränke zu bestellen.

»Nun erzähl schon!« Neugierig blickte sie den Kommissar an, nachdem sie an den Tisch zurückgekehrt war. »Worüber habt ihr gesprochen?«

»Das weißt du doch längst. Dass Annegret Bäumler ermordet wurde, vermutlich vergiftet, wir aber noch nicht wissen, mit welchem Gift. Deshalb können wir auch noch nicht sagen, ob es in der Tasse war, die sie hat fallen lassen, oder woanders.«

»Woanders?« Davon hatte Gerd Neubert in ihrem Telefonat am Sonntag nichts gesagt. »Wie soll das denn gehen?«

Gerd seufzte und schaute sich um. »Vergiss das gleich wieder. Das ist mir so rausgerutscht. Auf der

PK haben wir nur gesagt, dass sie wohl vergiftet wurde.«

»Du meinst, das Gift war nicht in der Tasse, aus der sie getrunken hat?«

Gerd hob zur Antwort nur die Hände und begrüßte die Kellnerin, die zwei dampfende Tassen, mit kleinen Kakaosternchen auf dem Milchschaum, vor ihnen abstellte. »Ich zahl dann gleich!« Ehe Anja protestieren konnte, hatte er der Bedienung mit einem »Stimmt so!« einen Fünf-Euro-Schein überreicht.

»Nun sag schon, wie könnte sie sonst vergiftet worden sein?« Anja ließ nicht locker. In Gedanken ging sie die Möglichkeiten durch. Vielleicht war die Idee mit dem Giftpfeil doch nicht so falsch.

Gerd verschluckte sich fast an seinem Cappuccino, als Anja ihm ihre Theorie vorstellte. Aber er verriet nichts weiter, sondern lenkte das Gespräch in eine andere Richtung: »Was wolltest du noch mal bei mir?«

»Ich wollte dir eine DVD mit Fotos und einem Film von gestern bringen«, antwortete Anja, die einsah, dass sie in der Frage, wie Annegret das Gift erhalten hatte, nicht weiterkommen würde.

»Was war gestern?«

»Oliver und ich waren erneut im Theater.« Anja berichtete, was sie mitbekommen und erfahren hatte, und gab zu, dass sie nicht ganz rechtmäßig ihre Kamera eingeschaltet hatte.

»Fotos vom Theater haben wir echt genug. Apropos.« Gerd fasste in die Jacke und holte Anjas Speicherkarte heraus. »Mit Dank zurück. Das waren ja zig Gigabyte Fotos!«

»Besser zwei zu viel als eins zu wenig, oder?«, gab Anja zurück und kramte eine DVD aus ihrer Handtasche. »Hier sind noch einige Aufnahmen von den Räumen hinter der Bühne. Interessant ist aber, was ich gefilmt habe. Manche Fotoapparate können nämlich auch filmen, weißt du?«

Gerd schwieg und verzog das Gesicht. »Das will ich lieber nicht hören. Was ich nicht weiß, kann auch nicht gegen mich verwendet werden.«

Anja ging nicht auf die Bemerkung ein. »Ich habe selbst nicht bemerkt, dass ich auf die Aufnahmetaste gedrückt habe, als wir das Theater betreten haben«, verriet sie.

Erst am Morgen, als sie die Fotos durchgesehen hatte, war ihr aufgefallen, dass sie einen Teil des Gesprächs der Theatergruppe aufgenommen hatte. Und zwar bevor die Regisseurin auf sie aufmerksam geworden war.

»Diese Clarissa Möllmann ist so penetrant, das ist unglaublich!«, fasste Anja die kurze Sequenz zusammen. »Während die anderen von dem Todesfall betroffen waren und wollten, dass das ganze Stück abgesetzt wird, hat sie darauf beharrt, dass sie nun endlich die Rolle der Beryl Gilliat spielen könnte.« Sie schaute Gerd an. »Sie hat sogar von einem Wink des Schicksals gesprochen!« Schon am Morgen hatte sie sich darüber aufgeregt und war geradezu erleichtert, dass diese Frau nicht mehr in ihrem Frauennetzwerk war. Diese Instinktlosigkeit war unerträglich.

»Die ist mir bei der Vernehmung auch auf die Nerven gegangen«, stimmte Gerd Anja zu. »Sie hat ständig gefragt, wann die Aufführung fortgesetzt werden könnte.«

»Meinst du, sie hat Annegret Bäumler vergiftet?« Anja senkte ihre Stimme. »Du weißt sicher bereits, dass sie Heilpraktikerin ist.« Erschrocken blickte sie sich um. »Sie hat ihre Praxis da drüben!« Sie deutete mit dem Kinn auf das Gebäude, das die Bäume im Volkspark weit überragte.

»Da! Dann muss sie gut im Geschäft sein«, meinte Gerd Neubert und pfiff leise anerkennend. »Das ist 1-a-Lage und die Mieten sind ziemlich happig, hat einer der Kollegen erzählt, dessen Frau sich dort ein Büro für ihre Kanzlei angesehen hat. Direkt an der Haltestelle, gegenüber der IHK. Das hat was, dort seine Kunden zu empfangen.«

»Deinen Kunden kann es doch egal sein, wo du residierst«, scherzte Anja, doch sie wurde gleich wieder ernst, weil ihr klar wurde, dass Gerd Neubert nur wenig Zeit hatte. Sie zuckte die Achseln. »Ich kann mir nicht vorstellen, dass sie als Heilpraktikerin so viel verdient. Sie hat vor einem Jahr dort angefangen. Aber sie hat früher Immobilien vermittelt und macht das wohl jetzt auch noch. Vielleicht wirft das so viel ab, dass sie sich die Räume dort leisten kann.«

»Interessant!«, meinte Gerd nur. »Schade, dass ich ins Präsidium muss. Es würde mich doch interessieren, wo genau diese Dame ihr Büro hat.« Er stand auf und verabschiedete sich von Anja, die in den Resten ihres Milchschaums rührte.

»Ich bleibe noch etwas sitzen«, erklärte sie. »Es lohnt sich nicht mehr nach Hohenlimburg zu fahren und Britta tüftelt bestimmt gerade an neuen Geschenkverpackungen, da störe ich nur.«

Gerd winkte ihr zu, ehe er ihr den Rücken zudrehte und in Richtung Sparkassenkarree ging. So konnte er nicht sehen, dass Anja ihre Tasche bereits unter dem Arm hatte, als er hinter der Konzertmuschel verschwand. Sie hatte eine viel bessere Idee, die geschenkte Zeit zu nutzen.

KAPITEL 13

Das Wohl der Blase durch die Feuerbohne ist das Unheil des Darms.

Anja verstaute ihre Kamera wieder im Auto hinter der Lehne des Fahrersitzes und freute sich, dass sie den Dauerparkplatz direkt beim Spielplatz bekommen hatte. Sonst hätte sie jetzt ins »Mord & Ortschlag« gehen müssen, um nicht mit zwei Taschen beladen bei Clarissa Möllmann aufzulaufen. Die Lage ihrer Krimibuchhandlung war für solche Ermittlungen genial, nur wenige Schritte bis zur Fußgängerzone, den Volkspark samt »Öse« und Spielplatz in Sichtweite und zudem das Bankhaus, in dessen oberen Etagen sich Arztpraxen befanden und eben auch die Praxis, oder wie immer man ein Heilpraktiker-Büro nannte, ihrer ehemaligen Netzwerkkollegin.

Während sie die wenigen Schritte vom Parkplatz zum Eingang überwand, ersann sie eine unverfängliche Geschichte für Clarissa Möllmann. Das hatte ihr Vater ihr schon in der Schulzeit eingeschärft: Wenn du schwindelst, bleib immer nah an der Wirklichkeit, dann glaubt dir jeder, weil du deine Story überzeugend darlegst.

Entsprechend überzeugend trug Anja ihre Notlüge vor, nachdem Clarissa ihr mit einem erstaunt-fragenden »Anja!?« die Tür geöffnet hatte.

»Hallo, Clarissa«, begrüßte Anja ihre frühere Netzwerkkollegin, die in dem weißen Kittel völlig anders wirkte als am Samstag auf der Bühne. »Mich beschäftigt schon länger ein Problem und als ich dich Samstag sah, fiel mir ein, dass ich dich danach fragen könnte.«

Wie sie es sich ausgemalt hatte, sprang die Heilpraktikerin sofort auf ihre Andeutung an. »Komm herein, ich habe gerade ohnehin keinen Klienten, da kann ich mir etwas Zeit für dich nehmen. Worum geht es denn?«

Sie führte Anja in einen Raum, der hellbeige gestrichen war und sehr kahl wirkte. Als sie Anjas irritierten Blick angesichts der leeren Wände bemerkte, sagte sie: »Ich biete hier verschiedene Therapien an, da ist es meist besser, wenn die Klienten nicht abgelenkt werden. Deshalb sieht das so steril aus.«

Steril! Genau so wirkte der Raum. Selbst die Ledersessel mit silbernem Gestell und heller Sitzfläche und Lehne wirkten unnahbar. Lediglich eine Feuerbohnenstaude stand in einem hellen Übertopf vor dem Fenster. Ihr Gift würde allerdings nicht ausreichen, einen Menschen zu töten.

Anja wagte kaum, sich auf der hellen Sitzgarnitur niederzulassen, und wäre fast mit ihrem Stuhl umgekippt, weil sie so weit vorne auf der Kante saß.

»Magst du einen Tee?«, fragte Clarissa und zuckte zusammen. »Äh, oder doch lieber einen Kaffee?«

»Nichts, danke!«, sagte Anja schnell. Das fehlte noch, dass ihr diese Chance, über den Samstagabend zu sprechen, durch die Lappen ging wegen eines Getränks! »Das war was, am Samstag!«, warf sie in den Raum, in der Hoffnung, dass die Heilpraktikerin darauf reagieren würde.

Clarissa rieb sich die Arme, als sie sich auf den anderen Stuhl setzte. »Furchtbar, ganz furchtbar.«

Im Theater und auf Anjas heimlichem Video hatte sich das völlig anders angehört.

Nachdem beide Frauen eine Weile geschwiegen hatten, wagte Anja einen neuen Vorstoß: »Kanntest du Annegret gut?«

»Wie man sich halt kennt, wenn man zusammen ein solches Projekt entwickelt«, meinte Clarissa und verschränkte die Arme vor der Brust. »Wir waren sicher nicht die besten Freundinnen, aber trotzdem. Man rauft sich zusammen, und wenn dann jemand direkt vor den eigenen Füßen stirbt!«

Anja runzelte die Stirn. Laut Textbuch hatte Clarissa nach der ersten Szene im Tassenladen keinen Einsatz mehr und Annegret war ganz sicher nicht vor ihren Füßen gestorben. Es sei denn, Clarissa hatte zu dem Zeitpunkt hinter dem Vorhang gestanden. Anja fiel der Augenblick ein, als sie kurz gedacht hatte, sie hätte Clarissa neben der Bühne gesehen. Vielleicht hatte sie sich nicht geirrt. Und wieso tat ihre ehemalige Netzwerkkollegin so, als hätte sie vor dem Theaterprojekt keine Berührung mit der Toten gehabt?

»Hast du nicht damals gegen sie votiert, als sie Businessfrau werden wollte?«

Anja beobachtete, wie sich langsam Schweißperlen auf Clarissas Stirn sammelten, obwohl es in dem Raum nicht nur steril aussah, sondern auch, trotz der angenehmen Temperaturen draußen, ziemlich kalt war. Da hatte sie wohl ins Schwarze getroffen.

»Äh, mhm, äh«, stammelte die Heilpraktikerin und brauchte ein paar Sekunden, bis sie sagen konnte: »Jetzt wo du es sagst. Ich hatte das ganz vergessen, nachdem ich meine Mitgliedschaft beendet hatte.« Bei den letzten Worten wurde ihre Stimme wieder fester, als wollte sie Anja zeigen, dass sie diejenige war, die sich hier falsch benahm.

Anja beeindruckte das wenig. Während Clarissa sich sammelte, hatte sie sich schnell eine Geschichte ausgedacht, die ihr hilfreicher erschien. Ursprünglich wollte sie eine Allergie für Ida erfinden, aber das war ihr ohnehin nicht ganz recht. Ein kleiner Funken Aberglaube steckte in ihr. Schon als Jugendliche hatte sie sich schwergetan, Krankheiten vorzutäuschen, und das nur in absoluten Notfällen wie vor Physikarbeiten eingesetzt.

»Ist ja auch nicht so wichtig. Weshalb ich gekommen bin: Ich wollte dich fragen, ob du bei mir im Laden einen Vortrag über die Gifte von Agatha Christie halten könntest.« Anja war stolz auf diese geniale

Idee. So konnte sie unbefangen mit Clarissa über Gifte sprechen. Es hatte vor gut einem Jahr tatsächlich eine Ausstellung über die Gifte der Krimi-Königin gegeben. In Wunsiedel. Sie hatten extra auf ihrer Fahrt in die Ferien dort Rast gemacht. Tobias schwärmte noch heute davon und wann immer es passte, drohte er ihr damit, dass sein WG-Mitbewohner als Biologiestudent das eine oder andere Gift leicht herstellen könne. Wenn er wüsste, was sie bei ihrer Krimikräuterwanderung gelernt hatte!

Überrascht bemerkte Anja, wie Clarissa blass wurde und sich an die Stuhllehnen klammerte.

»Was ist los?«, erkundigte sie sich, ehrlich besorgt über das Verhalten.

»Dass du ausgerechnet danach fragen musst!« Clarissa schnaufte regelrecht vor Aufregung. »Der Kommissar hat mich gestern gefragt, ob ich mich mit giftigen Pflanzen auskenne. Weil Annegret doch wahrscheinlich vergiftet wurde. Oder bestimmt, es gab kein Blut, wie hätte sie sonst sterben sollen.«

Anja nickte und sah die ehemalige Netzwerkkollegin neugierig an. »Und was hat das mit Agatha Christie zu tun?«

Clarissa bewegte den Kopf langsam hin und her. »Ich habe gesagt, ich kenne mich so aus wie jeder Heilpraktiker. Wir müssen schließlich wissen, welche Pflanzenteile in welcher Form und Dosis helfen oder eben auch schaden.«

»Und wo ist dann das Problem?«

Clarissa seufzte tief. »Ich habe ihm verschwiegen, dass ich im letzten Jahr bei einem Heilpraktikertreffen einen Vortrag über die tödlichen Gifte bei Agatha Christie gehalten habe. Vorher hatte ich ein Seminar in Bayern besucht, als dort die Ausstellung über die Gifte war.«

Am liebsten hätte Anja sich selbst Beifall geklatscht für ihre fruchtbare Schwindelei, aber dazu war jetzt keine Zeit. Sie hatte alles erfahren, was sie wissen wollte, und konnte es kaum erwarten, Gerd ihre Theorie zu unterbreiten. Schade, dass er in einem Termin war. Um Clarissa in Sicherheit zu wiegen, sagte sie: »Das ist echt blöd. Aber es ist nicht klar, wie Annegret gestorben ist, und es gibt sicher weitere Leute, die sich mit Giften auskennen.«

Clarissa wirkte sichtlich erleichtert. »Klar. Mike Krämer ist der Experte dafür. Er nennt sich Kräuterpädagoge, hat vor Jahren ein Seminar besucht über Kräuter und bietet nun selbst Kurse für Kräuterpädagogen an.«

»Schade, dass er nicht auch in eurer Theatergruppe war«, meinte Anja, während sie aus dem sterilen Ledersessel aufstand. Sie hatte Clarissa bereits die Hand zum Abschied hingestreckt, als diese entgegnete: »Aber er war dort. Er hat den Tom Adison gespielt. Den Mann mit den verschiedenfarbigen Pantoffeln.«

Vor Überraschung hätte Anja fast ihre Hand wieder eingezogen, ohne sich von der Heilpraktikerin zu verabschieden. Es wurde Zeit, dass sie sich mit den anderen Teilnehmern des Theaterprojekts beschäftigte.

»Der hat seine Schule übrigens auf der Springe«, rief Clarissa ihr noch nach. »Nein, nicht auf der Springe, sondern in dem Haus gegenüber der Stadtbücherei.«

Am liebsten wäre Anja sofort dorthin gegangen und hätte den Mann interviewt. Aber erstens fiel ihr so schnell keine passende Geschichte ein und zweitens bemerkte sie, als sie vor dem Haus stand, dass eine kleine Gruppe älterer Leute ins »Mord & Ortschlag« ging. Sie erkannte Frau Grünmantel-Qualmann, die sich nach ihrem gemeinsamen Fall zu einer guten Kundin entwickelt und immer Freundinnen oder Freunde im Schlepptau hatte. Dieses Mal war jener Griesgram dabei, der sie und Rosina im Theater angemeckert hatte, kurz bevor Annegret zusammengebrochen war. Ihn hätte sie vielleicht nicht wiedererkannt, aber der schwarz-rot-goldene Rollator, den er neben dem Eingang parkte, war unverkennbar. Da musste der neue Verdächtige wohl etwas warten.

KAPITEL 14

Der Fingerhut beeinflusst den Herzschlag, aber manchmal zu stark.

Anjas Besuch bei dem Kräuterpädagogen musste tatsächlich einen Tag warten. Als sie zurück ins »Mord & Ortschlag« gekommen war, hatte Mister Griesgram sie in ein Gespräch über die abgebrochene Aufführung am Samstagabend verwickelt. Bis dahin hatte sie sich keine Gedanken darüber gemacht, ob die Besucher das Eintrittsgeld zurückerhalten sollten oder nicht. Sie war so betroffen von dem Erlebnis, dass sie niemals auf die Idee gekommen wäre, den Eintritt zurückzufordern. Nicht so der alte Griesgram, der ihr lang und breit auseinandergesetzt hatte, dass so etwas in den Allgemeinen Geschäftsbedingungen geregelt werden müsse und er später direkt in der Bücherei im Bundesgesetzbuch nachschlagen werde, ob es dort einen entsprechenden Paragraphen gäbe.

Daran musste Anja denken, als sie am Dienstagvormittag auf dem Springe-Platz stand, um den Turm der Johanniskirche zu fotografieren, der sich in der gläsernen Rundtür zur Stadtbücherei spiegelte. Wie gut, dass sie ihre Kamera mitgenommen hatte, obwohl sie nur dem Kräuterpädagogen einen Besuch abstatten wollte. Aber für ihn hatte sie sich eine besondere Geschichte ausgedacht, die zwar nicht 100-prozentig glaubhaft, aber so dämlich war, dass man sie glauben konnte. Sie ließ die Kamera sinken und ging zum Eingangsbereich des gelben Hochhauses, dessen Balkone auf die Springe oder zur Volme hinausgingen.

»Keine schlechte Wohnlage«, sagte sie zu sich und wurde sogleich von einem mittelalten Mann, der ihr die Tür aufhielt, eines Besseren belehrt. »Dann kommen Sie mal Freitagnacht wieder, wenn die Jugendlichen aus der Disco kommen oder zum Springefest, wenn hier bis spät abends Musik gemacht wird.«

Der Mann wartete ihre Antwort nicht ab, sondern ging kopfschüttelnd an der Johanniskirche vorbei. Anja hörte ihn leise grummeln: »Gute Wohnlage, dass ich nicht lache.«

Sie seufzte. Als sie nach Hagen zog, hatte ihr ein Einheimischer erklärt, sie müsse sich daran gewöhnen, dass die Hagener über alles nörgelten. Zum Glück hatte sich das in den knapp neun Jahren, die sie nun in der Volmestadt lebte, nicht bewahrheitet, aber den einen oder anderen gab es doch, der über die Stadt meckerte.

»Ja, bitte!«, schallte eine Männerstimme aus der Gegensprechanlage. Obwohl sie bereits in der geöffneten Tür stand, hatte Anja bei Mike Krämer geklingelt, um sich anzumelden.

»Mein Name ist Anja Henke, wir hatten telefoniert«, sagte sie und war froh, dass sie am Vortag wenigstens kurz angerufen hatte, nachdem sie sich die Story über das Foto für ein Plakat zum Agatha-Christie-Vortrag ausgedacht hatte. Der Kräuterpädagoge hatte umgehend nachgefragt, wer denn den Vortrag halten würde. Wie sie es erhofft hatte, waren sie darüber ins Gespräch gekommen, dessen Fortgang sie unter einem Vorwand auf den nächsten Tag verschoben hatte.

Sie ging die Stufen ins zweite Stockwerk hinauf und betrachtete staunend die Wände im Treppenhaus. So weit sie sehen konnte, waren sie bemalt. Auf den ersten Stufen waren Ball spielende Kinder zu sehen und in dem Teil, der zur Etage führte, in der der Kräuterpädagoge wohnte, waren Wiesenkräuter abgebildet.

»Sie haben unsere Hausgemälde bereits entdeckt«, empfing sie ein Mann in den 40ern, der auf der Bühne viel älter gewirkt hatte, als er das zerschlissene Sakko und die verschiedenfarbigen Pantoffeln trug.

»Sehr schön.« Anjas Lob war ernst gemeint, die Gestaltung des Treppenaufgangs wirkte ansprechend und freundlich und auf den ersten Blick hatte sie keine Schmierereien oder Macken gefunden. Anscheinend gingen die Bewohner sehr pfleglich mit den Wänden um.

»Das ist mein Werk«, meinte der Mann nicht ohne Stolz. »Als ich hier einzog, habe ich zuerst nach Rücksprache mit dem Vermieter den Aufgang zum zweiten Stockwerk bemalt. Dann waren die anderen Mieter so begeistert, dass wir gemeinsam auch die restlichen Wände verschönert haben.«

Anja dachte an den Nörgler, der ihr im Eingang begegnet war, und hätte gerne gefragt, ob der Mann sich auch beteiligt hatte. Aber sie wollte möglichst wenig Zeit vergeuden, Britta hatte sie ausdrücklich darauf hingewiesen, dass sie pünktlich um elf Uhr gehen müsse.

»Kommen Sie herein.« Mike Krämer ließ Anja an sich vorbeigehen und schloss die Wohnungstür hinter ihr. »Da gleich rechts ist mein Übungsraum.«

Übungsraum?, dachte Anja irritiert. Was man bei einem Kräuterpädagogen wohl übte? Gift aus Pflanzen zu extrahieren? Danach, was Clarissa über den Mann erzählt hatte, war dies nicht gänzlich abwegig.

Sie war verblüfft, als sie den Raum betrat. Er wirkte so völlig anders als das Zimmer in Clarissas Praxis. Überall standen Bündel aus Gräsern, es lagen Kastanien dort und Eicheln, alles, was man in der Natur fand. Selbst die Stühle aus Kiefernholz mit farbigen Kissen sahen bequemer aus als Clarissas Ledermöbel. In dem verwilderten Garten, der vom Fenster aus zu sehen war, entdeckte sie einen Fingerhut, wie sie ihn einmal auf der Anhöhe unterhalb des Eugen-Richter-Turms fotografiert hatte. Ohne damals zu wissen, dass es sich um eine Giftpflanze handelte.

»Setzen Sie sich doch«, sagte Mike Krämer. »Ich hoffe, Sie trinken Tee.« Er zeigte auf ein Stövchen mit einer Glaskanne, in der Anja undefinierbare Blätter schwimmen sah.

Wieso boten ihr seit Samstag nur alle Leute Tee an? Anja hörte Oliver in ihrem Kopf, wie er ihr erklärte, dass das selektive Wahrnehmung war, dass sie empfänglicher auf das Thema Tee reagierte, seit sie das verunglückte Theaterstück »Die mörderische Teerunde« besucht hatte. Trotzdem fühlte sie sich bei dem Gedanken an Tee nicht wohl. Dabei war noch immer nicht geklärt, ob Annegret Bäumler mit Tee vergiftet worden war oder ob das Gift ihr in anderer Form verabreicht worden war.

»Lieber nicht«, lehnte sie das Angebot ab. »Seit ich am Samstag im Theater war, ist mir die Lust auf Tee gründlich vergangen.«

»Das war ein Ding!« Als wäre ihm der Bezug zu seinem Tee gerade erst klar geworden, ließ Mike Krämer die Teekanne sinken. »Fällt die von jetzt auf gleich um.«

So konnte man es auch nennen. Anja bemühte sich, das Schmunzeln zu verbergen, das sich bei der unverblümten Zusammenfassung des Geschehens in ihr Gesicht schob.

»Ich dachte zuerst, die Bäumler wollte selbst in der Premiere ihren Kopf durchsetzen, aber als die dann nicht wieder aufstand!« Nun wirkte der Mann doch erschüttert.

»Haben Sie eine Idee, was passiert sein könnte?« Anja freute sich, dass sie so schnell auf den wahren Zweck ihres Besuches gekommen waren.

»Zuerst dachte ich, sie hätte einen Herzinfarkt«,

antwortete Mike Krämer. »Aber ich habe gehört, dass man davon ausgeht, sie sei vergiftet worden.«

Aufgrund der Art, wie er das sagte, konnte Anja sich nicht vorstellen, dass er das Gift in die Tasse gemischt hatte. Sein Tonfall klang ehrlich überrascht. Deshalb fragte sie ganz direkt nach: »Meinen Sie, das Gift könnte in der Tasse gewesen sein? Sie haben auf der Bühne doch alle Tee getrunken.«

Der Mann sah sie verwundert an. »Aber Annegret doch nicht. Die mochte keinen Tee. Anfangs haben wir überlegt, ob sie Wasser bekommen soll oder ob wir alle Wasser in unseren Tassen haben sollten. Aber das hätte komisch ausgesehen, weil man aus den ersten Reihen erkennen kann, wie die Flüssigkeit in der Tasse aussieht. Deshalb hat sie immer nur so getan, als würde sie trinken.«

»In ihrer Tasse war doch aber Tee!« Anja erinnerte sich genau an den feuchten Fleck auf dem Boden, an der Stelle, an der die Tasse zerbrochen war.

»Ja. Wir haben Verschiedenes ausprobiert. Zuerst hatte sie als einzige nichts in der Tasse, aber das erhöhte nur das Durcheinander. Zu dem Stück gehört, dass wir am laufenden Band die Tassen tauschen.« Er grinste. »Schließlich hat Samantha gegen Annegrets Willen entschieden, dass in allen Tassen Tee sein soll.«

Anja dachte nach. Das war eine ganz neue Wendung. Merkwürdig nur, dass Clarissa nichts davon gesagt hatte, und auch Lars hatte diese wichtige Kleinigkeit ausgelassen. Ob Annegret Bäumler von dem

Tee genippt hatte? Oder ob die Tasse und das Gift gar nicht für sie bestimmt waren? Sie dachte an das Durcheinander der Tassen auf dem Tisch. Vielleicht hatte die Rochade einem anderen das Leben gerettet. Möglicherweise hatte die Notärztin doch recht gehabt, als sie sagte, dass das Gift nicht tödlich sein, sondern nur jemanden für einige Zeit außer Gefecht setzen sollte. Anja musste dringend mit Gerd sprechen.

Als hätte Mike Krämer ihre Gedanken gelesen, sagte er unvermittelt: »Stellen Sie sich vor, der Kommissar hat mich gefragt, ob ich mich mit Giften auskenne. Bloß weil ich mich mit Kräutern beschäftige, bin ich doch kein Giftmischer. Und ich würde doch niemanden umbringen!«

Anja konnte seine Empörung angesichts der Frage und des implizierten Verdachts spüren. Sie versuchte, den Mann zu beruhigen: »Das fragt Herr Neubert sicher alle, die auf der Bühne waren. Und weshalb sollten Sie Frau Bäumler etwas antun?«

»Eben!«, stimmte Mike Krämer ihr zu. »Die war nervig, aber deswegen bringt man doch niemanden um. Da käme ich ja aus dem Giftmischen nicht raus in diesem Haus!«

Der Nörgler fiel Anja ein. Der wäre sicher eines der ersten Opfer. Hier würde sie ihren Täter jedenfalls kaum finden. Unter einem Vorwand verabschiedete sie sich von Mike Krämer, versprach, sich wegen des Vortrags erneut zu melden, und deutete an, dass man gerne auch ein Kräuterseminar im »Mord & Ortschlag« abhalten könnte.

Der Mann war zwar verdutzt, bekam aber keine Chance, etwas zu erwidern, weil Anja mitten im Gespräch auf den Flur gelaufen und im Treppenhaus verschwunden war, ehe Mike Krämer reagieren konnte.

KAPITEL 15

Die Fischerkappe kann für immer in die Holzkiste führen.

»Danke, dass du den Dienst hier übernimmst!«, begrüßte Anja ihren 22-jährigen Sohn Tobias, der an diesem Nachmittag die Aufsicht über das »Mord & Ortschlag« übernahm, während sie Ida zum Training der Tanzgarde nach Haspe fuhr. Britta hatte einen Arzttermin, den sie nicht verschieben konnte, Oliver war auf Dienstreise in Münster und so wäre die Alternative gewesen, die Buchhandlung zu schließen oder Idas Termin ausfallen zu lassen. Beides gleichermaßen unangenehm. Da hatte Tobias angeboten, in der Buchhandlung einzuspringen.

»Tobi kann mich doch fahren«, schlug Ida vor, die bereits mit ihrer Sporttasche an der Schulter im Laden auf und ab ging, als ihr Bruder eintraf.

Tobias verzog das Gesicht. »Lass mal, ich bleibe lieber hier, da kann ich was am Computer machen.«

Anja schmunzelte. Sie verstand ihren Sohn gut. Ihr war die Vorstellung von einem Raum voller kleiner Mädchen, die kichernd um die Wette die Beine in die Luft warfen, auch ein Graus. Deshalb besuchte sie während des Trainings oft ihre Freundin Vera Zeisig, die in Westerbauer wohnte. Die anderen Mütter blieben meist im Vorraum oder Auto sitzen, lasen, strickten oder häkelten, was derzeit wieder groß im Kommen war. Dabei tauschten sie sich über die Vorzüge ihrer Kinder und ihre Gedanken zur Schulplanung aus, obwohl die meisten Mädchen erst in die erste oder zweite Klasse gingen. Nichts für Anja. Aber Ida liebte das Tanzen, da versuchte sie sich zu arrangieren. Bei schönem Wetter ging sie manchmal mit der Kamera zum Café Halle oder fuhr für ein paar Minuten zur Hoheleye, um Gerd Neubert zu besuchen.

Der Kommissar war heute allerdings den ganzen Tag unterwegs, hatte sie erfahren, als sie nach ihrem Besuch bei Mike Krämer hektisch im Präsidium angerufen hatte. Er war auch auf dem Handy nicht zu erreichen, sodass sie nichts ausrichten und ihre Zeit genauso gut mit einem Plausch bei Vera verbringen konnte.

»Wir sind dann weg!«, sagte sie zu Tobias und folgte Ida, die den Platz vor dem Reisepavillon, in dessen hinterem Teil sich ihre kleine Buchhandlung befand, bereits überquert hatte.

Während der gesamten Fahrt plapperte Ida von dem Schulvormittag und der Sachunterrichtsstunde, in der sie sich mit Haustieren beschäftigt hatten.

Anja ließ sie reden, froh darüber, dass sie darauf verzichtete, um einen Hund, eine Katze oder wenigstens einen Kanarienvogel zu betteln.

»Viel Spaß«, wünschte sie ihrer Tochter, als sie das Gebäude neben dem Hasper Hammer erreicht hatten, in dem die Tanzgarde der Blau-Weißen Funken trainierte, und Ida aus dem Wagen hüpfte. »Ich bin in einer Stunde wieder da.«

»Jaja, Mama«, rief Ida, schon auf dem Weg zu den anderen Mädchen, die schnatternd und kichernd auf den Trainingsraum zustrebten.

Anja seufzte. Einerseits war sie froh, dass Ida so selbstständig war, aber dann erschreckte es sie auch, wie schnell sie flügge geworden war. Manchmal konnte sie kaum glauben, dass es schon fast neun Jahre her war, seit sie mit Tobias aus Oldenburg nach Hagen gezogen war, um mit Oliver eine Familie zu gründen. Sie hatte ihn bei einem Event in Oldenburg kennengelernt, bei dem er die Laudatio auf einen Künstler gehalten hatte und sie für die Fotodokumentation der Veranstaltung zuständig gewesen war. Sie seufzte erneut. Das war eine schöne Aufgabe gewesen. In Hagen war es ihr nie gelungen, als Eventfotografin Fuß zu fassen. Vielleicht, weil viele Veranstalter Oliver kannten und Sorge hatten, Aufträge an sie könnten ihnen als Bestechung oder Klüngelei ausgelegt werden. Irgendwann hatte sie entschieden, sich ein anderes berufliches Standbein zu suchen. Zuerst hatte sie eine Online-Krimibuchhandlung aufgebaut und dann den kleinen Laden eröffnet, und parallel hatte sie immer für die Volkshochschule Fototouren zu Krimiorten organisiert. Darüber hatte sie sich ein eigenes Netzwerk aufgebaut, zu dem unter anderem ihre beste Freundin Vera gehörte, vor deren Garage sie nun ihr Auto abstellte.

»Der Kaffee ist schon fertig!« Vera stand bereits in der Haustür, als Anja aus dem Auto stieg. »Das Waffeleisen ist heiß und die Kirschen blubbern in ihrem Saft auf dem Herd.«

Anja freute sich auf eine vergnügliche Plauderstunde mit ihrer Freundin.

»Das Haus ist wirklich gemütlich«, meinte sie, als sie an dem Tisch in der offenen Küche saß und über die Sitzgarnitur einen Meter tiefer in den Garten schaute. »Wenn ich das gesehen hätte, wäre ich vielleicht schwach geworden.« Das Haus, in dem sie mit Oliver wohnte, war nur gemietet, weil sie sich am Beginn ihrer Beziehung nicht sofort gemeinsam für ein Haus verschulden wollten, aber trotzdem Tobias und ihrem gemeinsamen Kind ein schönes Heim mit viel Platz, um sich zu entfalten, bieten wollten. Nachdem sie fast zehn Jahre zusammen waren, sprachen sie immer öfter darüber, ein Haus zu kaufen. Sie hatten sich sogar eine Wohnung im restaurierten Geburtshaus von Friedrich Harkort auf Gut Harkorten in Haspe angeschaut, als diese mit der Option auf einen späteren Kauf zu mieten war.

»Wir sind auch echt froh darüber, obwohl die Abwicklung mit dem Makler im Nachhinein unerfreulich war«, meinte Vera und stellte einen Teller mit einer Waffel vor Anja hin. »Du bedienst dich mit Kirschen und Sahne selbst«, bat sie.

Anja schob den Blumenstrauß, der auf dem Esstisch stand, beiseite. »Willst du deinen Mann vergiften oder warum hast du die Blumen hier stehen?«, scherzte sie.

Vera sah sie mit großen Augen an. »Die Blumen sind aus unserem Garten, die sind doch nicht giftig!«

»Denkst du«, entgegnete Anja. »Bis vor Kurzem dachte ich das auch, aber dann war ich mit Rosina Schönberg bei dieser Krimikräuterwanderung. Seitdem sehe ich überall giftige Blumen, sag ich dir.« Sie referierte, was sie abends zuvor in dem wiederentdeckten Handout der Veranstaltung nachgelesen hatte. Dass der Blaue Eisenhut, den viele auch als Fischerkappe kannten, die giftigste Pflanze Europas und dennoch in vielen Gärten zu finden war. Sie schob das Thema in Gedanken beiseite und nutzte lieber die Gelegenheit, mit ihrer Freundin ihre Theorien über Annegret Bäumler und Clarissa Möllmann zu diskutierten. Zunächst ging sie jedoch höflich auf Veras Bemerkung ein.

»Ich wusste gar nicht, dass es mit dem Makler Probleme gab. Was war denn los?« Anja schaufelte mit dem Löffel heiße Kirschen auf ihre Waffel und sprühte Sahne darüber.

»Es ging natürlich um Geld. Walter hatte angeboten, sich um die Bauleitung für den Umbau der Küche zu kümmern. Wir haben ihm das Geld für

Handwerker, Material und Möbel überwiesen und bekamen dann plötzlich Rechnungen von den Lieferanten«, berichtete Vera, nachdem sie mit einer Waffel ebenfalls am Tisch Platz genommen hatte. »Inzwischen ist das Ganze beim Anwalt, aber trotzdem. Walter Bäumler war ein guter Bekannter, von dem erwartet man so etwas einfach nicht.«

Schon als der Name Walter gefallen war, hatte Anja aufgehorcht. Es war also tatsächlich Walter Bäumler, der Mann der Verstorbenen, der ihrer Freundin das Haus hier vermittelt hatte. »Das ist ja wirklich ärgerlich«, sagte sie. »Kanntest du auch seine Frau?«

Vera schüttelte den Kopf. »Ich habe nur gehört, dass sie jetzt unter seltsamen Umständen gestorben ist. Uwe hatte Herrn Bäumler bei einem Frühstück von Geschäftsleuten kennengelernt.«

Veras Mann Uwe hatte eine Werbeagentur und ließ kaum eine Veranstaltung aus, bei der er neue Kontakte knüpfen konnte. Anja bewunderte das, sie war schon froh, wenn sie in ihrem Businessfrauen-Netzwerk PR für sich machen konnte.

»Ich fand den Bäumler gleich komisch«, fuhr Vera fort. »Frag mich nicht, warum. Aber er war mir nicht geheuer. Heute ist auch Uwe klüger. Inzwischen hat er mitbekommen, dass der Bäumler diese Nummer auch bei anderen abgezogen hat. Würde mich nicht wundern, wenn er über Nacht seine Konten leerräumte und auf und davon wäre.«

Anja nahm diese Information auf, auch wenn sie keinen Zusammenhang zum Tod der Ehefrau erkennen konnte. »Weißt du etwas über seine Frau?«

»Ich habe gehört, dass sie ihn verlassen hat, weil er eine Geliebte hat.« Vera senkte die Stimme, obwohl sie allein im Haus waren. »Dabei hatte sie selbst schon einen Typen am Start.«

Auch das war Anja neu. »Weißt du, wer das war?«

Vera schüttelte den Kopf. »Es wird gemunkelt, er sei einiges jünger als sie, und er studiert angeblich noch in Dortmund.«

Dann musste er etliche Jahre jünger sein, selbst wenn er Langzeitstudent war. Annegret Bäumler war mit 47 Jahren gestorben, das hatte Anja erst am Morgen in der Zeitung gelesen. Das war jedoch schwerlich ein Motiv für den Ehemann, der ohnehin frauenmäßig schon neue Wege ging. Sie verabschiedete sich von Vera und dachte im Auto über das nach, was sie erfahren hatte. Es sah ganz so aus, als wäre Clarissa tatsächlich die Hauptverdächtige in diesem Fall.

KAPITEL 16

Nach Verzehr von Goldlack wird manchmal auch oben statt unten verdaut.

Auch am nächsten Tag, als sie im »Mord & Ortschlag« auf Kunden wartete, dachte Anja darüber nach, wer es wie geschafft haben konnte, Annegret Bäumler vor den Augen von über 100 Leuten, darunter einem Kriminalkommissar, zu vergiften.

Sie blätterte sie in den Krimis von Agatha Christie, die sie auf einem kleinen Tisch mitten in dem winzigen Laden drapiert hatte. Daneben standen die täuschend ähnliche Nachahmung der giftigen Goldlackpflanze und ein kleiner Flakon mit Wasser und der Aufschrift E604. In ihrer Buchhandlung stolperten die Kunden im wahrsten Sinne des Wortes über solche Präsentationen, aber sie wusste, dass Bücher der englischen Krimiautorin immer Abnehmer fanden. Zumal wegen des 40. Todestages einige Klassiker im Fernsehen wiederholt wurden und die Leute sensibilisiert waren. Allerdings standen in den Regalen der meisten Leser bereits Christie-Klassiker wie »Die Morde des Herrn ABC« oder »Der Wachsblumenstrauß«. Deshalb hatte sie Titel bestellt, die nicht so bekannt waren, darunter »Nikotin« oder »Blausäure«. Von den Büchern ließ sie sich nun inspirieren, wie die Tote das Gift zu sich genommen haben könnte. An das Blasrohr glaubte sie nicht. Eher vermutete sie, dass Annegret Bäumler entgegen ihrer sonstigen Gewohnheit aus der Tasse getrunken hatte. Allerdings ergab auch das keinen Sinn, weil alle davon ausgehen mussten, dass sie nicht trinken würde. Das galt jedoch nur für die anderen Darsteller, die Regisseurin und die junge Frau in der Technik. Vielleicht noch die Theaterbesitzer. Die ehrenamtlichen Helfer hatten das vielleicht nicht mitbekommen. Über die hatte sie sich bisher keine Gedanken gemacht, weil sich die Schauspieler gleich als Verdächtige aufdrängten, schon allein wegen des Ärgers, den die Tote bei den Proben provoziert hatte.

»Kriminaltango, in der Taverne«, erklangen die ersten Töne der Türglocke. Die alte Glastür wurde geöffnet, aber die blonde Frau, die sie aufdrückte, blieb im Türrahmen stehen.

»Wenn ich es dir doch sage«, flüsterte sie jemandem zu, den Anja nicht erkennen konnte. »Das war dieser Doktor Zielcke, der vor Jahren wegen einer Fehlbehandlung angeklagt und dann freigesprochen wurde.«

Anja legte die Bücher zurück auf den kleinen Tisch und ging zur Theke. Solcher Klatsch interessierte sie nicht. Im Laufe des Jahres, in dem sie nun den Buchladen führte, hatte sie sich angewöhnt, die Ohren gedanklich zuzuklappen, wann immer von

Krankheiten oder Leuten gesprochen wurde, die sie nicht kannte. Verhindern konnte sie dadurch nicht, dass dennoch die eine oder andere Information in ihr Langzeitgedächtnis drang, und manchmal war es sogar hilfreich, wenn sie auf diese Weise Einblicke erhielt, die ihr sonst verborgen geblieben wären.

Als sie jetzt den Namen Annegret Bäumler hörte, war sie sofort sensibilisiert und gab sich Mühe, zu verstehen, um was es ging. Zu spät.

Die blonde Frau winkte der Person vor der Tür zu und betrat den Laden. »Ich suche einen Krimi, der in Dresden spielt, als Geschenk«, erklärte sie Anja, nachdem sie kurz an den Regalen entlangflaniert war.

Solche Kundinnen kamen immer häufiger. Es hatte sich herumgesprochen, dass Anja stets eine gute Idee hatte und noch keiner ohne passendes Geschenk das »Mord & Ortschlag« verlassen hatte. Dank der Datenbank, die ein Freund von Tobias extra für sie programmiert hatte und in die sie jeden gelieferten Krimi mit Orts- und Themenbezug eingab, konnte sie nahezu alle Wünsche innerhalb kurzer Zeit erfüllen. Schneller und besser als Online-Buchhandlungen, weil ihre Kunden die Bücher direkt als Geschenk verpackt mitnehmen konnten.

Anja suchte in der Datenbank nach einem Krimi, der in der sächsischen Landeshauptstadt spielte und fand tatsächlich einen, dessen Handlung sich rund um das Erich-Kästner-Museum entfaltete. Während sie ihn für die Kundin verpackte, fragte sie sich, wie sie das Gespräch auf Annegret Bäumler bringen konnte. Am Ende entschied sie sich für einen halbwegs direkten Weg, weil sie bereits damit beschäftigt war, das Geschenkband zu ringeln und die Kundin höchstens noch zwei Minuten im Laden sein würde. »Waren Sie nicht am Samstag auch im Theater an der Volme?«, fragte sie, obwohl sie genau wusste, dass diese Frau nicht dort war.

Sie hatte die Fotos der Zuschauer und Darsteller inzwischen mehrmals durchgesehen und den größten Teil der Anwesenden dank Olivers Unterstützung mit Namen versehen oder zumindest den Laienschauspielern zugeordnet.

»Nein«, antwortete die Frau. »Aber gerade sprach ich noch mit einem befreundeten Arzt darüber. Ein Kollege war ja wohl zufällig in der Vorstellung und hat sofort die Bühne betreten, wenn ich das richtig verstanden habe. Doktor Gernot Zielcke.«

Eine merkwürdige Formulierung, fand Anja. Sie hatte Marlene Velbert das gleiche erzählt, allerdings davon gesprochen, dass der Arzt Erste Hilfe leisten wollte. ›Die Bühne betreten‹, das klang, als hätte er das mit einer bestimmten Absicht getan. Die Blasrohr-Idee schoss ihr durch den Kopf. Der Arzt hatte in einer der ersten Reihen gesessen. Sie schüttelte den Gedanken ab.

»Einer der Schauspieler hat nach einem Arzt gerufen und Herr Zielcke hat sich sofort gemeldet«, schilderte Anja das Geschehen aus ihrer Sicht. »Aber er konnte nichts mehr für die Frau tun.«

»Ach so!«, erwiderte die Frau in einem Tonfall, der Anja irritierte. Was wollte die Kundin damit sagen? Wenn sie nur wüsste, worüber sie in der Eingangstür gesprochen hatte. Sie erinnerte sich daran, wie sie in der Schule immer die Lehrer dazu gebracht hatte, selbst etwas zu dem Thema zu sagen, statt einen Schüler aufzurufen. Das war so einfach gewesen. Man musste nur seufzen und sagen: »Ja, das Blabla.« ›Blabla‹ stand für das Lieblingsthema des Lehrers. In Geschichte für die Römer, in Mathe für Pythagoras. Darauf waren alle Lehrer hereingefallen.

»Ja, die Ärzte«, bemerkte sie daher mit einem tiefen Seufzen, als sie das Geschenk in der Papiertüte verstaute.

»Da sagen Sie was!« Obwohl der Trick in der Schule immer funktioniert hatte, war Anja erstaunt, dass er auch bei der Kundin wirkte. Diese wiederholte, was sie gerade dem befreundeten Arzt auf dem Platz erzählt hatte. Dass dieser Doktor Zielcke, der im Theater Erste Hilfe geleistet hatte, vor einigen Jahren wegen einer Fehlbehandlung angezeigt worden war. Allerdings konnte ihm keine Absicht nachgewiesen werden, sodass die Klage im Sand verlief.

»Das ist ja ein Ding!« Anja übertrieb absichtlich etwas, um die Frau zu motivieren, mehr zu erzählen. Vor allem interessierte sie, wer den Prozess gegen Doktor Zielcke angestrengt hatte.

»Das weiß ich nicht mehr, ich habe mir den Vorfall nur deshalb gemerkt, damit ich nicht versehentlich zu dem Kurpfuscher in die Praxis gehe. Ich meine, es war die Frau eines Versicherungsmaklers. Oder hatte der ein Immobilienbüro? Hauptsache, man gerät nicht an einen solchen Arzt, oder?« Sie nahm die Tragetasche und verabschiedete sich, ehe Anja ein triftiger Grund eingefallen war, um nachzubohren und die Kundin daran zu hindern, ihre Buchhandlung zu verlassen.

KAPITEL 17

In kleinen Dosen heilt Goldregen Schwindel und ruft ihn in großen Mengen hervor.

Nachdem die Kundin die Buchhandlung verlassen hatte, versuchte Anja erneut, Gerd Neubert zu erreichen. Den ganzen Dienstag war er verschollen geblieben und als spätabends, nachdem der Anschluss ewig besetzt gewesen war, endlich Rosina ans Telefon kam, hatte er gerade das Haus verlassen. Nach 23 Uhr. So richtig hatte sie das nicht glauben können, aber was hätte sie machen sollen.

Seit sie Ida heute an der Schule abgesetzt hatte, wählte sie in kürzer werdenden Abständen die Büronummer des Kommissars. Unter seiner Durchwahl im Präsidium meldete sich niemand und das Handy war entweder belegt oder der Anruf wurde weggedrückt. Ein solches Verhalten war ungewöhnlich für Gerd Neubert. Üblicherweise rief er zurück, sobald seine Zeit es ihm erlaubte. Dass er nichts von sich hören ließ, konnte nur bedeuten, dass er in Vernehmungen steckte und kurz vor dem Durchbruch stand.

Anja öffnete die Tür und schaute an dem Bankhaus hoch, in dem sich Clarissas Büro befand. Wäre bereits Winter, hätte sie am Lichtschein hinter den Fensterscheiben erkennen können, ob jemand in der Praxis war oder nicht. Aber so dunkel war es vormittags Mitte September nicht. Ob sie einfach klingeln sollte? Was sollte das bringen? Wenn Clarissa nicht in ihrer Praxis war, bewies das gar nichts. Sie konnte zu Hause sein oder unterwegs.

»Na, junge Frau, auch ein bisschen frische Luft schnuppern?« Der alte Griesgram mit dem Rollator in den Nationalfarben, der Anja bereits im Theater aufgefallen war, sprach sie an.

Anja lächelte ihm höflich zu. »Bei dem schönen Wetter!«

Das Wetter war wirklich schön. Der Himmel war blau und die Sonne schien auf das saftig grüne Laub. Am Morgen hatte es noch leicht geregnet, in der Nacht wohl auch, das ließen die kleinen Pfützen vermuten, die auf dem Adolf-Nassau-Platz vor ihrem Laden standen und die Sonnenstrahlen zurückwarfen. Aber jetzt strahlte die Welt, als könne kein Verbrechen sie trüben.

Der Mann platzierte seinen Rollator neben der Eingangstür des »Mord & Ortschlag« und ging langsam an Anja vorbei in den Laden, wo er sich auf einen Hocker mit Abbildungen von Buchcovern fallen ließ, den ein Verlag ihr zur Eröffnung geschenkt hatte.

»Haben Sie schon gehört?«, fragte der Alte, während er sich auf dem Hocker hin und her wand, um eine gute Sitzposition zu finden.

Spannung erzeugen kann Mister Griesgram, das muss man ihm lassen, dachte Anja. Aber es war sonst kein Kunde zu sehen und Gerd war nicht erreichbar, da konnte sie genauso gut ein wenig mit dem alten Herrn plaudern. Vielleicht war ihm an dem Samstagabend im Theater etwas aufgefallen, das ihr entgangen war.

»Die haben einen gefunden«, verkündete der Alte und sah Anja fast ein wenig lauernd an, als wollte er prüfen, ob sie wusste, wovon er sprach.

Sie hatte keine Ahnung. Was hatte wer gefunden? Einen Schatz, einen Ring oder womöglich den bronzenen Otter, der früher im Freibad am Ischeland gestanden hatte und über dessen Verbleib bei Facebook immer wieder spekuliert wurde?

»Auf der Treppe am Theater.«

Langsam ging es Anja auf die Nerven, dass er ihr ein Informationsbröckchen nach dem anderen zuwarf. Auf der Treppe am Theater. Was sollte das heißen? Auf der Treppe, die im Innenhof vom Theater Hagen zum »Lutz«, der Jugendbühne, hinaufführte?

»Auf der neuen Treppe!«

Jetzt reichte es Anja aber, zumal sie durch die Schaufensterscheibe sah, wie eine Frau zielsicher auf die Eingangstür zusteuerte. »Wen hat man auf welcher Treppe gefunden?«, fragte sie etwas heftiger, als es ihre Absicht gewesen war.

Aber die Frau, die mit forschem Druck gegen die Eingangstür den »Kriminaltango« auslöste, war eine

Stammkundin, die ebenso anstrengend war wie Mister Griesgram. Frau Qualmann alias Frau Grünmantel, wie Anja sie im letzten Winter getauft hatte, weil sie ständig einen altmodischen grünen Mantel trug, der in seiner Hässlichkeit dem weinroten Seidenblouson des Griesgrams in nichts nachstand.

»Wissen Sie!«, war das Erste, was die alte Frau sagte, als sie in der Buchhandlung stand. Diese oberlehrerhafte Einleitung eines jeden Satzes erinnerte Anja stets an ihre längst verstorbene Grundschullehrerin. Jetzt aber musste sie lachen, weil es schien, als wollte der alte Mann mit der alten Frau um ihre Aufmerksamkeit buhlen.

Ehe Frau Qualmann weitersprechen konnte, sagte der Griesgram in einem Sprechtempo, das sie ihm nicht zugetraut hätte: »Sie haben einen Toten gefunden. Auf der Treppe über der Volme. Da in der Ecke beim Theater!«

»Genau!«, mischte sich die alte Frau ein. »Einer der jungen Männer, die an der Theke Getränke ausschenken.« Sie stellte sich gerade hin und drückte die Brust heraus. »Noch am Freitag hat er mich bedient.« Sie senkte die Stimme. »An dem Tag, bevor diese Frau gestorben ist.«

»Vor unseren Augen!«, ließ der alte Mann verlauten und versuchte, von dem Hocker aufzustehen.

Anja schien es, als wollte er auf Augenhöhe mit Frau Qualmann weiterdiskutieren. Rasch räumte sie den zweiten Hocker für die alte Dame frei und bat sie, Platz zu nehmen. Sollten die beiden sich ruhig ein wenig ankeifen. Vielleicht traten dabei nützliche Wahrheiten zutage.

Auf jeden Fall war klar, weshalb Gerd Neubert heute nicht erreichbar war und sich auch nicht gemeldet hatte. Wenn der Mann nachts gefallen war und es keine Zeugen gab, musste er sich vermutlich darum kümmern. »Wann ist der junge Mann denn gestürzt?«, erkundigte sie sich.

»Gestürzt!«, riefen die beiden Alten wie aus einem Mund im gleichen empörten Ton.

»Einen Autounfall wird er kaum gehabt haben auf der schmalen Brücke«, scherzte Anja, weil die Situation zu komisch war.

»Er wurde erschlagen!«, wisperte Frau Qualmann, als hätte sie Angst, ihr könne dasselbe passieren, wenn sie laut darüber sprach.

»Das wollte ich Ihnen die ganze Zeit sagen«, schimpfte der Mann und machte dem Namen, mit dem Anja ihn belegt hatte, alle Ehre. Er wirkte richtig griesgrämig und ein wenig enttäuscht.

»Dann erzählen Sie jetzt, was los war, Herr …«, sie erinnerte sich nicht an den Namen des Mannes.

»Schönfuß. Waldemar Schönfuß«, stellte der Alte sich vor. »Der Junge ist heute Nacht überfallen worden oder gestern Abend«, berichtete er.

»Er war im Theater, obwohl die gar nicht gespielt haben, wegen der Toten«, ergänzte Frau Qualmann.

»Jedenfalls hat ihn meine Nachbarin spätabends

gefunden, als sie mit dem Hund unterwegs war. Ich wohne in der Frankfurter Straße, müssen Sie wissen«, sagte Herr Schönfuß.

Anja lächelte. Sein »Müssen Sie wissen« klang ganz ähnlich wie das »Wissen Sie« von Frau Qualmann.

Kaum hatte sie das gedacht, ertönte auch schon vom zweiten Hocker: »Wissen Sie, der studierte in Dortmund. Biologie, hat er mir am Freitag erzählt.«

»Meine Nachbarin hat gesagt, der Kopf wäre total Matsche gewesen!«, fuhr der alte Mann laut fort, ohne auf Frau Qualmanns Beitrag einzugehen. »Er hing auf der Treppe. In der Hand Zweige von dem Goldregen, der da am Ufer steht.«

»So ein Biologiestudium ist nicht leicht, da braucht man länger als andere«, mischte Frau Qualmann sich wieder ein.

Anja stand da, betrachtete die beiden alten Leute und lauschte ihnen. Exakt genauso liefen manche Gespräche mit Ida und ihrer Freundin Vanessa ab, wenn die beiden zusammen etwas erlebt hatten. Jede wollte das wichtigere Detail schildern und mehr Aufmerksamkeit erlangen. Im Alter wurden die Menschen doch wie Kinder, das war hiermit bewiesen.

Fast hätte sie verpasst, wie Frau Qualmann von ihrer Beobachtung am Freitagabend berichtete. »Da hat er mit dieser Frau gesprochen, die am Samstag gestorben ist!«

Das war allerdings interessant, sicher auch für Gerd, denn wenn die beiden Toten sich gekannt hatten und beide in der Nähe des Theaters umgekommen waren, dann hingen die Tode womöglich miteinander zusammen. Sie fragte sich, ob auch Clarissa Möllmann den neuen Toten gekannt hatte.

Leider konnte ihr keiner der beiden alten Leute den Namen nennen, aber immerhin verließen sie gemeinsam den Laden und Anja hörte noch Minuten später vom anderen Ende des Platzes, wie ein männliches »Müssen Sie wissen« auf ein weibliches »Wissen Sie« stieß.

KAPITEL 18

Die Herbstzeitlose lindert Gicht und lähmt den Atem.

Anja versuchte erneut, Gerd Neubert zu erreichen. Ohne Erfolg. Sie wählte die Nummer seines Privatanschlusses.

»Hallo, Rosina, ich bin's, Anja«, sagte sie rasch. »Ich habe gerade gehört, dass es einen weiteren Toten auf dem Elbersgelände gab. Weißt du, wer das ist?«

»Wenigstens hast du das jetzt mitgekriegt«, antwortete Rosina und klang spürbar erleichtert. »Tut mir leid, aber ich durfte dir nichts sagen. Du kennst das ja.«

Anja war zwar ein wenig enttäuscht, aber sie verstand Rosina. Es war sicher nicht leicht, die Lebensgefährtin eines Kommissars und gleichzeitig mit einer Spürnase, wie sie es war, befreundet zu sein.

»Ich weiß wirklich nicht, wer der Tote ist«, beteuerte Rosina. »Wenn ich Gerd richtig verstanden habe, wusste er das heute Morgen selbst noch nicht. Eine Frau, die in der Frankfurter Straße wohnt, hat den Mann am Fuß der neuen Treppe über der Volme gefunden, als sie um Mitternacht ein letztes Mal mit ihrem Hund rausgegangen ist. Sie kannte ihn nicht und er hatte wohl keine Papiere bei sich.«

Das war nichts Besonderes. Wenn Anja mit der Kamera zu Fuß unterwegs war, hatte sie außer ihrem Schlüssel auch oft nichts dabei. Ihre Geldbörse mit Kreditkarten und Papieren ließ sie dann meist zu Hause. Im schlimmsten Fall konnten ihr die Sachen nicht gestohlen werden.

»Gestern war Dienstag, da ist doch keine Disco«, fiel Anja ein.

»Der Mann hat bis um 23 Uhr im Theater an der Volme beim Aufräumen und Reinigen der Bühne geholfen«, berichtete Rosina. »Ich denke, das kann ich dir ruhig sagen. Das hat mir Gerd eben erzählt, als er anrief, um zu sagen, dass er nicht zum Essen kommt.«

Dieser Fuchs, dachte Anja. Natürlich wusste er längst, wer der Tote war, aber er hatte es Rosina nicht verraten, damit diese es nicht ausplaudern konnte. Das konnte nur bedeuten, dass die Polizei damit rechnete, dass etwas an dem Unfall nicht stimmte, und das deckte sich mit dem, was die alten Leute berichtet hatten.

»Wenn du nichts sagen darfst«, meinte Anja. Sie hatte eine Idee, wie sie an den Namen des Mannes gelangen würde. »Dann spricht doch sicher nichts dagegen, wenn wir uns heute schon im Theater treffen, um meine Fotoausstellung zu besprechen.« Für den nächsten Montag waren sie dort ohnehin verabredet. Aber wenn die Bühne gereinigt worden war, war sie wohl wieder freigegeben, und vielleicht würde am

Abend gespielt werden. Bestimmt waren die Theaterbesitzer dort, ein Versuch lohnte sich allemal.

Sie hörte, wie Rosina laut lachte und stimmte automatisch ein, auch wenn die Situation nicht zum Lachen war. Innerhalb von vier Tagen waren in Hagen zwei Tote gefunden worden, die sich möglicherweise gekannt hatten. Wie sie herausfinden sollte, ob das stimmte, wusste Anja noch nicht, aber da würde ihr etwas einfallen. Wenn sie erst einmal den Namen des Mannes hatte.

»Sagen wir um 16 Uhr im Theater?«, schlug sie Rosina vor. Am Nachmittag war Britta Jansen im Laden, da konnte sie weg. Ida würde sie mit einem spontanen Besuch des Indoorspielplatzes in der alten Fabrikhalle ködern, das klappte immer.

Vier Stunden später verabschiedete Anja sich von Ida neben der Hüpfburg. Sie schärfte ihr ein, auf keinen Fall allein das Spieleparadies zu verlassen. Trotzdem war sie erleichtert, als die Aufsicht versprach, Ida im Blick zu behalten. Für den Notfall hinterließ sie ihre Handynummer. »Ich bin drüben im Theater«, erklärte sie mit gemischten Gefühlen. Ida war zwar selbstständig, dennoch ließ sie sie ungerne allein zurück. Aber mit ins Theater wollte sie das Kind auch nicht nehmen, schließlich hatte sie vor, möglichst viel über den neuen Toten herauszufinden.

Rosina wartete bereits am Treppenabsatz. »Ich habe uns schon angekündigt«, sagte sie. »Alle sind ziemlich betroffen wegen des Toten.«

Anja ärgerte sich, dass die Freundin ihr zuvorgekommen war, aber das ließ sich nicht mehr ändern. Rasch zog sie am Türknauf, um keine Zeit zu verschwenden.

Die junge Frau an dem Laptop, die auch am Samstag Kasse und Technik betreut hatte, blickte ihr mit verweinten Augen entgegen. »Haben Sie das von Sascha gehört?«, fragte sie und schniefte laut.

Anja nickte. Den Vornamen des Toten kannte sie nun also. Eigentlich konnte sie wieder gehen, im Internet gab es eine Liste der Ehrenamtlichen, da konnte sie leicht den vollständigen Namen heraussuchen. Doch Rosina war bereits auf dem Weg ins Café, also folgte Anja ihr. Schließlich sollte es bei dem Treffen um die Ausstellung gehen.

»Das ist wirklich schrecklich«, empfing die Theaterbesitzerin Anja. »Als wäre der Fluch, der einer Legende nach auf dem Pumpenhaus lastet, Wirklichkeit geworden.«

Anja hätte gerne mehr über die Geschichte gewusst, doch sie dachte an Ida und wollte sich nicht verzetteln. Außerdem kam Rosina direkt auf ihre Gemäldeausstellung zu sprechen, während sie die Empore abschritt, um zu prüfen, ob ihre Kunstwerke noch so hingen, wie sie sie platziert hatte.

Während Rosina mit der Theaterbesitzerin darüber sprach, welche Rückmeldungen es bisher zu ihren Bildern gab, sah Anja sich um.

Es war geplant, dass sie hier ihre Bilder von der Fotoreise »Auf den Spuren Agatha Christies« aushängte. Neben dem Laientheaterprojekt gab es in dem Jahr auch eine Christie-Inszenierung des Theaterensembles, da passten die Bilder gut. Zumal Anja sie mit Zitaten aus der Autobiografie verknüpft hatte.

Als Anja näher an die Theke kam, wo zwei Frauen Anfang 60 standen, hörte sie, wie diese tuschelten.

»Das ist die Künstlerin«, sagte die eine.

»Die sieht doch ganz nett aus«, erwiderte die andere.

Anja ärgerte sich, dass sie ihre Kamera nicht mitgenommen hatte. Sie hätte das Gespräch gut mitschneiden können. So musste sie sich eben merken, worüber die beiden Frauen sich unterhielten.

»Hast du mitgekriegt, wie die mit dieser Annegret aneinandergeraten ist? Die meinte, die Bilder wären Scheiße, Hobbymalerei und keine wahre Kunst. Da ging es echt zur Sache. Besonders das Bild mit den Herbstzeitlosen fand die Bäumler kitschig und viel zu realistisch. Dabei hat sie die Totenkreuze in den Blütenblättern übersehen. Als die Künstlerin sie darauf hingewiesen hat, sind die beiden fast aufeinander losgegangen! Wenn Sascha nicht dazwischen gegangen wäre … Da war Ruhe.«

Anja konnte sich bei der sonst so ruhigen Rosina nicht vorstellen, dass sie jemanden körperlich angriff. Verbal, das war keine Frage. Ihre Sätze konnten schärfer als das schärfste Messer sein. Aber körperlich! Am liebsten hätte sie die Frauen auf den Vorfall angesprochen, aber dann hätte sie zu erkennen geben müssen, dass sie gelauscht hatte. Das wäre eine schlechte Basis für spätere Begegnungen, und in Hagen lief man sich ständig über den Weg. Trotz der 190.000 Einwohner war die Stadt in mancherlei Hinsicht ein Dorf geblieben. Man traf sich immer zweimal und jeder kannte jeden. Sie nahm sich vor, Rosina später zu fragen, was es mit dem Streit auf sich hatte. Wenn sie wirklich auf die Bäumler losgegangen war, dann musste die mehr gesagt haben, als dass die Bilder schlecht wären. Anja mochte nicht weiterdenken. Diese fürchterliche Frau hatte sich anscheinend mit allen angelegt. Der arme Gerd Neubert. Keine gute Voraussetzung für eine Ermittlung. Und dann noch der zweite Tote, wegen dem war sie doch extra gekommen. Wie sollte sie über ihn mit den Frauen ins Gespräch kommen?

Die Theaterbesitzerin nahm ihr die Sorge ab. »Wir sind alle nicht so richtig in Planungsstimmung«, sagte sie. »Sie haben es sicher gehört, dass Sascha Bellkamp, einer unserer Ehrenamtlichen, letzte Nacht gestorben ist. Er spielte auch in ›Die Mörderische Teerunde‹ mit, hat allerdings wie zwei oder drei andere bei der Premiere Platz für Vertreter der Delegation aus Torquay gemacht, deshalb war er am Samstag nicht im Theater. Sie haben ihn aber beim Sommerfest gesehen, da waren alle im Einsatz.«

»Er war an der Sektbar«, erinnerte eine der Frauen hinter dem Tresen.

Anja sah, wie sie sich abwandte und schluchzte.

Das war eindeutig nicht der richtige Zeitpunkt für die Besprechung ihrer Ausstellung, beschloss sie.

»Wir spielen heute nicht«, erklärte die Theaterfrau. »Es weiß ohnehin keiner, dass die Bühne wieder freigegeben ist und hier im Theater hat niemand Sinn für eine Komödie.«

Anja verabschiedete sich. »Dann komme ich, wie besprochen, am Montag wieder.«

»Bis die Tage«, sagte auch Rosina zu den drei Frauen und stieg hinter Anja die Treppe hinunter. »Merkwürdig, oder?«, meinte sie, als sie draußen standen und das rot-weiße Band sahen, dass die Brücke, die über die Volme führte, absperrte.

»Was war eigentlich zwischen dir und der Toten?«, fragte Anja völlig unvermittelt, was ihr sofort leidtat, weil Rosina blass wurde, schwankte und sich an dem Theaterschild festklammerte.

»Wir hatten mal kurz miteinander zu tun, als ich eine Übersetzung brauchte«, erzählte Rosina so langsam, dass Anja ahnte, dass dies nicht die ganze Wahrheit war.

Sie wartete ab, ob ihre Freundin verraten würde, weshalb sie beim Tod von Annegret Bäumler so erschrocken reagiert hatte.

»Das war eine dermaßen blöde Kuh.« Rosina hatte sich wieder gefasst, sie berichtete, dass Annegret Bäumler darauf bestanden hatte, die Hälfte des veranschlagten Honorars als Schweigegeld zu erhalten. Das sei völlig üblich in der Branche, hatte sie wiederholt erklärt und am Schluss hatte Rosina eingelenkt und das Geld abgeschrieben.

Anja schüttelte den Kopf. Unglaublich, wie manche Menschen ihre Brötchen verdienten, einfach damit, dass sie nichts sagten. Sie hatte das noch nicht ganz verdaut, als ihr Handy klingelte und Ida ihr schluchzend erzählte, dass sie einen Finger umgeknickt hätte.

»Ich muss rüber«, entschuldigte sie sich bei Rosina. »Kann ich dich allein lassen?«

»Alles okay!«, sagte die Freundin, doch Anja sah ihr an, dass keineswegs alles in Ordnung war. Aber mit dem schlechten Gefühl, dass jemand, den sie nicht hatte leiden können, gestorben war, musste Rosina selbst fertig werden. Das konnte ihr niemand abnehmen.

KAPITEL 19

Das schwarze Hexenkraut löst Körperkrämpfe und verwirrt den Geist.

Anja war froh, als Ida am Abend endlich schlief. In der Ambulanz des AKH hatte sich gezeigt, dass der Finger keineswegs nur umgeknickt, sondern angebrochen war. Sie war auf dem Trampolin beim Toben mit anderen Kindern unglücklich auf den kleinen Finger gestürzt. Nachdem sie jedoch einen schicken bunten Verband und ein Eis bekommen hatte, ging es ihr besser und Anja sagte sich, dass der kleine Unfall auch in ihrem Beisein hätte passieren können.

Oliver hatte eine Sitzung seines Stiftungsbeirates, er würde erst spät kommen, sodass sie endlich in Ruhe im Internet über den toten Sascha Bellkamp recherchieren konnte. Auch die Überprüfung des Arztes, der so schnell auf der Bühne war, stand noch aus und nicht zuletzt hatte sie sich bisher nicht mit den anderen Darstellern beschäftigt. Hoffentlich hatte die Polizei sorgfältiger gearbeitet als sie. Es war aber auch zu dämlich von Clarissa, sich am Tag nach dem Abbruch der Premiere dermaßen auffällig zu verhalten, dass jeder den Eindruck gewinnen musste, sie wäre die einzige, die von Annegret Bäumlers Tod profitierte.

Anja holte das Textbuch und glich die Personen, die zum Zeitpunkt des Zusammenbruchs auf der Bühne waren, mit dem Programmzettel ab. Die Delegierten aus der Partnerstadt ließ sie beiseite. Die waren erst wenige Tage vor der Premiere eingetroffen, Annegret Bäumler hatte sich in der kurzen Zeit kaum einen von ihnen zum Feind gemacht. Sie war zwar dominant und rechthaberisch gewesen, aber ein solches Tempo traute Anja ihr nicht zu.

Einen Namen nach dem anderen gab sie in die Suchmaschine ein. Der Kräuterpädagoge Mike Krämer, der Tom Adison spielte, kannte sich zwar mit Giften aller Art aus, aber ein Motiv konnte sie bei ihm nicht erkennen. Und er war ehrlich entsetzt, als ihm klar wurde, dass er wegen seiner Giftexpertise als Täter in Betracht kam. Auch als sie seinen Namen zusammen mit dem der Toten und des verstorbenen Ehrenamtlichen eingab, zeigte die Suchmaschine nur an, dass es keine Treffer gab.

Das Gleiche bei Lars Wollenweber, obwohl sie sein Verhalten sehr merkwürdig fand. Warum hatte er nichts davon gesagt, dass Annegret Bäumler bei der Aufführung keinen Tee trank?

Gerade, als sie Clarissa Möllmann eingeben wollte, klingelte es an der Haustür.

Anja stand rasch auf, damit der Besucher nicht erneut läutete und Ida aufweckte. Durch das Glas in der Tür erkannte sie Gerd Neubert.

»Guten Abend, darf ich kurz reinkommen«, sagte

er und wirkte sichtlich erschöpft. Kein Wunder, wenn man ihn am Vorabend spät an den Tatort gerufen hatte. Wieso überhaupt ihn? Weshalb keinen anderen Kollegen?

»Die Streife hat mich gerufen, weil der Tote auf der Betontreppe am Fuß der Volmebrücke gefunden wurde und die dachten: Zum zweiten Mal das Theater an der Volme, da könnte es einen Zusammenhang geben«, sagte Gerd, nachdem er unaufgefordert an ihr vorbeigegangen und sich auf die Couch geworfen hatte, als wäre er in ihrem Wohnzimmer zu Hause.

Anja staunte wieder einmal darüber, dass er seinem Gegenüber anscheinend die Fragen aus dem Kopf saugen konnte. Das war ihr in dem knappen Jahr, seit sie sich das erste Mal begegnet waren, mehr als einmal aufgefallen, und Rosina hatte ihr erzählt, dass sie dasselbe Gefühl hatte. Dabei hatte sie so ausgesehen, als wüsste sie, welche geheime Fähigkeit oder Kraft es war, die da am Werk war, aber nichts dazu gesagt.

»Magst du einen Kaffee?«, erkundigte sich Anja.

Gerd Neubert nickte. »Lieber würde ich etwas Härteres trinken, aber ich muss noch fahren.«

Es war selten, dass er Alkohol trank, das war selbst Oliver bereits aufgefallen. Also ging sie in die Küche und stellte die Kaffeemaschine an, die eine Einzeltassenautomatik hatte, sodass sie bald wieder mit dem Getränk zu ihm ins Wohnzimmer gehen konnte.

»Du weißt ja schon, dass wir einen zweiten Toten haben«, begann der Kommissar, nachdem er einen großen Schluck aus der Tasse genommen hatte. »Bisher haben wir keinerlei Anhaltspunkt für ein Motiv. Auch bei der Bäumler nicht wirklich. Ja, dieser Kampf um die Rolle, aber deshalb bringt man doch keinen um.«

Anja öffnete den Mund, um etwas zu erwidern, schloss ihn dann aber wieder. Sollte Gerd ruhig zuerst seine Theorie darlegen, sie hatte ihr Konzept im Kopf.

»Der Ehemann ist ziemlich windig. Es liegen einige Anzeigen gegen ihn vor, aber das ist kein Grund, die Gattin zu vergiften, zumal diese längst ausgezogen war und er sich anderweitig getröstet hatte.« Gerd Neubert seufzte. »Unter uns. Wir haben noch niemanden gefunden, der positiv auf die Dame zu sprechen war. Alle waren sich einig, dass sie früher wenigstens umgänglich gewesen war, auch wenn sie nie zu denen gehört hatte, die Everybody's Darling sein wollen. Aber nach der Rückkehr von dem Selbstfindungstrip auf einem Leuchtturm in der Nordsee war sie so herrisch und von sich überzeugt, dass sie sich viele Feinde geschaffen hat.« Der Kommissar beugte sich zu Anja vor. »Und dann hat sie immer davon gesprochen, dass sie Hexenkraut mitgebracht hätte, mit dem sie ihre Umwelt behexen könne. Das haben wir von einer Schauspielerin, die ihre Kollegin für verrückt hielt. Unter uns. Ich habe ja von diesen Seminaren nie viel gehalten. Meine Frau …« Er brach mitten im Satz ab und steckte eines der Plätzchen in den Mund.

Als hätte er nie über etwas anderes gesprochen und als hätte er nicht mitten im Satz aufgehört, fragte er Anja: »Hast du eine Idee, wer hinter der Vergiftung stecken könnte?«

Sie zögerte. Das war ein guter Moment, um mehr über den Kommissar zu erfahren, der immer wieder erzählte, dass er im Polizeiapparat durch seine ungewöhnlichen Methoden auffiel. Dazu gehörte auch, dass er manchmal Zivilisten in die Ermittlung stärker einbezog, als seine Vorschriften vorsahen. Sein graues Gesicht, aus dem die Augen müde herausschauten, vertrieb den Gedanken. Er wirkte so erschöpft, dass sie ihn nicht mit Fragen quälen mochte, auf die er scheinbar nicht antworten wollte. Stattdessen berichtete sie, was sie in den Gesprächen erfahren und im Internet gefunden hatte.

»Ja, über Doktor Zielcke habe ich auch einiges in Erfahrung gebracht. Die Kollegen erinnerten sich, dass es da eine Anzeige gegeben hatte. Eine Frau mittleren Alters.«

Das konnte jede Frau zwischen 20 und 60 sein. Anja schüttelte den Kopf, wenn selbst Polizeibeamte nicht sorgfältiger waren bei der Täterbeschreibung, durfte man sich nicht wundern, wenn der eine oder andere Kriminelle frei herumlief. Sie stand auf und holte ihren Laptop.

»Ich habe etwas Interessantes gefunden«, erklärte sie. »Ich bin die Namen auf dem Programmzettel durchgegangen, zumindest der Leute, die am Samstag mitgespielt haben. Die Originalbesetzung der Verkäuferin war krank und zwei oder drei andere Rollen wurden von den Engländern aus der Delegation gespielt.«

»Das ist auch so etwas. Ich meine ja, die könnte man getrost abreisen lassen, aber mein Vorgesetzter befürchtet, die Medien würden das als Parteinahme auslegen. Lachhaft! Was haben diese Typen mit den beiden Hagener Toten zu schaffen?«

An dem Punkt war Anja auch bereits gewesen, da stimmte sie ihm völlig zu. Zumal sie bei ihrer Suche nach dem Doktor eine interessante Entdeckung gemacht hatte.

KAPITEL 20

Die Hortensie muss nicht rot sein, um rote Blutkörperchen zu zerstören.

»Wie spät ist es denn?«, fragte Anja verschlafen und versuchte, die Uhr neben dem Bett zu erkennen.

»20 vor acht«, antwortete Oliver. »Wir haben verschlafen. Zum Glück ist Ida rechtzeitig aufgewacht, allerdings hat sie es nicht geschafft, dich zu wecken. Wann bist du denn gestern ins Bett gegangen?«

Anja konnte sich nicht daran erinnern, wie spät es war, als sie endlich den Laptop zugeklappt hatte. Gegen 23 Uhr war Oliver von seiner Sitzung zurückgekommen, da hatte sie noch mit Gerd darüber diskutiert, ob und wie Doktor Zielcke Annegret Bäumler hätte vergiften können. Am Ende hatten sie sich mit Olivers Unterstützung von diesem Verdächtigen verabschiedet, zumal die Internetrecherche auf den ersten Blick keinen Anknüpfungspunkt zwischen ihm und dem zweiten Toten ergab. Über diesen hatte Gerd berichtet, dass er in Dortmund Biologie studiert hatte, was Anja bereits von Frau Grünmantel-Qualmann wusste, und dass er in einer WG am Boeler Markt gewohnt hatte, was für Anja neu war. Mit dem Namen und der Straße musste es möglich sein, die Anschrift herauszufinden.

Sie fuhr nun hoch und strich sich die Haare aus dem Gesicht. In der Nacht hatte sie versucht, die Adressen sämtlicher Beteiligten zu recherchieren, weil sie plötzlich an den »Mord im Orientexpress« denken musste und sich vorgestellt hatte, dass alle Darsteller irgendwie mit dem Tod zu tun hatten. Sie hätte nicht so viele Bilder von dem Tassentausch anschauen dürfen, da drängte sich der Gedanke an ein Komplott geradezu auf. Möglicherweise war sie kurz über dem Rechner eingenickt und hatte sich das zusammenfantasiert. Doktor Zielcke und Rosina hatten jedenfalls auch einen Part in ihrer Fantasiegeschichte.

»Ich bin dann weg und bringe Ida zur Schule.« Olivers Gesicht erschien direkt vor ihr. Er gab ihr einen feuchten Kuss halb auf den Mund, weil sie es nicht rechtzeitig schaffte, sich ganz zu ihm zu drehen. »Ida geht heute mit zu Vanessa, hat sie erzählt«, sagte er und verschwand.

Langsam wachte Anja auf. Es war Donnerstag. Ida-freier Tag. Ihre Tochter verbrachte den Nachmittag bei ihrer Freundin Vanessa, am Freitag kam Vanessa dann mit zu ihnen und die beiden Mädchen gingen von der Buchhandlung aus zur Musikschule. Das hatte Anja mit Vanessas Mutter gleich am ersten Schultag vereinbart, weil auf diese Weise jede einen Tag in der Woche hatte, an dem sie sich nicht um das Kind kümmern musste. Die Mädchen gingen zwar in die schulische Nachmittagsbetreuung, aber die endete um 15 Uhr und bis zum Abend war viel Zeit zu überbrücken.

Anja schüttelte sich und sprang aus dem Bett. Es war zu schade, den kostbaren Tag mit Schlafen zu verplempern. Sie wusste genau, was sie als nächstes herausfinden wollte. Als erstes würde sie mehr über diese Samantha Sandmann in Erfahrung bringen. Im Gespräch mit Gerd war ihr aufgegangen, dass sie die Regisseurin bisher völlig außer Acht gelassen hatte. Dabei hätte diese vom Regieraum unbemerkt hinter dem Vorhang um die Bühne herumgehen und Annegret Bäumler wie auch immer vergiften können.

Die Polizei tappte weiterhin im Dunkeln in Bezug darauf, wie Annegret Bäumler das Gift eingenommen hatte. Anja hatte den Kommissar darauf hingewiesen, dass die Tote keinen Tee mochte, was ihm bis zu ihrem Telefonat keiner der Beteiligten verraten hatte.

Da sie den ganzen Tag für sich hatte, wollte Anja die Zeit nutzen, um nach Dortmund zu fahren. Dort arbeitete die Regisseurin des Laienspielprojekts hauptsächlich, wenn sie nicht Aufträge wie den in Hagen hatte.

Vorher brauchte Anja einen Kaffee. Oliver musste ebenfalls sehr spät aufgewacht sein, wenn er keine Zeit mehr gehabt hatte, ihr einen Kaffee ans Bett zu bringen. Und die Küche aufzuräumen. Das hatte sie bisher selten erlebt, dass Frühstückstassen und Teller noch auf dem Tisch standen. Mittendrin die Reste jener Hortensie, die Tobias ihr vor einigen Wochen geschenkt hatte. In dem Chaos, den der Fall in ihrer Familie ausgelöst hatte, hatte sie wenig Wasser bekommen und wirkte fast verdurstet.

Als Anja die bauchigen, farbenfrohen Kaffeebecher sah, musste sie an den Samstagabend denken, als ähnliche Tassen auf dem großen Bühnentisch hin- und hergeschoben worden waren. Wer war da eigentlich federführend gewesen? Was, wenn das Ganze ein Ablenkungsmanöver gewesen war?

Anja seufzte. Es sah ganz danach aus, als läge das Blasrohr-Szenario aus diversen Fernsehkrimis auf der Hand. Vielleicht hatte der Mörder von Annegret die Methode übernommen. Und was war mit dem jungen Mann?

Anja nahm sich vor, auf der Rückfahrt von Dortmund in Boele Halt zu machen und zu versuchen, in der Wohngemeinschaft des Toten mehr über diesen zu erfahren. Zuerst musste sie jedoch im »Mord & Ortschlag« vorbei, um die Bücher zu holen, die sie für eine Anwaltskanzlei in Dortmund bestellt hatte. Nicht nur Krimis, die Kundin war Mitglied bei den Businessfrauen gewesen, ehe sie nach Dortmund gezogen war, und hatte die Gewohnheit beibehalten, sämtliche Bücher bei Anja zu bestellen. Das bedeutete für die Buchhandlung einen netten Grundumsatz. Juristische Schriften waren nicht preiswert.

»Ich hole nur kurz die Buchkiste und bin dann weg«, ließ Anja verlauten, als sie in der Buchhandlung angekommen war, und ging zielstrebig zur Kellertreppe.

Als sie mit den Büchern aus dem Keller kam, war Britta in ein Kundengespräch vertieft, und ein älterer Junge in Tobias' Alter stand ratlos mitten im Laden.

»Kann ich Ihnen helfen?«, erkundigte sich Anja.

»Ich brauche ein Geschenk, mein WG-Mitbewohner hat am Wochenende Geburtstag, und ich habe keine Idee, was ihm gefallen könnte.« Er zeigte auf den Tisch mit den Büchern von Agatha Christie. »Außer solchen Krimis vielleicht. Er spielt gerade mit in einem Theaterstück von der Autorin, das würde doch gut passen. Haben Sie etwas mit Tee?«

Anja stutzte. So viele Stücke von Agatha Christie mit Tee würden hier in der Region nicht gleichzeitig gespielt werden. »Wo tritt er denn auf?«, erkundigte sie sich.

»In dem kleinen Theater, da bei der Disco«, gab der Mann bereitwillig Auskunft. »Ich habe den Namen des Stückes vergessen und er hat jetzt zwei Nächte bei seiner Freundin übernachtet, deshalb konnte ich ihn nicht aushorchen.«

War es möglich, dass der junge Mann nichts von den Vorfällen im Theater mitbekommen hatte? »Wie heißt denn Ihr Mitbewohner?«, fragte sie vorsichtig. Nach der letzten Recherchenacht konnte sie sämtliche Namen des Ensembles wie Gegenstände bei »Ich packe meinen Koffer« aufzählen.

»Sascha Bellkamp«, antwortete der Mann. »Er spielt erst ab morgen, glaube ich. Jetzt hat seine Rolle einer der Engländer, die gerade zu Besuch sind.«

Anja ließ das Buch, das sie dem Kunden empfehlen wollte, sinken. Es gab keinen Zweifel, dass der junge Bursche der Mitbewohner des Verstorbenen war, der nachts erschlagen an der Brücke aufgefunden wurde. Die Todesursache hatte sie Gerd entlocken können, weil sie nach den Beschreibungen von Mister Griesgram eindeutig war.

»Kommen Sie doch kurz mit mir nach unten, da kann ich das Buch als Geschenk einpacken«, meinte Anja dann. Es schien ihr am besten, ihn aus dem kleinen Ladenlokal, wo jeden Moment ein Kunde hereinplatzen konnte, zu bugsieren, ehe sie ihm die Nachricht überbrachte.

Zwischen den Lieferkisten und den Lagerregalen war es nicht gemütlich, dennoch blieb Anja nichts anderes übrig, als dem Mann zu sagen, dass sein Mitbewohner ermordet worden war.

Als er das hörte, fiel er rückwärts gegen das Geländer der Wendeltreppe und sank auf die Stufen. »Das kann ich nicht glauben. Er wollte doch bei seiner Freundin bleiben.«

Anja ging zur Kaffeemaschine und ließ einen doppelten Espresso in eine Tasse laufen. Sie hielt ihm das dampfende und duftende Getränk vor die Nase.

Der Mann verzog den Mund, als er den bitteren Kaffee roch und trank, doch sein Gesicht bekam wieder Farbe. »Vielleicht ist der Ehemann früher von einer Geschäftsreise zurückgekommen«, mutmaßte der Mitbewohner. »Ich weiß nur, dass seine Freundin um einiges jünger ist als dieser. Sonst gibt es niemanden, mit dem Sascha Krach hatte. Es gab ohnehin nur wenige Freunde. Er hatte sich wohl mit ein paar Leuten vom Theater angefreundet und hat dort oft ausgeholfen, aber zu einer Clique gehörte er nicht.«

Anja lehnte sich mit dem Rücken gegen ein Regal. Den Schreck musste sie auch erst einmal verdauen. Wer rechnete denn mit so etwas. Nach einer derart kurzen Nacht? Sie fragte sich plötzlich, ob und wie Gerd Neubert es geschafft hatte, frühmorgens im Präsidium zu sein.

»Ich würde gerne den Kommissar anrufen«, erklärte sie dem Mann. »Er möchte Sie sicher sprechen. Wie heißen Sie denn eigentlich?«

»Oh, sorry, Markus Christ«, stammelte der Freund des Toten, der weiterhin auf der Treppe saß und erkennen ließ, dass er den Schock noch nicht verkraftet hatte.

Anja bat den Mann, sitzen zu bleiben, und ging nach oben, wo das Telefon lag. Anders als an den Tagen zuvor, erreichte sie den Kommissar sofort und er versprach, unverzüglich zu kommen.

KAPITEL 21

Mit der Hundspetersilie wird ein Krampf gelindert und das Bewusstsein für ewig getrübt.

»Es sieht schlecht aus für deine Freundin Clarissa«, erklärte Gerd Neubert, nachdem er sich Anjas Theorie angehört hatte. »Ihre Fingerabdrücke sind auf der Tasse, die das Opfer hat fallen lassen. Dass sie ständig mit ihr im Clinch lag, ist stadtbekannt, da ist ihr eben der Kragen geplatzt, als die Bäumler ihr auch noch die Rolle weggeschnappt hatte, und als Heilpraktikerin weiß sie natürlich, welche Gifte tödlich sind.«

Anja nickte. Das war alles nichts Neues bis auf die Fingerabdrücke auf der Tasse, die sich allerdings leicht erklären ließen. »Es ist doch klar, dass sie die Tasse angefasst hat, in der ersten Szene im Café verpackt sie für alle sichtbar die Tassen«, erklärte sie und war selbst überrascht, dass sie sich plötzlich als Verteidigerin der Frau wiederfand, die sie selbst noch eben für die Täterin gehalten hatte.

Gerd kratzte sich am Kopf. »Daran habe ich nicht gedacht. Aber sie hat das stärkste Motiv.«

»Du meinst, das bekannteste!«, widersprach Anja. »Der Ehemann hätte ebenso einen Grund, seine Frau umzubringen, wenn es stimmt, dass sie ihn mit einem

Jüngeren betrogen hat.« Sie grinste. »Männer stecken so etwas nicht so leicht weg wie Frauen.«

Der Kommissar lachte. »Da hast du zwar recht, aber Walter Bäumler hatte längst eine Freundin, wieso sollte er seine Frau wegen eines jüngeren Liebhabers umbringen?«

»Vielleicht nicht wegen des Liebhabers, sondern wegen des Geldes«, gab Anja zu bedenken. »Die beiden waren 20 Jahre verheiratet, habe ich gehört, da ist für die Ehefrau schon einiges zu holen, wenn sie die ganze Zeit in dem Betrieb mitgearbeitet hat.«

»Hat sie das? Ich denke, sie hat ein Übersetzungsbüro.«

»Aber sie hat auch die Buchhaltung für die Firma ihres Mannes gemacht. Wenn sie dafür nicht bezahlt wurde, hätte sie sicher rückwirkend noch was rausschlagen können.« Das zumindest hatte der Stadtklatsch Anja zugetragen und da er von einer Netzwerkkollegin mit juristischem Background kam, hielt sie den Hinweis für glaubwürdig.

»Ich denke eher, dass die Möllmann und die Bäumler noch etwas anderes verband. Leider weiß ich nicht viel über diese Heilpraktikerin, obwohl sie angeblich groß im Geschäft war.«

Anja war sich nicht sicher, wie sie den Blick verstehen sollte, den Gerd ihr zuwarf, ehe er sich zur Tür wandte. Wollte er sie auffordern, mehr über Clarissa Möllmann in Erfahrung zu bringen? Das, was sie aus den Unterlagen der Businessfrauen wusste, hatte sie ihm bereits mitgeteilt. Clarissa war von Haus aus Bürokauffrau, hatte lange bei einem Immobilienmakler in Breckerfeld gearbeitet und sich vor einigen Monaten als Heilpraktikerin selbstständig gemacht, nachdem sie die Tätigkeit vorher eine Zeit lang nebenberuflich betrieben hatte. Die Immobilienfirma, für die sie am Schluss halbtags gearbeitet hatte, war aufgelöst oder verkauft worden. Sie war in Haspe aufgewachsen, hatte dann lange in Bochum gewohnt, ehe sie zurück in das Elternhaus zog, um ihre demente Mutter zu versorgen, die im letzten Jahr gestorben war. Deshalb, das wusste sie von Lars Wollenweber, hatte sie an dem Theaterprojekt teilgenommen, sie wollte sich ablenken und wieder unter Menschen kommen.

»Wenn du also zufällig etwas über Clarissa Möllmann erfährst, was den Verdacht erhärten könnte, melde dich bitte«, sagte Gerd zum Abschied und verschwand unter den Klängen des »Kriminaltangos« aus dem »Mord & Ortschlag«.

»Ich war mal bei der Heilpraktikerin!«

Anja sah sich erschrocken um. Sie hatte völlig vergessen, dass ihre Mitarbeiterin im Laden war. Als Gerd Neubert kam, hatte Britta Jansen sich mit der Begründung, sie müsse eine Bestellung im Lager abschließen, in den Keller verzogen.

»Hast du etwa die ganze Zeit zugehört?« Anja ärgerte sich, nicht daran gedacht zu haben, dass sie nicht allein in der Buchhandlung waren. Sie versuchte sich zu erinnern, was sie mit Gerd besprochen hatte.

»Nur den letzten Satz«, beruhigte Britta Jansen ihre Chefin. »Ehrlich, ich habe unten Radio Hagen gehört, da gab es gerade ein Interview mit Friedel Hiersenkötter. Das musst du dir unbedingt als Podcast anhören.«

Anja seufzte erleichtert. Britta war ein großer Fan des Hagener Originals, das einmal in der Woche das Weltgeschehen bewertete. So groß konnte ihre Neugier gar nicht sein, dass sie auf dessen Beitrag im Radio verzichtete. Aber vielleicht war es gut, dass sie den letzten Satz mitbekommen hatte. Bisher war ihr noch niemand begegnet, der Clarissa Möllmann als Heilpraktikerin erlebt hatte. »Wie war es denn bei ihr?«

»Das kann ich nicht recht sagen. Ich habe mich in dem kahlen Zimmer nicht wohlgefühlt, weil ich immer dachte, eine Heilpraktikerin sollte von Leben umgeben sein und nicht vom Tod.«

Anja staunte, wie gut Britta die Stimmung in dem Raum wiedergegeben hatte. Genauso hatte sie sich dort auch gefühlt.

»Sie hat mit mir ein Eingangsgespräch geführt, aber mir war das zu privat. Natürlich ist es wichtig, was ich esse, ob ich Sport treibe und so. Aber die Frage, ob ich schon mal fremdgegangen wäre, fand ich doch zu persönlich.«

»Das wollte sie wissen?«

»Ja, und lauter solche Dinge, wie viel ich verdiene, ob ich mit meiner Chefin zufrieden bin.« Britta fielen immer neue Fragen ein, mit denen Clarissa Möllmann sie ausgehorcht hatte. »So habe ich es empfunden. Wie ein Verhör.«

Das war merkwürdig. Anja fehlte ein Vergleich, was Heilpraktiker üblicherweise beim ersten Gespräch fragten. Sie konnte sich jedoch nicht vorstellen, dass sie derart ins Detail des Privat- und Berufslebens gingen. Sie nahm sich vor, am Abend beim Netzwerktreffen die anderen Frauen zu interviewen, eine von ihnen hatte ganz sicher Erfahrungen mit einem Heilpraktiker.

»Ich mache mich jetzt auf den Weg nach Dortmund«, beendete sie das Gespräch, als sie den Eindruck hatte, sie drehten sich im Kreis.

Fünf Minuten später saß Anja im Auto und nach 25 Minuten hatte sie die Kanzlei ihrer Bekannten erreicht und übergab die Buchbestellung einer jungen Angestellten.

»Frau Werbeling ist leider nicht da«, erfuhr Anja. Das war ihr ganz recht, dann hatte sie mehr Zeit, sich in dem Theater umzusehen, in dem die Regisseurin arbeitete.

Aber auch dort hatte sie Pech. »Frau Sandmann ist gerade außer Haus. Eine Viertelstunde etwa. Sie können gerne im Foyer warten.«

Anja zögerte. Was sollte sie in dem Wartebereich

des kleinen Theaters? Sie hatte nicht einmal ein Buch bei sich. Allerdings ihre Kamera im Auto. »Darf ich Fotos machen?«, erkundigte sie sich. Als der Mann an der Kasse nickte, holte sie ihre Fotoausrüstung aus dem Fahrzeug. Vielleicht entpuppte sich das Pech sogar als Glück.

Die Wände des Foyers, in dem sich eine Theke und einige Bistrotische mit Stühlen befanden, waren übersät von Bildern. Anja erkannte einige Schauspieler aus dem Fernsehen und ging näher an die Bilder heran.

Auf einem Foto meinte sie Annegret Bäumler zu erkennen. Sie machte eine Aufnahme, um sich die Personen zu Hause genauer anzusehen. Es handelte sich bei den Fotos an den Wänden eindeutig um Szenenfotos aus einem Theaterstück. Sie kannte die Bühne des alternativen Theaters namens »Hundspetersilie« nicht, aber vermutlich waren sie dort entstanden, was der Mann an der Kasse bestätigte, als Anja nachfragte.

Keiner hatte etwas davon gesagt, dass Samantha Sandmann und Annegret Bäumler sich bereits vor dem Projekt kannten. Bei ihr war im Gegenteil der Eindruck hängen geblieben, dass die beiden nicht gut aufeinander zu sprechen waren.

Anja entschied, den Mann an der Kasse direkt auf die Beziehung der beiden Frauen anzusprechen. Sie setzte ein verführerisches Lächeln auf, das nach Olivers Ansicht bei jedem Mann wirkte, und sagte: »Können Sie mir etwas zu den Fotos sagen?«

»Gerne.« Auch der Mann im Kassenhäuschen reagierte sofort, wie Oliver es vorhergesagt hätte. »Es fragt ja sonst keiner, aber ich bin schon lange dabei.« Er beugte sich vertraulich zu ihr vor. »Meist spiele ich den roten Hering.«

Anja nickte. Den Begriff hatte sie erst kürzlich in einem Interview über Agatha Christie gelesen. Ein roter Hering war die falsche Spur, die sich durch den Krimi zog, sodass Leser oft bis zum Schluss diese Person für den Täter hielten.

»Da sind ja einige Prominente auf den Bildern«, begann Anja das Gespräch, um schnell auf ihr eigentliches Anliegen zu kommen. Das war nicht leicht, weil der Mann bei jedem Foto eine Anekdote von sich gab.

»Oje. Ich wusste nicht, dass das Bild da hängt«, sagte der alte Schauspieler, als sie endlich vor dem Foto mit Annegret Bäumler standen. Während er vorher bereitwillig aus seinem Erfahrungsschatz geplaudert hatte, sah er sich nun um, als würde er ein großes Geheimnis verraten. »Das ist ein Probenfoto von einer Inszenierung, die nie aufgeführt wurde.«

Anja hatte Mühe, ihn zu verstehen, weil er so flüsterte.

»Da gab es ziemlichen Ärger mit der Sandmann und dieser Frau da.« Er zeigte auf das Bild von Annegret Bäumler.

Ehe Anja jedoch nachfragen konnte, wie der Ärger aussah, hörten sie die Eingangstür zufallen und eine Stimme, die rief: »Bin wieder da, Werner.«

Sofort sprang der Mann zurück, als wollte er sich weit von dem Bild entfernen.

Anja tat es ihm automatisch nach.

»Wissen Sie eigentlich, wieso das Theater ›Hundspetersilie‹ heißt?«, trompetete der Mann Anja ins Ohr, als wollte er noch rückwirkend seine vorherige Bemerkung übertönen. »Hundspetersilie ist eine Pflanze, die keiner beachtet, wer jedoch davon kostet, bekommt ihre Wirkung zu spüren. Das kann aber eine Stunde dauern, also eine Vorstellung lang. Früher gab es hier vor allem politisches Kabarett.«

Weiter kam er nicht, weil Samantha Sandmann schwungvoll das Foyer betrat. »Was machen Sie denn hier?«, erkundigte sie sich unfreundlich, als sie Anja bemerkte.

Anja seufzte leise. Damit hatte sich ihre Hoffnung, die Regisseurin würde sich nicht an sie erinnern, zerschlagen.

Sicher hatte die Sandmann auch den Zusammenstoß im Theater nicht vergessen. In jedem Fall wusste sie, dass Anja mit Gerd Neubert bekannt war, und das ließ sie in dem kommenden, sehr frostigen Gespräch mehrmals durchblicken, auch, dass sie verärgert darüber war, dass man ihr nachspionierte. Da konnte Anja noch so sehr beteuern, dass sie eine Buchlieferung in einer Kanzlei in der Nähe abgegeben hatte und eher zufällig in das Theater gelangt war. Die Regisseurin hatte sie durchschaut und war in keiner Weise entgegenkommend, sodass Anja darauf verzichtete, die Unterhaltung auf die frühere Bekanntschaft Samantha Sandmanns mit Annegret Bäumler zu bringen. Darum sollte sich die Polizei kümmern, sie hatte die Basisarbeit erledigt und sich die Schimpftirade der Regisseurin angehört. Sie war froh, dass sie schon vor dem Start des Theaterprojekts entschieden hatte, sich nicht zu beteiligen, und ertappte sich auf der Rückfahrt sogar bei dem Gedanken, dass es sie nicht gewundert hätte, wenn die Regisseurin ermordet worden wäre.

KAPITEL 22

Die positive Wirkung auf den Magen gilt nicht bei tödlicher Dosis von Kellerhals.

Anja zog gerade ihre Jacke über, um zum Treffen der Businessfrauen zu fahren, als es an der Haustür klingelte. Vielleicht war das Gerd, der nach der dezenten Aufforderung, für ihn zu spionieren, nicht mehr erreichbar gewesen war. Hoffentlich war nicht noch etwas passiert!

Doch es war Lars Wollenweber, der auf dem Treppenabsatz stand, um Oliver abzuholen.

»Der ist noch nicht zurück von seiner Joggingrunde.« Anja bat den Kollegen ihres Mannes, im Wohnzimmer Platz zu nehmen. »Er muss aber jeden Augenblick kommen.«

Lars Wollenweber seufzte und setzte sich auf die Kante eines Stuhls statt wie sonst in einen der gemütlichen Sessel. Sein ganzes Verhalten drückte ein Unbehagen aus, das sich auf Anja übertrug.

»Geht es Ihnen nicht gut? Ist etwas passiert?«, fragte sie, obwohl ein Blick auf die Uhr ihr verriet, dass sie zu spät zu ihrer Verabredung kommen würde, wenn die Antwort länger als eine Minute dauerte.

»Ich weiß nicht«, druckste der junge Mann herum und knetete mit den Händen seine Knie, als wollte er die Worte dort herauspressen.

Anja beschloss, die Verspätung in Kauf zu nehmen, und setzte sich Lars Wollenweber gegenüber an den Esstisch. »Nun erzählen Sie schon.«

»Die Polizei«, begann Lars Wollenweber. »Die hat mich heute noch einmal befragt. Weil ich neben Annegret stand, als sie zusammengebrochen ist, und weil sie eine Rechnung an mich in ihrem Computer gefunden haben.«

»Eine Rechnung?« Was konnte Annegret einem jungen Kunsthistoriker berechnen?

»Als ich vor einem Jahr eine Stelle suchte, da habe ich sie gebeten, zwei Aufsätze, die ich während des Studiums geschrieben hatte, ins Englische zu übersetzen. Einen über die historische Einordung einer Pflanze, der hexenabwehrende Wirkung zugeschrieben wurden: Kellerhals oder auch Seidelbast. Der andere war über Emil Schumacher. Ich brauchte die Texte als Arbeitsproben, weil ich mich auch in den USA beworben hatte.«

Anja dachte darüber nach, was sie über den jungen Mann wusste, außer dass er Kunsthistoriker war und in Olivers Stiftung arbeitete. Er kam aus Hagen, da war es nicht verwunderlich, dass er sich in einer Seminararbeit mit Emil Schumacher beschäftigt hatte, der international bekannt war, auch wenn viele Hagener mit seiner Kunst nichts anfangen konnten. Das war aber auch schon alles, was ihr zu ihm einfiel. Oliver sprach nur positiv über ihn.

»Na ja, eine solche Übersetzung ist ja kein Mordmotiv!«, versuchte Anja den Mann zu beruhigen.

Er schüttelte den Kopf. »Nein. Aber es gab Ärger. Weil der Text Fehler enthielt. Ich habe den, so wie ich ihn bekommen habe, als Arbeitsprobe bei Xing eingestellt. Das war so peinlich, weil manche Fakten verdreht waren.«

Für einen Ermittler, der händeringend ein Motiv suchte, konnte dies ein wichtiger Anhaltspunkt sein. Vor allem, wenn es keine weiteren Täteralternativen gab und man nach jedem Ermittlungsstrohhalm griff. Anja verstand die Unruhe des Mannes. »Wie haben Sie das denn damals bemerkt?«

Lars verzog das Gesicht. »Eine Bekannte hat mich darauf hingewiesen und blöderweise hat das auch die Organisation in New York bemerkt, bei der ich mich um ein Volontariat beworben hatte. Bis dahin standen meine Chancen ganz gut, aber dann hat man abgesagt, weil ich nicht ordentlich recherchiert hätte.«

Das war in der Tat ein Rachemotiv. Anja holte tief Luft. Was sollte sie darauf antworten?

»Ich habe mich damals schriftlich beschwert, und die Polizei hat den Brief in dem Rechnungsordner gefunden«, berichtete Lars Wollenweber. »Allerdings fehlte ihr Antwortschreiben. Es hat sich nämlich herausgestellt, dass meine Exfreundin in dem Büro gearbeitet und extra Fehler eingebaut hat. Annegret

Bäumler hat sich entschuldigt und angeboten, mir bei der nächsten Bewerbung behilflich zu sein.«

»Haben Sie das der Polizei gesagt?« Lars Wollenweber nickte. Damit hatte sich das Motiv doch fast in Luft aufgelöst. Ihr fiel ein, dass da noch eine andere Frage offen war. »Warum haben Sie eigentlich nicht erzählt, dass Annegret keinen Tee auf der Bühne trinken wollte?«

»Meinen Sie, das ist wichtig?«, wollte Lars Wollenweber wissen. »Sie hat sich ständig so aufgespielt, da war das nur eine Kleinigkeit.« Seine Augen wurden groß. »Es ist wichtig, oder? Und ich bin verdächtig, weil ich nichts dazu gesagt habe.« Wieder begann er nervös seine Knie zu bearbeiten. »Und dann noch der Ärger mit der Übersetzung. Hätte ich mich nur nie für dieses blöde Projekt angemeldet.«

Seine Verzweiflung wirkte auf Anja nicht gespielt. Er tat ihr leid und sie war froh, als die Haustür aufgeschlossen wurde und Oliver sein fröhliches »Bin wieder da!« durchs Haus schallen ließ.

Sie ging in den Flur und schilderte ihm die Situation, ehe sie sich auf den Weg zu ihrem Netzwerktreffen machte, gespannt, ob Marlene Velbert anwesend sein würde. Das wäre eine schöne Verdächtige.

KAPITEL 23

Die Lorbeerkirsche kann Husten lindern und Atemlähmungen hervorrufen.

Als Anja von ihrem Netzwerktreffen in dem kleinen Café in der Wippermann-Passage nach Hause kam, saß Tobias mit ihrem Laptop auf der Couch. Er hatte den Babysitterdienst für Ida übernommen, damit die Eltern gleichzeitig außer Haus sein konnten.

»Ida schläft«, empfing der 22-Jährige seine Mutter. »Allerdings konnte ich nicht, wie ich es vorhatte, Schlagzeug üben. Ida wollte unbedingt mitspielen und wäre nicht eingeschlafen, wenn ich widersprochen hätte. Ist etwas passiert? Sie war so anhänglich und wollte auf keinen Fall allein oben bleiben, obwohl ich im Keller war. Sonst war das nie ein Problem.«

Anja stellte ihre Tasche ab und setzte sich auf die Couch. »Meinst du, sie hat mitbekommen, dass ich mich gerade wieder mit einem Todesfall beschäftige?« Sie sah Tobias fragend an.

»Ich weiß nicht. Vielleicht ist etwas vorgefallen, als sie bei Vanessa war.«

Das war möglich. Sonst holten Anja oder Oliver ihre Tochter bei der Freundin ab, aber heute war sie von Vanessas Mutter gebracht worden, weil sie beide abends Termine hatten. Deshalb war auch keine Zeit, um sich kurz auszutauschen, ob etwas Besonderes geschehen war.

»Jetzt schläft sie jedenfalls. Du kannst sie morgen fragen. Sie hat etwas von Kirschen erzählt, die Vanessa gegessen hätte und von denen ihr schlecht geworden ist.«

Anja dachte an den Lorbeerkirschenstrauch im Vorgarten von Vanessas Elternhaus. Nach ihrer Kräuterwanderung hatte sie die Mutter von Idas Freundin darauf hingewiesen, dass die Beeren giftig waren. Am liebsten hätte sie Ida sofort geweckt, um sie zu befragen. Aber das hätte deren Unruhe nur verstärkt und wenn es ihr gut ging, gab es keinen Grund für übereilte Fürsorglichkeit. Dennoch würde sie sich am Morgen bei ihrer Tochter genauestens erkundigen, was vorgefallen war, und das Thema bei nächster Gelegenheit mit Vanessas Mutter besprechen.

Tobias stieß sie an. »Du kannst jetzt sowieso nichts machen. Erzähl mir lieber, wie du es geschafft hast, diese geilen Pics zu machen.« Er zeigte auf ihren Laptop. »Ich habe mir die Bilder angesehen, von denen du gesprochen hast. Das ist wirklich krass, einen Mord auf offener Bühne zu fotografieren.«

Anja fühlte sich wieder unwohl bei dem Gedanken an die Fotos von dem Todeskampf. Dadurch, dass sie zwischendurch die Serienbildfunktion eingeschaltet hatte, war jede Regung der Sterbenden auf die Speicherkarte gebannt.

»Damit kannst du bestimmt einen Batzen Geld verdienen, wenn du das an einen Fernsehsender vertickst«, meinte Tobias. Er hob abwehrend die Hände. »Ist schon gut, machst du nicht und ich auch nicht!«

»Genau.« Das war wirklich das letzte, was sie sich vorstellen konnte, Fotos vom Sterben zu verkaufen. Es war ihr schon unangenehm, dass sie die Bilder auf ihrem Rechner hatte. Aber als sie fotografiert hatte, konnte kein Mensch ahnen, was passieren würde.

»Habt ihr schon jemanden in Verdacht?« Tobias klappte das Notebook zu.

»Erinnere mich nicht daran!« Anja stöhnte. »Jeder auf der Bühne könnte es gewesen sein und anscheinend hatte auch jeder ein Motiv. Stell dir vor, selbst Lars Wollenweber, Olivers Kollege.«

Tobias lachte. »Der? Dem wird doch schon schlecht, wenn er Blutwurst sieht.«

»Na ja, Vergiften ist eine unblutige Todesart«, gab Anja trocken zurück. »Im Ernst. Die Tote hat sich mit vielen angelegt, aber am meisten mit Clarissa Möllmann, das ist eine Heilpraktikerin, die früher in meinem Businessfrauen-Netzwerk war. Zwischen den beiden gab es Zoff während der Proben und wohl auch eine alte Geschichte.«

Die Begegnung mit der Regisseurin kam ihr in den Sinn. »Klapp den Laptop noch mal auf und guck mal, was du über Annegret Bäumler und Samantha Sandmann findest«, bat sie.

Während Tobias ihrem Wunsch nachkam, ging sie in die Küche und holte eine Flasche Wasser, eine Flasche Wein und ein Schälchen mit Tobias' Lieblingsnüssen und stellte alles auf den Tisch. »Bleibst du heute hier oder fährst du noch?«, erkundigte sie sich von der Vitrine aus.

»Ich bleibe«, antwortete Tobias, was Anja veranlasste, neben den Wassergläsern auch zwei Weinkelche aus dem Schrank zu nehmen.

»Und?«, fragte sie, als sie Wein und Wasser eingeschenkt hatte.

»Die waren vor einiger Zeit mal zusammen in einem Projekt in Dortmund«, antwortete Tobias. »Komisch. Ich finde nur die Ankündigung der Premiere, aber keinen Bericht darüber.«

Das klang wirklich sehr danach, als wäre es nicht zu einer Aufführung gekommen, wie es dieser Werner Sowieso im Theater angedeutet hatte.

»Warte mal!« Tobias beugte sich dicht über den Laptop. »In einem Forum ist die Rede von den beiden.«

Anja stellte ihr Glas ab und ging zu ihm hinüber.

»Diese Annegret hat wohl die Premiere platzen lassen, indem sie einfach nicht auf die Bühne gegangen ist. Da das eine Laienspielgruppe war, hatte sie keinen Vertrag und niemand konnte sie zwingen«, fasste Tobias den Diskussionsstrang zusammen.

Erstaunlich, dass es dennoch wieder zu einer Premiere mit Annegret Bäumler gekommen war und sich die Regisseurin bei der Besetzung der Hauptrolle sogar von der Übersetzerin hatte beeinflussen lassen. Schade, dass die Frau so abweisend gewesen war. Anja hatte sie erst gar nicht nach ihrem Verhältnis zu Annegret gefragt. Ob sie den toten Mann gekannt hatte?

»Sagt dir der Name Sascha Bellkamp etwas?«, wollte Anja wissen. Tobias war zwar erst mit 14 nach Hagen gezogen, aber er hatte sich dank seiner Sport- und seiner Musikleidenschaft schnell in der Volmestadt eingelebt und kannte viele Gleichaltrige. »Lass mal, das kann ja nicht sein«, winkte sie dann ab. Der zweite Tote war einige Jahre älter als ihr Sohn. 29 Jahre alt, hatte Gerd ihr verraten.

»Möglich, dass ich bei Facebook mit dem befreundet bin«, antwortete Tobias. »Den Namen habe ich irgendwo schon mal gehört. Wer ist das?«

Anja erzählte ihm von dem zweiten Todesfall.

»Komisch«, fand Tobias. Er suchte im Internet, ob dort bereits Neuigkeiten zu finden waren. Aber außer der Meldung über den Tod gab es nichts. Auch sonst existierte der Mann für die Suchmaschinen schlichtweg nicht.

»Ist das die Liste der Darsteller?« Tobias zog einen Zettel unter seinem Hintern hervor. »Sorry, den habe ich nicht bemerkt.«

»Das macht nichts. Die bin ich ohnehin schon durchgegangen«, winkte Anja ab.

»Die ganze Liste!« Tobias zeigte sich beeindruckt angesichts der vielen Namen.

»Nur die aus Hagen habe ich mir angeschaut«, gab seine Mutter zu. »Die aus England kommen wohl kaum hierher in die deutsche Provinz, um eine nervige Mittvierzigerin umzubringen.«

»Wie sagst du immer so schön, wenn ich mich sorge, ob ich eine Prüfung verhauen habe: Alles ist möglich!«

Anja setzte sich wieder hin und beobachtete, wie ihr Sohn blitzschnell tippte und etwas in das Suchfeld eingab.

»Siehst du, diesen William Lockwood habe ich gefunden. Na gut, das ist der einzige, aber der hat immerhin eine Autobiografie geschrieben.«

»Ach, Tobias, was soll eine Kindheit und Jugend in England mit dem Tod einer Frau in Hagen zu tun haben? Und eines Mannes?«, fügte sie rasch hinzu. Den toten Studenten hatte sie noch nicht richtig verinnerlicht.

»Immerhin hatte er ein deutsches Au-pair-Mädchen!«, verkündete Tobias mit einem triumphierenden Glitzern in den Augen. »Und das hieß sogar Annegret.«

Anja sah ihn verblüfft an. »Das denkst du dir jetzt aus, oder?«

»Nein. Ich schwöre. Hier steht, dass er in seiner Kindheit von einem Au-pair namens Annegret F. betreut wurde, die so böse war, dass er sie in den letzten 28 Jahren nicht vergessen hat.«

»Annegret F.!«, sagte Anja. »Nicht Annegret B.« Dann schwieg sie, weil ihr der Lebenslauf in den Sinn kam, den Annegret Bäumler an die Businessfrauen geschickt hatte. Da war von einem Au-pair-Aufenthalt in England die Rede und wenn sie sich nicht irrte, lautete Annegrets Mädchenname Fischer.

KAPITEL 24

Krähenaugen schärfen das Gehör und sorgen für die Ruhe der Ewigkeit.

Am Freitagmorgen riss das Läuten des Telefons die ganze Familie Henke aus dem Schlaf.

Anjas erster Gedanke war: Tobias. Hoffentlich war nichts mit ihrem Sohn. Dann fiel ihr ein, dass er unten im Keller neben seinem Schlagzeug schlief und sicher nicht mehr aus dem Haus gegangen war, nachdem sie die Flasche Wein geleert hatten. Dann fielen ihr die Kirschen ein, die Tobias erwähnt hatte. Hoffentlich war Idas Freundin nicht doch etwas passiert?

»Welcher Spinner ruft denn jetzt schon an?«, murmelte Oliver neben ihr schlaftrunken.

Sie griff nach dem Telefon und war froh, dass sie bei ihrem Einzug darauf bestanden hatte, ein Telefon neben dem Bett zu platzieren. »Ja?!« Sie bemühte sich, nicht zu verschlafen zu klingen, wobei das um sechs Uhr morgens zu entschuldigen wäre.

»Um zehn Uhr ist Pressekonferenz!«, erklang die Stimme von Gerd Neubert an ihrem Ohr. »Die Pressestelle faxt gerade die Einladungen raus. An Gott und die Welt. Keine Ahnung, wieso der Verteiler so groß ist. Ich habe deine Nummer einfach daruntergeschrieben.«

Anja setzte sich aufrecht ins Bett. Sie war plötzlich hellwach. Eine Pressekonferenz konnte nur bedeuten, dass es etwas Neues gab. »Wurde noch jemand getötet?«

»Nein, das Morden wurde beendet«, antwortete Gerd. »Alles Weitere später.«

Anja holte tief Luft und atmete langsam aus. Das sollte wohl heißen, dass er jemanden verhaftet hatte. Aber wieso hatte er ihr nicht verraten, wen? Bis zehn Uhr waren noch vier Stunden, bis dahin würde sie platzen vor Neugier.

»Wer war denn das?« Inzwischen hatte auch Oliver die Augen geöffnet.

»Gerd. Er hat mich zu einer Pressekonferenz eingeladen.« Anja schlug ihre Bettdecke zurück und schwang die Beine aus dem Bett. »Ich mach dann mal Frühstück.«

Oliver nickte schläfrig. »Dann drehe ich mich noch einmal um.«

Anja küsste ihn auf die Nasenspitze und sammelte ihre Kleidung für den Tag zusammen, um sich im Bad fertig zu machen.

Sie bereitete das Frühstück für ihre Lieben und dachte derweilen darüber nach, worum es in der Pressekonferenz gehen konnte. Eine Verhaftung war der einzig sinnvolle Anlass. Alles andere würde nur den Ärger der Medien schüren.

Anja war froh, als sie Ida an der Schule ablieferte, nicht ohne sie vorher eindringlich zu befragen, was am Vortrag bei Vanessa vorgefallen war. Ihre Tochter hatte sofort fast erleichtert berichtet, dass sie im Garten tolle Plättchen zum Spielen gefunden hatten, die ihnen Vanessas Mutter weggenommen hatte.

Ida konnte sich lediglich daran erinnern, dass sie gesagt hatte, Krähenaugen wären kein Spielzeug. Seither dachte die Kleine darüber nach, wie die Augen aus der Krähe gefallen waren und wieso sie so flach waren, während sie im Kopf doch immer rund wirkten. Diese Frage hatte ihr keine Ruhe gelassen.

Anja nahm sich vor, bei nächster Gelegenheit mit der Mutter von Idas Freundin über den Vorfall und die giftigen Pflanzen in der Umgebung zu sprechen. Jetzt hatte sie keine Zeit dafür, weil sie vor der Pressekonferenz schnell Clarissa Möllmann einen Besuch abstatten wollte, um sie zu fragen, was aus dem historischen Handbuch der Pflanzengifte geworden war, das Annegret für sie übersetzt hatte.

Bei dem Netzwerktreffen hatte eine Kollegin behauptet, es handle sich um ein besonders geheimes Buch, das aus der Zeit der Kreuzzüge stammte und Rezepte für Heilgifte enthielt, mit denen die Soldaten sich so oder so retteten: Entweder sie heilten ihre Wunden und linderten ihre Schmerzen oder sie nahmen sich das Leben, wenn keine Heilung mehr möglich war. Dadurch war eine lange Diskussion über Pflanzengifte und Sterbehilfe entstanden, die noch in Anja nachwirkte.

Auf ihr Klingeln an der Praxis von Clarissa Möllmann öffnete jedoch niemand. Nach der Pressekonferenz würde sie einen neuen Versuch wagen, die Heilpraktikerin oder eine Mitarbeiterin zu erreichen, auch wenn sie bei ihrem Besuch kein Personal gesehen hatte.

Dieser Abstecher erübrigte sich jedoch, als sie hörte, was Gerd Neubert und der Pressesprecher der Polizei zu sagen hatten.

»Wir haben gestern am späten Abend eine Festnahme vorgenommen«, begann der Polizeisprecher in jenem Behördendeutsch, das bei Anja stets ein unangenehmes Gefühl hervorrief. »Festnahme vorgenommen« – wieso konnten die nicht einfach »verhaftet« sagen? Das war nur durch »in Gewahrsam nehmen« zu toppen.

»… Clarissa M.«

Anja zuckte zusammen. Gerd hatte tatsächlich die Heilpraktikerin verhaftet! Den Rest des Satzes hatte sie verpasst, aber es war auch so klar, was das Beamtengeschwafel hieß.

»Nicht nur, dass ihre Fingerabdrücke auf der Tasse mit dem Gift waren und sie sich zu einem Zeitpunkt hinter der Bühne befand, an dem sie dort nicht erwartet wurde, sie hat auch gleich mehrere Motive, um Annegret Bäumler zu schaden.«

»Zu schaden«! Anja schüttelte den Kopf.

»Und was ist mit dem anderen Toten?«, wagte einer der Journalisten, die um sie herum saßen, zu fragen.

»Dazu kommen wir später. Lassen Sie uns bei den Motiven für den Mord an Annegret B. bleiben. Da ist zum einen der Ärger darüber, dass die Tote der Verdächtigen die Hauptrolle in dem Theaterstück ›Die mörderische Teerunde‹ weggenommen hatte. Clarissa M. war fest für die Rolle eingeplant gewesen, sie hatte den Text gelernt, und dann brachte sich Annegret B. für die Rolle ins Gespräch. Und nicht nur das, sie verunglimpfte die Verdächtige, sodass die Regisseurin keine andere Wahl hatte, als die Rolle neu zu besetzen.«

Jetzt verstand Anja die ganze Tragweite der Begegnung in ihrer Buchhandlung, als die beiden über die Rolle diskutiert hatten. Clarissa hatte gesagt, sie habe die Figur doch bereits geprobt, und Annegret hatte ihr erklärt, wie wichtig es sei, dass die Hauptrolle versiert in der englischen Sprache war.

»Das allein reicht sicher nicht aus, um jemanden zu vergiften. Erschwerend kommt hinzu, dass es eine offene Rechnung der Toten an die Verdächtige gibt, für die mehrere Mahnungen ausgesprochen wurden.«

Unfassbar. Wegen eines läppischen Betrags für eine Übersetzung würde doch niemand töten. Wenn die Polizei nur alles so ordentlich durchsehen würde wie die Rechnungen der Toten!, dachte Anja empört.

»Der Fall ist bereits bei Gericht anhängig, weil Clarissa M. die Verstorbene beschuldigt hatte, die Vorlage für die Übersetzung unterschlagen zu haben. Die

Verstorbene hingegen behauptete, sie hätte Clarissa M. die Vorlage zurückgeschickt.«

Das hörte Anja zum ersten Mal. Was hatte Annegret davon, ein Buch zu behalten? Das war doch alles an den Haaren herbeigezogen.

Nun zog Gerd das Mikrofon zu sich heran. »Entscheidend aber ist, dass wir einen Beweis dafür haben, dass die Tote unsere Verdächtige erpresst hatte. Sie brauchte anscheinend dringend Geld, deshalb vermuten wir sogar, dass sie tatsächlich das alte Buch über die Kreuzzugsgifte behalten und verkauft hat. Weil sie nicht genug Aufträge hatte und ihr Mann kurz vor der Insolvenz steht – wegen der Verfahren, die gegen ihn angestrengt wurden –, sah sie wohl nur noch eine Chance in der Erpressung.«

»Womit hat sie diese Clarissa M. erpresst?«, wollte der Mann neben Anja wissen, der die ganze Zeit eifrig mitgeschrieben hatte.

»Tja, das ist ein noch dunkles Kapitel, das Frau M. vermutlich weiteren Ärger bescheren wird.« Gerd Neubert raschelte mit den Papieren auf dem Tisch vor sich, als suchte er etwas. Ehe er weiterreden konnte, übernahm der Polizeisprecher das Mikro.

Anja kam sich vor wie in einem schlechten Laientheater. Es war so augenfällig, dass dieses Zusammenspiel eine abgekartete Sache war, doch niemand sagte etwas dazu. Alle nickten bei den Abschiedsworten des Pressesprechers: »Mehr können wir Ihnen aus ermittlungstaktischen Gründen derzeit nicht sagen.«

Genau. Im Notfall sprachen sie immer von Ermittlungstaktik, das war doch das älteste Bild aus den Fernsehkrimis. Anja war sauer. Da wurden ihnen Bröckchen hingeworfen und sie konnten sehen, welchen Reim sie sich darauf machten.

Sie beobachtete, wie ein Mann mit dem roten Mikrofon von Radio Hagen auf den Kommissar zuging, und folgte ihm. Vielleicht verriet Gerd dem Reporter das eine oder andere interessante Detail von der Festnahme oder seiner Sicht des Tathergangs.

Frustriert ging sie wenig später zum Auto. Clarissa saß also in Untersuchungshaft, und Annegret war eine Erpresserin gewesen, das waren die Neuigkeiten, die sie von dem Termin mitnahm. Worüber nicht gesprochen wurde, war, wie Annegret vergiftet wurde und – das fiel ihr erst auf, als sie den Motor anließ – weshalb Clarissa den Studenten umbringen sollte.

KAPITEL 25

Vom Wurmmittel hat sich der Lebensbaum zur Gefahr für Leber und Niere entwickelt.

Anja fuhr vom Polizeipräsidium auf der Hoheleye direkt zum Hafen Baukey, wo ihre Stammkundin Liliane Schneider im Nebengebäude eines alten denkmalgeschützten Hauses eine homöopathische Praxis betrieb. Eine Netzwerkkollegin hatte sie am Vorabend darauf hingewiesen, dass Liliane Schneider ihr einiges über die Heilpraktikerszene erzählen konnte. Nach einem Burn-out hatte Liliane ihre Hausarztpraxis verkauft, sich in dem kleinen Haus am See eingemietet und sich auf Naturheilkunde verlegt. Anders als Clarissa, die ihr Wissen hauptsächlich aus einem Fernlehrgang hatte, war Liliane für einige Semester zurück an die Uni gegangen, um ein Zusatzstudium zu absolvieren. Kein Wunder, dass sie viel zu tun hatte.

Anja fand gerade noch einen Platz für ihren Wagen unter dem Lebensbaum, den sie bei jedem Sonntagsspaziergang am See bewunderte. Auf dem Parkstreifen vor dem Yachtclub standen einige Fahrzeuge. Wenn die Fahrer alle bei Liliane Schneider waren, konnte es eine Weile dauern, bis sie Zeit für ein Gespräch hatte.

Allerdings wusste Anja, dass Liliane sich dann auch Zeit für sie nehmen würde. Das gehörte zu ihrer Philosophie: Nimm dir die Zeit, die du brauchst. Wenn sie Zeit für Freunde brauchte, mussten Kunden eben warten. Manch einen zwang sie auf diese Weise dazu, im Wartezimmer gedanklich herunterzukommen, ehe er ihren Beratungsraum betrat.

Anja war gespannt auf den Raum. Sie war selbst noch nie dort gewesen, aber die Netzwerkkolleginnen hatten davon geschwärmt, wie entspannend der Wartebereich war. Tatsächlich gab es hier gedämpftes Licht, ein Springbrunnen plätscherte und die leise Musik bemerkte Anja erst, als sie bewusst darauf achtete. Die Schwingstühle, die um kleine runde Tische standen, waren weich, aber die Lehnen zwangen einen, gerade zu sitzen.

Die brauchen wir zu Hause auch, dachte Anja gerade, als die Tür zum Behandlungsraum aufging und Liliane einen jüngeren Mann verabschiedete, den Anja sofort erkannte.

»Herr Krämer«, sagte Anja überrascht. »Sie hätte ich hier nicht erwartet.«

Liliane lachte. »Du denkst wohl auch, Heilpraktiker können sich selbst heilen, was?«

Wenn Anja ehrlich war, hatte sie genau das vermutet, obwohl das ebenso unsinnig war wie der Gedanke, ein Arzt könnte sich selbst kurieren.

»Komm rein«, bat Liliane Anja und empfahl den beiden anderen Frauen in den Schwingstühlen, die das Gesicht verzogen, weil Anja vor ihnen Einlass fand, ein paar Schritte am See.

»Kannst du dir vorstellen, womit diese Annegret Bäumler Clarissa erpresst hat?«, fragte Anja, nachdem sie ihrer Stammkundin von der Verhaftung ihrer ehemaligen Netzwerkkollegin berichtet hatte.

Liliane setzte sich auf den Stuhl neben dem Lederdiwan, das die Hälfte des kleinen Zimmerchens ausfüllte. »Mal unter uns. Es gibt solche Heilpraktiker und solche. Und ich habe gehört, dass es spezielle Seminare gibt, bei denen man gleich die Heilpraktikerprüfung ablegen kann. Mit Bestehensgarantie. Du verstehst?«

Anja schüttelte den Kopf. Dass man eine Prüfung ablegen musste, um sich Heilpraktiker zu nennen, hatte sie bei ihrer Recherche bereits herausgefunden. Aber Seminare mit der Garantie, dass man auf jeden Fall bestand, das ging doch gar nicht.

»Man vermutet, dass die Prüfer gekauft sind«, erklärte Liliane.

Wenn Clarissa ein solches Seminar besucht und ihre Lizenz erschlichen hatte, gab es zumindest einen wunden Punkt in ihrer Vita, mit dem Annegret sie hätte erpressen können. Aber woher sollte eine Hagener Übersetzerin so etwas wissen. Es sei denn …

»Gibt es solche Seminare auch in Hagen?«

Das verneinte Liliane entschieden. »Das wüsste ich. Allerdings gibt es noch ein anderes Thema, mit dem wir uns seit einiger Zeit beschäftigen. Es geht das

Gerücht, einen Beweis haben wir dafür noch nicht, dass manche Heilpraktiker Rezepte für tödliche Gifte verkaufen. Angeblich sogar samt Zutaten, einen Giftbaukasten sozusagen.«

»Wer kauft denn so etwas?«

»Da gibt es einige Abnehmer. Vor allem Angehörige von unheilbar Kranken oder auch die Betroffenen selbst.«

Anja dachte an Olivers Großvater, der gestorben war, kurz nachdem sie sich kennengelernt hatten, und vorher sechs Jahre in einem Pflegeheim vor sich hingedämmmert hatte. Oliver war nervlich am Ende gewesen, weil der alte Mann in helleren Momenten immer gerufen hatte: »Nimm mich, Herr, nimm mich. Nicht den da, nimm mich.« Dann war er wieder in seinen Dämmerzustand verfallen, um einen Tag, eine Woche oder einen Monat später den gleichen Satz zu sagen. Wenn ein tödlicher Tee da einen Ausweg ermöglicht hätte! Sie wollte das nicht weiterdenken, aber ihr war klar, dass sich daraus ein lukratives Geschäftsmodell entwickeln ließ.

»Du meinst, Clarissa hat solche Giftbaukästen verkauft?«

Liliane zuckte mit den Schultern. »Ich weiß es nicht, ich habe nur gehört, dass in der Hagener Innenstadt in der Nähe des Volksparks eine Anlaufstelle ist.«

Damit musste nicht das Haus gemeint sein, in dem Clarissa residierte. Es kamen auch andere Häuser infrage. Das Sparkassenkarree oder die ehemalige Mark-E. Aber groß war die Zahl der Alternativen dort nicht. Das IHK-Gebäude stand als Umschlagplatz für Pflanzengifte wohl kaum in Verdacht.

»Darüber muss ich in Ruhe nachdenken und ich will dich auch nicht länger aufhalten«, sagte Anja. Außerdem musste sie noch einkaufen, um den beiden Mädchen am Nachmittag den versprochenen Apfelpfannkuchen zu backen. »Eine Frage habe ich allerdings noch: Wie könnte man jemanden mit Tee vergiften, wenn er keinen trinkt?«

Liliane schmunzelte. Anja war die Frage selbst blöd vorgekommen, als sie sie ausgesprochen hatte. Aber vielleicht war sie gar nicht so dumm. Wegen des Titels des Stücks und der Tassen hatte sie sich die ganze Zeit, von Olivers Blasrohrtheorie abgesehen, nur mit der Vergiftung durch Tee beschäftigt. So wie die Polizei sich völlig auf Clarissa fokussiert hatte. Was, wenn Annegret nicht mit Tee vergiftet worden war, sondern mit einer …

»Spritze«, war das erste, was Liliane einfiel. »Man muss nur an der richtigen Stelle zustechen und keiner bemerkt es.«

»Kann man dann noch gehen?« Anja dachte daran, dass Annegret von der Seite auf die Bühne gekommen war. Vielleicht hatte ihr dort jemand die Spritze verabreicht. Sie seufzte. Da war sie wieder bei Clarissa, die lange nach ihrem Auftritt ohne Grund neben der Bühne aufgetaucht war. Hätte sie sie nur gefragt, weshalb sie eigentlich dort war! Ob Gerd daran gedacht hatte? Natürlich. Aber was hatte Clarissa darauf geantwortet? Das war interessant.

»Es könnte aber auch sein, dass das Gift in etwas anderem war, was Annegret zu sich genommen hat. Je nach Körpergröße und Konstitution, aber auch nach Trägermedium, kann sich die Wirkung verzögern. Die meisten Gifte wirken ohnehin nur in großen Mengen oder bei Kindern tödlich. Normalerweise wird einem schlecht, man erbricht sich, hat vielleicht noch Fieber und vorher teils eine Bewusstseinsstörung, aber damit ein pflanzliches Gift wirkt, muss derjenige, der es verabreicht, schon Experte sein.«

Wieder etwas, das für statt gegen Clarissa sprach. Anja stand auf. Wenn sie sich beeilte, konnte sie mit Gerd telefonieren, ehe sie die Mädchen von der Schule abholen musste, und herausfinden, weshalb Clarissa ausgerechnet kurz vor Annegrets Zusammenbruch genau an jener Stelle gestanden hatte, von der Annegret Bäumler auf die Bühne ging.

KAPITEL 26

Sollte der Mägdebaum früher eine Fehlgeburt verhindern, so verspricht er heute eher Hautreizungen und Bewusstlosigkeit.

Der Samstag verging wie im Flug, weil die Kunden sich im »Mord & Ortschlag« die Klinke in die Hand gaben. Irgendwann stellte Anja den »Kriminaltango« ab, weil sie ihn nicht mehr hören konnte. Dazwischen wuselte Ida herum, während Oliver in der Stadthalle war, um den Aufbau für eine Veranstaltung zu überwachen. Wenn es doch eine freie Minute gab, reichte diese Anja gerade, um Ida einen Euro für eine Kugel Eis in die Hand zu drücken oder sich zu ärgern, dass sie Britta freigegeben hatte. Aber woher sollte sie wissen, dass an dem ersten Wochenende im September so viel in der Stadt los sein würde?

Autosalon! Das war etwas für Autofans, hatte sie gelacht, als sie mit Oliver darüber gesprochen hatte, dass Britta Urlaub nehmen wollte. Dass dies nicht bis zu Ende gedacht war, war ihr inzwischen auch aufgegangen. Autosalon bedeutete nämlich vor allem, dass die Ehemänner, Freunde und Väter beschäftigt waren und der Rest der Familie entspannt das Haushaltsgeld unter die Leute bringen konnte. Ihre Oldenburger Freundin, die als Gleichstellungsbeauftragte arbeitete, wäre entsetzt über diese Gedanken, aber in Oldenburg gab es auch keinen Autosalon. Selbst Kriminalkommissare ließen sich davon anziehen, wie Anja feststellte, als sie kurz einmal verschnaufte und Ida gerade unterwegs war, um Schokoladenautos und andere Give-aways abzustauben.

»Ja, ist denn schon Weihnachten?«, scherzte Gerd Neubert beim Betreten der Buchhandlung. Er deutete mit dem Daumen der rechten Hand hinter sich. »Da ist ja mehr los als an manchem Werktag im Advent.«

Er hatte recht. Anja hatte ihr Geschäft kurz vor dem Start des Weihnachtsmarktes eröffnet und anfangs mit Sorge den leeren Laden und die vollen Regale betrachtet.

»Du bist ja auch hier, um dir Autos anzugucken«, konterte sie und blickte prüfend hinter ihn, ob sie Rosina auch nicht übersehen hatte.

»Sagen wir es so, es ergab sich, dass ich an den Autos vorbei musste, als ich auf dem Weg in die Praxis von Clarissa Möllmann war.« Gerd sprach langsam und gedehnt, das ließ Anja aufhorchen.

»Was wolltest du denn da? Ich denke, es ist so klar, dass sie Annegret vergiftet hat.«

»Na ja«, druckste der Kommissar herum. »Wir haben sie gestern Abend wieder nach Hause geschickt. Ich habe ihr angekündigt, dass ich heute in die Praxis komme, weil es da manches zu klären gibt.«

Anja schaute an ihm vorbei, ob die Passanten, die sich gerade noch die Nasen an ihrer Schaufensterscheibe plattgedrückt hatten, in die Buchhandlung kamen. Vermutlich hatten sie nur auswendig gelernt, was sie im Internet bestellen wollten. Sie verschränkte abwartend die Arme vor der Brust, gespannt, was Gerd ihr eigentlich sagen wollte. So gut kannte sie ihn inzwischen, dass sie wusste, dass dieses Reden um den heißen Brei eine tiefere Bedeutung hatte.

»Diese Annegret wurde vergiftet«, meinte der Kommissar.

Anja hob die Augenbrauen. Das war nun wahrlich keine Neuigkeit.

»Von mir weißt du das aber nicht!«

Am liebsten hätte Anja ihn geschüttelt und gerufen: »Jetzt spuck schon aus, was du sagen willst!« Aber so weit ging ihre Freundschaft nun auch wieder nicht.

»Es war kein Tee.«

Was sollte das heißen? »Was war kein Tee?«

»Mein Gott. In ihrem Magen hat man keinen Tee gefunden. Nur dieses Gift, das üblicherweise nicht so schnell wirkt. Man rechnet mit einer Wirkzeit von 30 bis 45 Minuten. Ein normaler Mensch hätte sich vermutlich zuerst übergeben, dann wäre es zum Atemstillstand gekommen.«

»Na toll!« Anja ließ sich auf einen Hocker fallen. »Das heißt, es geht alles von vorn los. Diese Spielchen mit den Tassenfotos hätte ich mir schenken können, weil der Tee darin keine Rolle spielte.«

»Es war kein Tee in den Tassen.«

Anja starrte Gerd Neubert an. Lars Wollenweber hatte klar gesagt, dass Tee in die Tassen kam.

»So war es auch geplant, aber nachdem diese Annegret kurz vor der Premiere einen Ausraster hatte und meinte, sie würde nicht auf die Bühne gehen, wenn Tee in den Tassen wäre, hat die Theaterbesitzerin kurzerhand statt Tee Wasser eingefüllt und mit einem Schuss Apfelsaftschorle gefärbt.«

Anja rief sich den Einstieg des Stückes vor Augen. Durch das ständige Wechseln der Plätze war außer Mike Krämer, der den alten Tom Adison spielte, niemand dazu gekommen, aus seiner Tasse zu trinken.

»Okay. Kein Tee, sondern Wasser mit Apfelsaft. Für Annegret Bäumler ist das doch egal. Für sie war das tödlich.«

»In ihrem Magen war auch kein Apfelsaft. Sie hat das Gift nicht auf der Bühne getrunken. Der Täter hat es ihr anders verabreicht.«

»Mit einer Spritze vielleicht.«

»Oder mit einem Blasrohr!«, meinte Oliver, der überraschend hinter Gerd im Laden aufgetaucht war.

»Ich nehme alles, was ihr mir anbietet.« Gerd seufzte. »Ich habe mich auf meiner Bank ja manchmal nach meinem Job zurückgesehnt. Aber ganz ehrlich. Derzeit sehne ich mich nach meiner Bank zurück.« Er ging auf die Tür zu.

Anja und Oliver wechselten einen Blick und diskutierten stumm, ob sie fragen sollten, was es mit der Bank auf sich hatte.

Gerd Neubert nahm ihnen die Entscheidung ab. »Ach ja. Das ist auch neu, du kannst es sicher ohnehin morgen im Internet lesen, wie ich unsere Presseknilche kenne. In der Wohnung von Annegret Bäumler haben wir klare Anzeichen gefunden, dass dort zumindest gelegentlich ein Mann übernachtet hat. Zweite Zahnbürste, Rasierer.« Er verzog angewidert das Gesicht. »Herrenslip und Socken in der Wäsche. Immerhin haufenweise DNA und Fingerabdrücke. Die vergleichen wir jetzt mit allen Fingerabdrücken der Leute, die im Theater waren.«

»Allen?«, hakte Oliver nach. »Meine Vergleichsabdrücke habt ihr noch nicht genommen.«

»Erst einmal beschränken wir uns auf diejenigen, die auf und hinter der Bühne waren. Deren Abdrücke haben wir schon aufgenommen. Deshalb hoffe ich, dass die Rechtsmedizin schneller ist als die Pressestelle. Nicht, dass der Herr die Fliege macht.«

Anja war gespannt, ob einer der Darsteller als Liebhaber von Annegret entlarvt werden würde. Sie konnte sich keinen von ihnen an der Seite der zierlich-drahtigen Annegret Bäumler vorstellen. Oder gar in ihrem Bett! Den Gedanken musste sie gleich verdrängen, sonst hätte sie laut gelacht.

»Checkt ihr nur die Männer oder auch die Frauen?«, fragte Oliver in dem Augenblick. Sie waren eben in vielem doch verwandte Seelen, auch wenn sie seine beharrlich vorgetragene Blasrohrtheorie, die er Gerd nun ausführlich darlegte, übertrieben fand. Anja war froh, dass wieder Kunden kamen und sie die beiden Männer zu den Autos schicken konnte.

Sie verkaufte den Krimiliebhabern rasch eine Neuerscheinung und klappte dann ihren Laptop auf. Ihr war eingefallen, dass in der Anlage vor dem Theater an der Volme einige Sträucher standen, bei denen sie nicht sicher war, ob es sich um harmlose Wacholderbüsche oder giftige Mägdebäume handelte. Wenn Annegret nicht mit Tee vergiftet worden war, kamen erst einmal alle Menschen aus ihrem Umfeld als Täter infrage und alle Pflanzen in der Nähe des Tatortes als »Tatwaffe«. Ein Gift vor der Theatertür bot einem Experten sogar die Gelegenheit für eine Kurzschlusshandlung. Wenn selbst sie als Laiin die Sträucher erkennen konnte, würde ein Fachmensch sie auf den ersten Blick als giftig identifizieren.

Ehe sie allerdings die Fotos vom Sommerfest des Theaters, auf denen die Sträucher zu sehen waren, ein weiteres Mal in Ruhe anschauen konnte, wurde die Tür aufgestoßen und die nächsten Kunden enterten den Laden.

Anja traute ihren Augen kaum, als Frau Grünmantel-Qualmann einträchtig mit Mister Griesgram-Schönfuß durch die Türe trat. Die beiden ließen sich auf den Hockern nieder, als wäre die Buchhandlung ihr Zuhause, und verkündeten, ohne auf die anderen

Kunden zu achten: »Die Heilpraktikerin war's, haben Sie das schon gehört?«

Sie gab sich redlich Mühe, die beiden von diesem Gedanken abzubringen. Schließlich ließ sie die alten Leute reden und lauschte mit einem Ohr, während sie die anderen Krimiliebhaber bediente.

»Dann war es dieser Fatzke«, wisperte Frau Qualmann, sofern es ihrer Stimme möglich war. Der Satz hallte durch den ganzen Laden und Anja war froh, dass die Alte keinen Namen nannte.

Das übernahm dann Mister Griesgram, dessen schwarz-rot-goldener Rollator dicht neben der Tür vor dem Laden blitzte. »Den Bäumler meinen Sie, was?« Er lachte laut und auffällig. Immer mehr Kunden drehten sich nach den beiden um und Anja überlegte fieberhaft, wie sie den Rededrang von Frau Qualmann und Herrn Schönfuß stoppen konnte.

»Der und seine junge Freundin. Die habe ich mal getroffen.« Waldemar Schönfuß hatte nichts mehr von einem Griesgram, vielmehr wirkte er wie ein Clown, der am liebsten über seine eigenen Witze lachte. Er konnte sich kaum beruhigen und wiederholte mehrmals, wie sehr Walter Bäumler unter der Knute seiner »Parallelfrau« stand, wie der Alte die Freundin nannte. »Die hätte dem auch gleich eine Leine umbinden können«, spottete er. »Bestimmt übt der jeden Tag Männchen machen und durch einen brennenden Reifen springen. Wenn er dafür

Zeit hat, weil er sicher viel Geld für das Mäuschen herbeischaffen muss, so wie die aussieht.«

Anja wäre am liebsten in den Boden versunken vor Scham, aber die wartenden Kunden schienen ihre Freude an dem Monolog zu haben. Einige von ihnen schienen Walter Bäumler zu kennen, das schloss sie aus dem Tuscheln, das einsetzte, als die alten Leute sich endlich bequemten, den Laden zu verlassen. Anja atmete erleichtert durch und war froh, als Tobias erschien und sie beim Kassieren unterstützte.

Der Gedanke an Walter Bäumler und seine neue Frau ließ ihr allerdings keine Ruhe. Dieser Spur musste sie nachgehen, sobald sie Muße hatte. Aber sicher nicht während des Autosalons, zu dem immer mehr Menschen in die Stadt strömten, als könnten sie nicht jeden Tag auf der Straße Autos begutachten.

KAPITEL 27

Werden Maiglöckchen falsch eingesetzt, wird die Hilfe bei Verstopfung leicht zu einer Reisebegleitung in die Ewigkeit.

»Unglaublich, wie schnell der Samstag verflogen ist!« Anja saß mit Ida und Oliver am Frühstückstisch und ließ sich das zweite Omelett schmecken, das ihre kleine Tochter zubereitet hatte. So klein war sie zum Glück nicht mehr. Früher hätte sie sofort gefragt, wie ein Samstag sich verfliegen konnte. Heute saß sie schweigend am Tisch, den Kopf in die Hände gestützt und starrte Anja das Ei von der Gabel. Ihre Augen folgten dem Weg der Gabel vom Teller in Anjas Mund. Die Gesichtszüge entspannten sich erst, als Anja sagte: »Mhm, das ist das leckerste Omelett, das ich je gegessen habe, und ich dachte doch, ich hätte vor zehn Minuten das leckerste Omelett gehabt.«

»Das hab ich ganz allein gemacht!«, erklärte Ida und fragte beim nächsten Atemzug: »Darf ich zu Flocki?« Flocki war der Hund des Nachbarn, den Ida als ihren Patenhund betrachtete, nachdem ihre Eltern ihr erklärt hatten, dass sie erst einmal keinen eigenen Hund bekommen würde.

Anja blickte zu Oliver hinüber. Als dieser nickte, gab sie Ida die Erlaubnis, vom Tisch aufzustehen und nachzusehen, ob die Nachbarn im Garten saßen. Die alten Leute waren froh, wenn Ida zu Besuch kam. Ihre Enkel wohnten weit weg und so hatten sie trotzdem gelegentlich ein Kind im Haus, das mit dem Hund tobte.

»Und was machen wir zwei Hübschen?« Oliver sah Anja fragend an.

»Am liebsten würde ich wieder ins Bett oder mit der Kamera in den Wald«, antwortete Anja. Sie war froh, dass sie sich entschlossen hatte, ihren Laden an dem verkaufsoffenen Sonntag nicht zu öffnen. Der Samstag war anstrengend genug gewesen und hatte ihr einen guten Umsatz beschert, aber auch den Wunsch nach ein wenig Ruhe. Wenn sie gewusst hätte, dass der Samstag so stressig würde, hätte sie ihrer Mitarbeiterin niemals freigegeben.

»Ich würde am liebsten in den Keller gehen und mir die Woche aus dem Kopf trommeln«, meinte Oliver, und sie waren sich schnell einig, dass den Rest des Vormittags jeder seiner Wege ging.

Anja benachrichtigte die Nachbarin, dass Oliver zu Hause war, und gab Ida einen Schlüssel, damit sie die Tür aufschließen konnte, wenn er nicht öffnete. Dann fuhr sie zum Ruheforst auf der Philippshöhe. Am Harkort- oder Hengsteysee musste sie um diese Zeit mit Joggern oder Skatern rechnen, das war ihr heute zu stressig. Lieber streifte sie zwischen den

Bäumen und Gräsern umher und blieb gelegentlich vor der einen oder anderen Gedenktafel stehen, um im Alltag innezuhalten.

Sie parkte das Auto und tauschte ihre Slipper gegen die Waldboots, die sie stets für sich und Ida im Auto hatte. Mit der Kameratasche an der Schulter ging sie mit großen Schritten die Anhöhe hinauf. Die ersten zwei oder drei Kilometer marschierte sie forsch durch den Wald, bis sie spürte, dass sie ruhiger wurde. Als sie die erste Kastanie erspähte, wusste sie, dass ihr Kopf frei war und sie sich wieder auf neue Gedanken einlassen konnte. Sie holte ihre Kamera aus der Tasche und fotografierte die Maiglöckchen, die in der Abgeschiedenheit den Sommer überlebt hatten.

Als sie gerade wieder darüber nachdachte, welche Möglichkeiten es gab, jemanden zu vergiften, fiel ihr eine Frau Anfang 50 auf, die zu einem Baum ging, kurz verweilte und dann zum nächsten Baum wechselte.

»Kann ich Ihnen helfen? Suchen Sie etwas?« Das Angebot hatte Anja ohne groß nachzudenken gemacht. Erst als sie die zweite Frage abgefeuert hatte, kam ihr in den Sinn, dass die Frau möglicherweise ein Grab besuchte, auch wenn es nicht wie ein solches aussah hier im Ruheforst.

Erleichtert bemerkte Anja das Lächeln der Frau.

»Sie können mir wirklich helfen«, sagte sie. »Ich suche eine schöne Stelle für die letzte Ruhestätte meiner Schwester.«

Anja wusste nicht, was sie darauf antworten sollte. »Tut mir leid«, stammelte sie verlegen.

»Sie ist ganz überraschend gestorben und ich weiß nur, dass sie verbrannt und hier begraben werden wollte.« Sie zog die Nase hoch und holte ein Taschentuch aus der Tasche. Damit tupfte sie zuerst die Tränen ab, die über ihre Wangen rollten und putzte sich dann die Nase. »Das ist so schrecklich und ich weiß nicht mal, wann wir sie bestatten können, weil die Polizei sie nicht freigibt.«

Anja horchte auf. »Oh nein!«, rief sie und musste die Überraschung nicht einmal spielen, sie war wirklich verblüfft, dass sie hier in der Abgeschiedenheit eine Frau traf, deren Schwester offensichtlich eines ungewöhnlichen Todes gestorben war, sonst müsste die Polizei die Leiche nicht freigeben.

»Ja!« Die Stimme der Frau klang erschüttert. »Der Kommissar sagt, sie wurde vergiftet. Wer macht denn so etwas?«

Anja überlegte, wie sie vorgehen sollte. Mit großer Wahrscheinlichkeit war dies die Schwester von Annegret Bäumler. Das bot ihr die Gelegenheit herauszufinden, ob die Tote Medikamente genommen hatte. Gerd Neubert hatte angedeutet, dass auch diese Möglichkeit im Raum stand. Ein präpariertes Asthmaspray hielt er für eine mögliche »Tatwaffe«. Oder eine Zigarette, doch die wäre hinter der Bühne sicher jemandem aufgefallen. Aber wie gab sie der Frau zu verstehen, dass sie wusste, wie ihre Schwester gestorben war?

»Sie hat so gerne Theater gespielt«, unterbrach die Frau Anjas Gedanken.

Anja tat erschrocken, auch wenn sie sich unwohl fühlte, weil sie der Trauernden etwas vorspielte. »Ihre Schwester ist aber nicht letzten Samstag im Theater an der Volme gestorben, oder?«

Die Frau sah Anja verwundert an. »Doch. Annegret Bäumler, geborene Fischer. Entschuldigung, ich habe mich nicht vorgestellt, ich heiße Zita Fischer.« Sie verzog das Gesicht zu einem Lächeln. »Unsere Eltern fanden das witzig, ihre Kinder von A bis Z zu nennen.«

»Ich war dabei, als Ihre Schwester starb«, sagte Anja leise und spürte augenblicklich wieder den Schrecken jener Sekunde, als klar wurde, dass vor ihren Augen ein Mensch gestorben war.

»Sie hat nicht gelitten, hat der Kommissar gesagt. Und wenn sie es sich hätte wünschen dürfen, hätte sie einen Tod auf der Bühne verlangt.«

Kurz schoss Anja der Gedanke durch den Kopf, ob Annegret vielleicht wirklich sich selbst … Aber das war unmöglich, dann hätte sie aus dem Jenseits kommen und den jungen Mann umbringen müssen.

»Vor zwei Jahren hätte ich gesagt, die Zigaretten haben sie vergiftet«, redete die Frau weiter, ohne darauf zu achten, ob Anja zuhörte oder nicht. Sie plauderte mit sich selbst und erzählte, dass Annegret auf diese albernen E-Zigaretten umgestiegen war, mit denen sie immer ausgesehen hatte wie ein Kind, das mit einem Kuli vorgibt zu rauchen.

»E-Zigaretten?« Hatte Tobias nicht davon erzählt, dass das eine neue Mode war und man sich sogar Zigaretten mit Himbeer- und Sahne-Geschmack schicken lassen konnte?

Anja lachte auf. Genau. Als er von Himbeer sprach, hatte sich Ida eingemischt und ihr Interesse angemeldet. Wie diese Dinger jedoch funktionierten, wusste sie nicht. Bestimmt nicht so wie ein E-Book oder E-Paper. Bei all diesen seltsamen Namen konnte man den Überblick verlieren.

»Das sind so komische Dinger, die dampfen und nicht so gefährlich sind wie Tabakzigaretten. Wenn ich das richtig verstanden habe, wird eine Flüssigkeit in Dampf verwandelt und inhaliert«, erklärte Zita Fischer. Unvermittelt trat sie auf einen Baum zu. »Ist das nicht ein schöner Platz?«

Anja bemerkte keinen Unterschied zwischen der einen oder anderen Stelle, aber sie nickte. Das schien ihr am sinnvollsten, und es wirkte.

»Der gefällt mir«, beschloss die Frau und fotografierte die Stelle mit ihrem Lieblingsbaum. »Vielen Dank für Ihre Hilfe.« Sie verabschiedete sich von Anja und versprach, sie zu benachrichtigen, sobald der Bestattungstermin feststand.

Die Frau war schon fast weg, als Anja etwas auffiel. »Warum kümmern Sie sich eigentlich um das Begräbnis und nicht der Ehemann?«, fragte sie rasch.

Die Frau schnaufte verächtlich. »Ach der! Die beiden sind schon lange getrennt. Ich habe ihn gefragt, ob er das Ganze in die Hand nehmen würde. Er hat abgelehnt. Ich bin gespannt, ob er das Testament auch ablehnt.« Sie schnaufte erneut und ging langsam davon.

Anja hörte noch eine Weile das empörte Schnaufen. Gerne hätte sie gewusst, was in dem Testament stand. So, wie die Frau das sagte, war der Mann als Erbe eingetragen. Sie ließ sich durch den Wald treiben und war überrascht, als sie plötzlich an ihrem Auto stand. Auch gut, dann hatte sie ein paar Minuten Zeit, um sich über E-Zigaretten zu informieren, ehe sie sich ihrer Familie widmete. Wenn dort eine Flüssigkeit eingefüllt wurde, musste es möglich sein, ein Gift zu applizieren.

KAPITEL 28

Früher gegen Epilepsie eingesetzt, führt der Nachtschatten heute manchmal ins Reich der Schatten.

Als Anja ihre kleine Tochter vor den dreidimensionalen Bildern von Patrick Hughes im Osthausmuseum hin und her springen sah, war sie nicht sicher, ob die Idee gut gewesen war, Ida mit in die Ausstellung zu nehmen. Allerdings hätte sie sonst zu Hause bleiben müssen, weil Oliver die spontan anberaumte Führung für die Delegation aus Torquay leitete.

Nachdem Clarissa verhaftet worden war, hatte die Polizei den Briten angeboten abzureisen, dies jedoch widerrufen, als sich zeigte, dass man in neue Richtungen ermitteln musste. Eine unangenehme Sache, die die Verantwortlichen für die Städtepartnerschaft durch zusätzliche Veranstaltungen wettmachen wollten.

Am Samstag hatten sie die Delegation zu einem Ausflug auf Schloss Hohenlimburg eingeladen, an dem Oliver teilgenommen hatte. Er war mit einer Alkoholfahne, die er auf das Bruderschaftstrinken mit den Delegierten schob, und einer Faksimile-Seite aus dem alten Kräuterbuch eines Herrn Tabernaemontanus zurückgekommen.

Die alte Art über Kräuter zu schreiben, hatte Anja so belustigt, dass sie den Spruch über Nachtschatten noch immer auswendig konnte: »Es ist auch dieser Wein gut wider die faule Magenfieber, davon die Geelsucht pflegt zu kommen. Die Blätter gepulvert, mit Feigen vermischt, eingenommen, fürdert den Stuhlgang. Das Kraut gesotten und getrunken treibt das gerunnene Blut aus dem Leib, löschet die Entzündung des Leibes außen und innen wie Nachtschatten treibt durch den Schweiß und Harn fein sanft, öffnet die Verstopfung der Leber, darum es zur Gelb- und Wassersucht dienstlich ist.«

Während der ganzen Fahrt zum Museum hatten sie darüber gelacht, wie man vor 400 Jahren Gesundheitsbücher schrieb.

Nun sah sie, dass Oliver seine Hand ausstreckte und auf Ida zeigte, die vor einem der Kunstwerke hin und her wippte.

»You see, the little girl is also appreciative of this art«, sagte Oliver und erklärte das Prinzip der dreidimensionalen Anmutung der Bilder. Schon taten es alle Teilnehmer der Delegation Ida nach. Sie stellten sich vor ein Bild und bewegten sich hin und her. Der Anblick war so komisch, dass Anja bedauerte, dass sie ihre Kamera nicht mitgenommen hatte.

»Is this your daughter?«, sprach einer der Delegierten sie an. Er kam ihr bekannt vor, im ersten Moment wusste sie nicht woher, dann fiel ihr ein, dass er bei der Premiere den Doktor Horton gespielt hatte. Wenn das kein Wink des Schicksals war. Er stand ohnehin auf ihrer Interviewliste, aber bisher hatte sich keine Gelegenheit ergeben, ihn zu sprechen. Sie lächelte den Mann an. »Yes.« Wie sollte sie von ihrer Tochter den Übergang zum Theaterabend finden?

»A nice girl, interested in art. Sehr schön.«

»Oh, Sie sprechen Deutsch«, bemerkte Anja knapp, während sie weiter nach einem unverfänglichen Brückenschlag zu dem Thema suchte, das ihr unter den Nägeln brannte. Dabei lag er auf der Hand. »Deshalb haben Sie sicher auch in dem Stück mitgespielt, Herr …?«

»Lockwood. William Lockwood.« Der Mann hielt ihr die Hand hin, obwohl sie sich im Foyer bereits begrüßt hatten. »Ich hatte ein deutsches Au-pair und habe einige Jahre in Deutschland gearbeitet, deshalb kann ich etwas Deutsch.«

»Anja Henke.« Sie zeigte auf Oliver, der ein paar Meter entfernt erklärte, wie der Künstler seine Bilder herstellte. »Das ist mein Mann.«

»Er kennt sich gut aus«, sagte William Lockwood und berichtete, dass er die Bilder von Patrick Hughes bereits in verschiedenen Ausstellungen in London gesehen hatte.

Anja ärgerte sich, dass das Gespräch eine andere Richtung nahm, als ihr lieb war. Dabei hatte er ihr eine Steilvorlage geboten mit der Erwähnung des deutschen Au-pair-Mädchens. Sie beschloss, direkt zum Thema zu kommen, um nicht noch mehr Zeit zu verlieren. »Das war schrecklich, dass Annegret bei der Aufführung gestorben ist.« Anja war stolz auf diese Formulierung und schaute ihrem Gegenüber direkt ins Gesicht, um seine Reaktion auf den Namen nicht zu verpassen.

William Lockwood nickte nur bedauernd. Weder flackerten seine Augen noch wechselte seine Gesichtsfarbe wie sonst oft, wenn jemand nervös war. Er schien völlig ruhig zu sein. »An awful evening«, sagte er und wechselte dann wieder in die deutsche Sprache. »Ich saß gemütlich in meinem Stuhl und plötzlich stürzte die Frau zu Boden.«

Die Frau, sagte er, und nicht Annegret. Anja überlegte, wie sie den Bezug zum Au-pair herstellen konnte. »Annegret Bäumler hieß die Frau.«

Keine Reaktion. Zumindest nicht auf den Namen. Eher kam es Anja vor, als suchte der Mann eine Möglichkeit, von dieser verrückten Mutter wegzukommen.

»Haben Sie noch Kontakt zu Ihrem Au-pair?«, fragte sie etwas unvermittelt, aber das war ihr gleichgültig. Oliver schaute bereits zum wiederholten Mal zu ihr herüber, weil Ida Besuchern im Weg stand und dringend betreut werden musste.

Nun verfinsterte sich William Lockwoods Gesicht. »Nein. Auf keinen Fall.«

Anja setzte ein überraschtes Gesicht auf, das ihn ermutigen sollte, mehr zu erzählen. Innerlich jubilierte sie, als er dazu anhob, von seiner Autobiografie zu berichten und seinen unangenehmen Erfahrungen mit der »german woman«, wie er sie verächtlich nannte. Wenn ihr jetzt noch die zündende Idee kam, wie sie Annegret Bäumler wieder ins Gespräch bringen sollte. Sie konnte ja schlecht fragen, ob die »german woman« Annegret Bäumler geborene Fischer war.

Der finstere Blick des Mannes wich einem zufriedenen Grinsen. »Aber sie hat ihre Strafe bekommen.«

»Inwiefern?«, fragte Anja. Erst, als sie die Frage gestellt hatte, kam ihr in den Sinn, dass der Satz auch so verstanden werden konnte, dass er sie vor Kurzem vergiftet hatte. Gespannt wartete sie auf seine Antwort.

William Lockwood lachte laut. »Das war damals wirklich keine Absicht.« Er kicherte fast. »Ich wollte ihr die Schaukel nicht ins Gesicht werfen. Aber im Nachhinein bin ich froh darüber.« Er erzählte, was Anja bereits aus dem Onlineartikel über ihn wusste, dass diese deutsche Frau ihn eingesperrt und, wo immer möglich, gedemütigt und missbraucht hatte. In dem Artikel hatte allerdings nicht gestanden, dass er dem Au-pair kurz vor der Abreise mit dem Schaukelbrett die Nase gebrochen und das Kinn verletzt hatte. »Ich habe die Schaukel nur angeschubst, wie Kinder das tun«, verteidigte er sich. »Sie kam dazu und hat das Brett abbekommen. Die Narbe am Kinn hat sie fürs Leben gezeichnet.

Eine Freundin schrieb mir, dass sie sie vor einiger Zeit getroffen hat und die Narbe auch nach über 20 Jahren noch sichtbar war.«

Anja konnte sich nicht erinnern, dass Annegret eine Narbe hatte, aber so etwas fiel auch meist nicht auf. Sobald sie zu Hause war, musste sie sich die Fotos anschauen. Sie verabschiedete sich von dem Mann, weil sie sah, dass Ida sich lang vor das Bild mit den Büchern gelegt hatte und laut ihre Lesekünste zum Besten gab, indem sie die Titel vortrug.

»Komm, wir gucken draußen, ob wir ein Eichhörnchen sehen«, schlug sie ihrer Tochter vor.

Ida reagierte so, wie sie es erwartet hatte. Sie sprang auf und rannte, ohne auf Anja zu warten, durch das Museum nach draußen.

Anja folgte langsam. Sie war so in Gedanken versunken, dass sie einen Mann anrempelte, der mit dem Rücken zur Eingangstür stand.

»Hallo, Frau Henke!« Der Mann entpuppte sich als Lars Wollenweber. »Ich bin gleich im Emil-Schumacher-Museum dran«, erklärte er und knabberte dabei an einem Kugelschreiber.

»Ach, Herr Wollenweber, hallo.« Anja zeigte auf den Kugelschreiber. »Das ist doch kein Grund, nervös zu sein. Sie machen das immer prima.«

Lars Wollenweber lachte. »Ich bin nicht nervös, ich brauche nur noch eine Dosis Suchtfutter. Ich soll das Ende der Führung ruhig lange hinauszögern, hat man mir gesagt. Deshalb sorge ich vor.«

Anja sah ihn mit gerunzelter Stirn an. Hatte er den Verstand verloren? Von Kugelschreiber konnte man doch nicht süchtig werden?

»Was ist das denn?«, erkundigte sie sich und zeigte auf den Kugelschreiber.

»Eine E-Zigarette«, antwortete Lars Wollenweber und hielt ihr das dampfende Kunststoffteil hin. So sah also eine E-Zigarette aus.

»Was raucht man denn da? Strom?«, stellte Anja sich unwissend.

Der Mitarbeiter ihres Mannes lachte. »Strom. Nein danke. Obwohl, Sie haben recht. Das ›E‹ ist irreführend. Ich weiß gar nicht, woher das kommt. Man raucht ein Liquid, das in einem kleinen Tank in die Zigarette gefüllt wird.« Er schraubte das gut zehn Zentimeter lange Röhrchen auseinander und erklärte ihr die Handhabung.

»Kauft man die Flüssigkeit in solchen Tanks oder wie geht das?«

»Das mag es auch geben, aber die meisten E-Raucher, die ich kenne, bestellen das Liquid in kleinen Fläschchen, die sind so groß wie die Behälter für medizinische Tropfen und daraus füllt man die Tanks.«

»Heißt das, man hat mehrere solcher Tanks?«

»Ich habe mehrere, dann brauche ich nicht das Fläschchen mitzunehmen, die Tanks bewahre ich in einem Mäppchen auf, das ist ganz praktisch.«

Anja sah, wie es aus der E-Zigarette dampfte, als er daran zog. Das sah ziemlich albern aus. Die Schwester von Annegret Bäumler hatte recht, E-Rauchen wirkte wie das Pseudorauchen eines Kindes. Allerdings konnte es deutlich gefährlicher werden, wenn sich ein Mörder mit E-Zigaretten auskannte.

KAPITEL 29

Zu stark genossen wird der stinkende Nieswurz zum letzten Genuss.

»Der ›Tatort‹ ist mir zu ekelig«, meinte Anja und wandte sich vom Fernseher ab. Die Einstiegsszene, in der über die Wirkweise des Nieswurzes gesprochen wurde, war noch interessant gewesen. Doch dann wurden für ihren Geschmack zu viele Detailaufnahmen von Erbrochenem und den Spuren eines Todeskampfes gezeigt, die wollte sie nicht sehen.

Der Sonntagabend war in ihrer Familie heilig. Als sie Oliver kennenlernte, hatten sie schnell die gemeinsame Vorliebe für Fernsehkrimis entdeckt und zelebrierten sie seither. Deshalb schaute Oliver unwillig, als Anja aufstand und ihren Laptop holte. Aber er sagte nichts, sondern ließ sie in Ruhe erneut die Fotos von der Premiere des Theaterstücks »Die mörderische Teerunde« durchsehen.

»Was musst du denn ins Bild laufen?«, murmelte Anja ein ums andere Mal. Auf keinem einzigen Foto war das Kinn von Annegret Bäumler zu sehen. Entweder zeigten die Bilder ihr Profil oder es stand jemand vor ihr und verdeckte das Kinn. Wie sollte sie herausfinden, ob die Frau dort eine Narbe hatte? Enttäuscht klappte sie den Laptop zu.

Nachdem sie eine Weile unbeweglich auf den Fernsehbildschirm gestarrt hatte, fragte Oliver: »Was ist los?«

Anja seufzte. Auf dem Bildschirm gab es gerade eine Verfolgungsjagd, da konnte sie ihrem Mann beruhigt von der Fotopleite erzählen, ohne dass er etwas verpasste.

»Dann guck doch mal auf den alten Fotos. Vielleicht war sie beim Sommerfest«, schlug Oliver vor, ehe er sich wieder dem Fernsehkrimi zuwandte.

Anja klappte ihren Laptop wieder auf. Annegret Bäumler war ganz sicher beim Sommerfest der Elbershallen gewesen. Im Theater an der Volme hatte es ein Schnupperprogramm gegeben und es wurde unter anderem die Einstiegsszene aus »Die mörderische Teerunde« dargeboten, in der sie mitspielte.

325 Fotos befanden sich in dem Dateiordner mit dem Titel »Sommerfest«. Anja betrachtete ein Bild nach dem anderen. Viele waren draußen entstanden. Bei der Tombola. Sie wollte bereits das nächste Bild öffnen, als ihr in der Zuschauermenge Annegret Bäumler auffiel. Sie vergrößerte die Ansicht und schob das Foto so lange hin und her, bis sie eindeutig erkennen konnte, dass das Kinn gänzlich narbenfrei war. Die Nase wirkte etwas krumm, aber das konnte auch Veranlagung sein und musste nicht von einem Schlag mit einem Schaukelbrett herrühren, aber am

Kinn war nicht die kleinste Spur von einer Narbe zu sehen. Sie konnte sich nicht vorstellen, dass nach einer Schönheitsoperation so wenig zu sehen wäre. Die Wahrscheinlichkeit, dass Annegret Bäumler das Au-pair von William Lockwood gewesen war, sank rapide.

»Ist das nicht der andere Tote?« Oliver zeigte auf den Mann, der direkt neben Annegret Bäumler stand.

Anja vergrößerte den Ausschnitt. Der Mann mochte Mitte oder Ende 20 sein und hatte wie der Tote dunkle Haare. Sie rief den Browser auf und suchte nach dem Foto des »Treppenopfers«, wie die Zeitung den zweiten Verstorbenen nannte. Sie öffnete die beiden Fotos nebeneinander, sodass sie sie leicht vergleichen konnte. Oliver hatte recht. Der Mann neben Annegret Bäumler war der Tote. Das an sich war nicht verwunderlich, schließlich hatte er ehrenamtlich im Theater gearbeitet und in dem Stück die Rolle von Doktor Horton übernommen, der in der Premiere von einem der Delegierten aus Torquay gespielt worden war. Aufmerken ließ Anja, dass es so aussah, als hätte er seinen Arm um Annegrets Schulter gelegt. Sie ging erneut alle Fotos durch und achtete auch auf die Menschen im Hintergrund.

»Das ist ein Ding!«, rief sie leise, aber doch so aufgeregt, dass Oliver den Blick vom Fernseher abwandte und sich erkundigte, was los war.

»Guck mal hier.« Anja vergrößerte ein Foto, auf dem im Vordergrund der Oberbürgermeister zu sehen war, der auf dem Pick-up aus dem »Feuervogel« stand und eine kurze Ansprache hielt. Hinter ihm waren Rasen, Klettergerüst und die Bäume am Volme-Ufer zu erkennen. Vor einem Baum standen Annegret Bäumler und Sascha Bellkamp und küssten sich. Die Art, wie sie sich küssten, ließ keinen Zweifel daran, dass dies mehr als eine kollegiale Begrüßung war.

»Die hatten was miteinander«, schloss auch Oliver aus dem Bild. »Na und?« Damit wandte er sich wieder den Ermittlungen im Fernsehen zu.

Anja schüttelte den Kopf, doch sie sagte nichts, sondern speicherte das Bild auf dem Desktop, um es Gerd zu schicken. Während er noch immer auf das Ergebnis des Fingerabdruckvergleichs wartete, um die Identität des Geliebten der Toten zu ermitteln, hatte sie gemütlich auf der Couch die Frage geklärt, wer der Liebhaber von Annegret Bäumler war. Erstaunlich, dass das niemand mitbekommen hatte. Jedenfalls konnte Gerd den Freund als möglichen Täter von seiner Liste streichen, was ebenfalls bedeutete, dass Clarissa Möllmann und Lars Wollenweber wieder nach oben rutschten. Erst recht, wenn der Kommissar erfuhr, dass Lars Wollenweber sich bestens mit E-Zigaretten auskannte und das Gift vielleicht doch in einem »Blasrohr« gewesen sein konnte, auch wenn dieses anders aussah als jenes aus dem »Gasthaus an der Volme«.

KAPITEL 30

Pfaffenhütchen können dafür sorgen, dass die Pfaffen am Grab sprechen.

Nachdem Anja sich von ihrer Tochter vor der Schule verabschiedet hatte, entschied sie spontan, die Woche mit einem Überraschungsbesuch bei Gerd Neubert im Präsidium zu beginnen. Sie hielt beim Bäcker und kaufte eine Tüte Hetewe, der süßen typisch Hagener Hefebrötchen mit dem feinen Puderzucker oben drauf, die der Kommissar gerne aß. Außerdem hatte sie auf der Speicherkarte die Fotos von Annegret Bäumler und Sascha Bellkamp, die sie in ihrem Ordner vom Theater-Sommerfest gefunden hatte. Immer wieder waren die beiden im Hintergrund zu sehen, wie sie die Köpfe zusammensteckten. Es erstaunte sie stets aufs Neue, dass keiner der anderen Darsteller darauf hingewiesen hatte, dass die beiden ein Paar gewesen waren. Bestimmt hatten sich Gerd und seine Kollegen erkundigt, wer der unbekannte Liebhaber der Verstorbenen sein konnte.

»Danach haben wir nicht extra gefragt«, gab der Kommissar zu, als sie ihm diese Frage beim ersten Hetewe stellte. »Wir haben doch erst später von dem Freund erfahren. Den einen oder die andere haben wir darauf angesprochen, aber wir haben nicht alle Beteiligten systematisch erneut vernommen.«

»Mir hat der Mitbewohner von Sascha Bellkamp heute Nacht bestätigt, dass Annegret Bäumler die Frau war, mit der er seinen Mitbewohner einmal gesehen hat«, berichtete Anja und freute sich heimlich an Gerds Stirnrunzeln.

»Okay, du hast bisher mehr rausgekriegt als wir.«

Anja sah ihm an, dass ihm das Zugeständnis nur schwer über die Lippen kam, und ersparte sich einen Kommentar. »Habt ihr eine Idee, wieso die beiden umgebracht wurden?«, fragte sie stattdessen.

»Wir haben ihre Wohnung und sein Zimmer in der Wohngemeinschaft auf den Kopf gestellt. Nichts. Nur Rechnungen und Unterlagen zu diversen Aufträgen, aus denen hervorging, dass sie mit einigen Mitgliedern der Theatergruppe vorher Kontakt gehabt hatte. Auf diese konzentrieren wir uns jetzt bei unseren Ermittlungen.« Er seufzte. »Irgendwo müssen wir schließlich anfangen. Wir haben kurz darüber nachgedacht, ob die Tat sich gegen das Theater richten sollte, aber nachdem klar ist, dass die beiden eine Beziehung hatten, gehe ich davon aus, dass es konkret um diese Personen ging.«

Anja konnte sich vorstellen, dass diese Entwicklung die Theaterbesitzer erleichtern würde. Der Gedanke, zusammen mit dem Schauspielensemble, der Theatergruppe und den Zuschauern im Fadenkreuz eines unbekannten Täters zu sein, der vor Gift und Totschlag nicht zurückschreckte, war sicher nicht angenehm.

»Habt ihr eigentlich etwas über diese Samantha Sandmann herausgefunden, die das Projekt geleitet hat?« Diese Spur war über der Verhaftung Clarissas in den Hintergrund gerückt, fiel Anja plötzlich auf.

»Bei uns liegt nichts gegen sie vor«, antwortete Gerd und sah sich sofort prüfend um. »Das hast du nicht gehört!«

Anja schmunzelte. So war das immer. Es war mehrmals vorgekommen, dass ihm mitten im Satz einfiel, dass sie keine Kollegin war und er ihr nichts von den Ermittlungen erzählen durfte. Besonders, wenn sie ihn im Büro besuchte und sich wie jetzt auf dem Stuhl der abwesenden Kollegin am zweiten Schreibtisch breit machte, vergaß er das völlig. Er hatte ihr sogar schon Ermittlungsakten gereicht, als sie spontan darum gebeten hatte.

»Natürlich nicht«, beruhigte sie ihn. »Interessanter ist in dem Fall der Theaterklatsch. Sie scheint ja Haare auf den Zähnen zu haben und sich im wahrsten Sinne des Wortes durchzubeißen in der Branche.«

»Was heißt das?«

»Na ja, sie schreckt nicht davor zurück, Kollegen anzuschwärzen oder mit dem passenden Herrn oder der richtigen Dame eine Nacht zu verbringen, um einen Auftrag zu bekommen.«

Gerd machte große Augen. »Mit Damen?«

»Theaterklatsch! Du weißt doch, das Internet vergisst nichts und da habe ich ein wenig in den hintersten Winkeln gestöbert.« Zum Glück fragte Gerd nicht so genau nach, wo sie gesucht hatte. Tobias hatte ihr einige Internetseiten gezeigt, auf denen vermeintlich längst gelöschte Informationen gespeichert waren. Aus Onlineartikeln, vor allem aber aus sozialen Netzwerken und Foren. Seither überlegte Anja sich dreimal, was sie ins Internet stellte, und wenn die Seite noch so gesichert sein sollte. Gerade in passwortgeschützten Foren hatte sie sich bisher sicher gefühlt. Aber nachdem Tobias so manche pikante Anekdote und so manches intime Bekenntnis aus der Vergangenheit von Annegret Bäumler und Samantha Sandmann zutage gefördert hatte, war sie zurückhaltend geworden.

»Vielleicht hat Annegret Bäumler sie ebenfalls erpresst«, überlegte Anja. Sie dachte daran, was sie über die Besetzung der Rollen in »Die mörderische Teerunde« gehört hatte. Clarissa Möllmann war von Anfang an für die Rolle der Beryl Gilliat vorgesehen und hatte diese bei den ersten Proben auch stets gelesen. Annegret war wegen Terminüberschneidungen erst ab der zweiten oder dritten Probe dazugestoßen und hatte als erstes darauf bestanden, dass sie die Hauptrolle bekommen müsste. »Es ist völlig unerklärlich, wieso die Regisseurin Annegret Bäumler diese Rolle übertragen hat. Die hatte ihr schon ein anderes Projekt versaut, da mache ich mich doch nicht erneut von einer solchen Person abhängig. Sie hätte einfach Annegrets Teilnahme an dem Schauspiel ablehnen können!«

»Uns hat sie gesagt, die Bäumler hätte die Rolle bekommen, weil sich herausstellte, dass das Stück auch in Torquay zur Aufführung kommen sollte«, meinte Gerd, ehe er in das zweite Hetewe biss und die Unterlagen auf seinem Platz unter einem Puderzuckernebel versanken.

»Das ist Quatsch«, entgegnete Anja. »Es war von Anfang an klar, dass das Stück auch in der Geburtsstadt von Agatha Christie gespielt wird. Ich habe selbst überlegt, ob ich mitmache, weil Oliver und ich ohnehin zu der Delegation gehören, die im Sommer rüberfährt.«

»Dieser Fall macht mich fertig!« Gerd stöhnte. »Konnte die Frau nicht vor der Premiere oder nachher den Löffel abgeben? Musste das vor meinen Augen auf der Bühne geschehen? Ständig ruft jemand an, der an dem Abend dabei war, und erklärt, ihm wäre noch etwas eingefallen.« Er warf sich gegen die Lehne des Schreibtischstuhls. »Du kannst dir nicht vorstellen, was den Leuten eine Woche später einfällt. Heute meinte eine Frau, neben ihr hätte zu Beginn der Vorstellung eine Person gesessen, die dann plötzlich verschwunden wäre. Wo soll die abgeblieben sein? An dem Abend stand die ganze Zeit jemand an der Eingangstür, weil der OB erwartet wurde und sich verspätete.«

Anja ließ den Wortschwall über sich ergehen und riss ein Stück vom letzten Hetewe ab. Wenn Gerd so in Rage war, ließ er manchmal Informationen fallen, die er sonst nicht rausgerückt hätte. Anscheinend hatte er sich jedoch bereits verausgabt. Er schwieg und schob sich den Rest des Gebäcks in den Mund.

»Ich muss dann auch in die Buchhandlung«, sagte Anja und stand auf. Es war kurz nach neun Uhr, und Britta weilte noch in ihrem Kurzurlaub, da musste sie um zehn Uhr den Laden öffnen. Sonst wäre Frau Qualmann sehr enttäuscht, die jeden Montag erschien, um sich einen neuen Krimi zu kaufen und einen Kaffee mit Anja zu trinken. Eine Gewohnheit, die Anja gelegentlich bereute, doch manchmal brachte die alte Frau auch neue Kunden mit, und deshalb führte Anja den Brauch weiter. Aber an diesem Morgen fiel ihr das besonders schwer, weil sie lieber in Erfahrung gebracht hätte, was auf dem Zettel stand, der aus Gerts Aktenmappe herausschaute und auf dem sie die Namen verschiedener Pflanzengifte erspähte, von denen sie »Pfaffenhütchen« am besten lesen konnte. Gerd hatte noch immer nicht verraten, welches Gift Annegret Bäumler getötet hatte.

KAPITEL 31

Ließ man sich früher vom Rittersporn absichtlich zur Toilette treiben, so geschieht dies heute eher unbeabsichtigt und in anderer Form.

Beim Abendessen, an dem neben Anja, Ida und Oliver auch Tobias teilnahm, weil er sich später mit seiner Band treffen wollte, erzählte Anja die neueste Geschichte von Madame Grünmantel, wie Frau Qualmann in der Familie genannt wurde.

»Mit dem alten Griesgram?« Oliver sah Anja ungläubig an. »Der euch im Theater so angefahren hat?«

»Genau, mit dem hat sie sich angefreundet. Und ich habe sie zusammengebracht. Indirekt. Sie sind sich in der Buchhandlung begegnet. Ich hatte gleich das Gefühl, die Knurrköpfe könnten gut zusammenpassen.«

Ida kicherte. »Knurrkopf.«

»Vergiss das gleich wieder«, bat Anja ihre Tochter erschrocken. Das fehlte noch, dass Ida in der Schule jemanden als Knurrkopf bezeichnete und erklärte, sie habe das Wort von ihrer Mutter. Man musste wirklich höllisch aufpassen, was man sagte. Das letzte Gespräch mit der Lehrerin stand ihr noch vor Augen, als wäre es gestern gewesen. Ida hatte nach einem Sonntagsspaziergang auf dem Pausenhof einen Spontanvortrag über die Wirkung von Rittersporn gehalten. Anja hatte die Pflanze bei ihrer Wanderung am Hagener Gipfelkreuz entdeckt und mit Oliver darüber gesprochen, was das Gift auslösen konnte. Ida hatte das blumig ausgeschmückt an ihre Mitschüler weitergegeben.

»Mama!« Ida sah ihre Mutter vorwurfsvoll an. »Ich verrate doch nichts!«

Anja sah, wie Oliver und Tobias sich wegdrehten, damit Ida ihr Grinsen nicht sah. Die Kleine war aber auch wirklich manchmal putzig mit ihrer altklugen Art. Oliver hatte ihr erklärt, dass sie nichts, aber auch gar nichts von dem verraten dürfe, was am Esstisch gesagt wurde. Das war vor drei oder vier Jahren gewesen. Im ersten Augenblick war ihnen das als gute Idee erschienen, aber mit der Zeit wurde es anstrengend, weil es vorkam, dass Ida sich in ein Gespräch einmischte und bemerkte: »Das ist doch geheim.« Mit ihren fast acht Jahren gelang es ihr inzwischen jedoch, Dinge, die nicht nach außen dringen sollten, wie jetzt der »Knurrkopf«, von anderen zu unterscheiden.

»Vielleicht gründen sie eine Senioren-WG«, überlegte Tobias. »Wenigstens kann bei denen keine Mutter auf der Matte stehen, um zu prüfen, ob Staub gewischt ist und die Bettwäsche gewechselt!«

Anja sah ihren Sohn an. »Habe ich das jemals gemacht?«, fragte sie empört.

»Du doch nicht!«, wiegelte Tobias eilig ab. »Wobei es auch okay wäre, wenn du einmal die Woche kämst, um das Geschirr zu spülen.« Er zwinkerte Oliver zu und duckte sich schnell, um Anjas Hand zu entgehen, die ihm spielerisch einen Klaps versetzen wollte. »Aber die Mutter von Jan geht uns tierisch auf den Geist.«

»Soll sie doch kommen und in seinem Zimmer putzen.« Anja verstand das Problem nicht und überlegte, wie sie Ida ablenken und Tobias nach den E-Zigaretten fragen konnte.

»Hallo?!« Ihr Sohn redete sich richtig in Rage. »Unser Kühlfach ist belegt mit Fotos von Jan, seinen Kontoauszügen und einem Stapel Briefe, die vermutlich von seiner neuen Freundin stammen.«

»Wer kommt denn auf die Idee?« Mit seinem Ausbruch hatte Tobias selbst Oliver neugierig gemacht, der sonst das Geplauder über WG und Studium an sich vorbeifließen ließ.

»Wir beide!«, gab Tobias zu. »Weil Jans Mutter echt in jeden Schrank guckt und checkt, wie viel Geld er noch hat und ob seine Freundin Rechtschreibfehler macht. Kein Witz!«

»Und an den Kühlschrank geht sie nicht?« Oliver zwinkerte Anja zu, weil deren erster Gang immer zum Kühlschrank war, um zu prüfen, ob der Junge genug zu essen im Haus hatte.

»Ich habe ihr erklärt, dass das mein Kühlschrank ist und sie da nichts zu suchen hat«, verriet Tobias, obwohl jeder am Tisch wusste, dass der Kühlschrank, genauso wie der Rest der Küche, dem Vermieter gehörte.

Anja lachte kurz mit den anderen, dann wurde sie ernst, weil ihr ein Gedanke kam.

KAPITEL 32

Ruhm beschert die Ruhmeskrone allenfalls dem Gärtner und dem Herrscher des Totenreichs.

»Guten Morgen, Herr Christ, vielen Dank, dass Sie kurz Zeit haben.« Anja stand dem Mitbewohner des verstorbenen Studenten vor der Tür der Wohngemeinschaft gegenüber.

»Kommen Sie doch herein«, bat der junge Mann und fuhr sich rasch mit der Hand über den Mund, um Krümel wegzuwischen. »Ich bin noch beim Frühstück«, entschuldigte er sich.

»Da hätten Sie mal am Samstag um diese Zeit bei uns klingeln sollen«, beruhigte Anja ihn. »Da war der Tisch noch nicht einmal gedeckt.« Sie ging an ihm vorbei in die Wohnung und blickte sich neugierig um. Erstaunlich, dass sich so viel in der Welt und in ihrem Leben geändert hatte, seit sie die erste Wohngemeinschaft besichtigt hatte, und dennoch sahen WG-Flure heute genauso aus wie damals. Das war in Tobias Wohnung so und auch hier. Jacken hingen unordentlich an Garderobenhaken, die wirkten, als kämen sie vom Sperrmüll. Eine Kiste mit Altpapier stand an der einzig freien Wand, hier flankiert von einem Schuhhügel und einem großen Blumenkübel.

Darin identifizierte sie dank ihrer intensiven Lektüre des Handouts zur Krimikräuterwanderung eine Ruhmeskrone, deren gelb-rote, giftige Blütenblätter fehl am Platze wirkten.

Markus Christ folgte ihrem Blick. Er lachte bitter. »Ich weiß, wir haben das Gift im Haus, das hat Sascha immer betont. Er hat sogar einige Blätter mit in die Vorlesung über Giftpflanzen genommen, die er im letzten Semester besucht hat.« Er machte eine Pause und schluckte. »Er hat noch darüber gespottet, dass heute fast jeder eine natürliche ›Tatwaffe‹ zu Hause hätte. Eine Studentin hatte eine Blüte vom Eisenhut mitgebracht, der giftigsten Pflanze Europas.«

Anja schaute neugierig zu der halboffenen Tür, hinter der sie den Wohnbereich vermutete.

»Das ist die Wohnküche«, sagte Markus Christ und schob die Tür auf, um Anja vorbeizulassen. »Da vorne links, das ist mein Zimmer und rechts wohnte Sascha.«

Am liebsten wäre Anja als erstes in das Zimmer des Verstorbenen gegangen, um sich dort umzusehen. Aber das erschien ihr unhöflich und pietätlos und sie war vor allem gekommen, um das Eisfach zu inspizieren. Noch fehlte ihr die zündende Idee, wie sie ihr Vorhaben umsetzen sollte, ohne große Verwunderung bei Markus Christ hervorzurufen. Sie hoffte, dass er auf die Toilette musste oder einen anderen Grund hatte, die Küche zu verlassen.

»Wissen Sie schon, wann Herr Bellkamp beerdigt wird?« Anja fiel kein anderes Thema ein, um mit dem Mann ins Gespräch zu kommen.

Anscheinend war er froh über die Frage. Sein Ärger über die Verwandten des Toten sprudelte aus ihm heraus. »Die ganzen Jahre haben sie sich nicht gekümmert und nun wollen sie bestimmen, was mit Sascha wird. Dabei hatte er genaue Vorstellungen davon, wo und wie er einmal begraben werden wollte.«

Es stellte sich heraus, dass der Tote aus Böblingen stammte und gegen den Willen seiner Eltern, die beide eine gut gehende Anwaltskanzlei führten, in Dortmund Biologie studiert hatte.

»Deshalb bin ich ganz froh, dass die Polizei Sascha noch nicht freigegeben hat. Dieser Kommissar hat mir versprochen, mich zu benachrichtigen, wenn es soweit ist. Am liebsten würde ich den Eltern ein Schnippchen schlagen und ihn nach seinen Wünschen begraben lassen. Allerdings habe ich keinen Bock, dass die mich verklagen.«

Das konnte Anja gut verstehen. Bei Anwälten als Kunden war sie auch immer übervorsichtig. Nicht, dass man in einer Krimibuchhandlung viel falsch machen konnte, aber Anwälte standen in der Liste der Special Customers bei ihr weit oben, noch vor Mitarbeitern des Finanzamts.

»Wussten die Eltern von der Beziehung zu Annegret Bäumler?« Eine 20 Jahre ältere Freundin passte vermutlich ebensowenig in deren Konzept wie ein Biologiestudium.

Markus Christ lachte höhnisch auf. »Die wären ausgeflippt, wenn die das geahnt hätten. Ich habe mit denen bisher nur telefoniert, aber ich kann gut verstehen, dass Sascha die in den Wind geschossen hat.« Dann wurde er ernst. »Das ist unfassbar, dass er und seine Freundin fast gleichzeitig ermordet wurden. Meinen Sie, das hängt zusammen?«

Genau darauf erhoffte Anja sich Hinweise in der Wohnung, und zwar dort, wo die Polizei nicht gesucht hatte. Sie entschloss sich, mit offenen Karten zu spielen.

»Die Polizei hat ja Saschas Zimmer durchsucht und keine Hinweise gefunden, die auf ein Motiv hindeuten könnten. Nun hat mir mein Sohn, der in Bochum studiert, gestern erzählt, dass sein Mitbewohner geheime Unterlagen im Kühlfach aufbewahrt. Kann es sein, dass Sascha auch ein Versteck außerhalb seines Zimmers hatte, das die Polizei nicht gefunden hat?«

Markus Christ stand auf und öffnete den Kühlschrank und das Eisfach. »Das ist leer. Aber die Idee muss ich mir merken. Wenn Sascha etwas verstecken wollte, kommen nur Küche, Flur und Bad infrage. Im Bad gibt es kein Versteck, nicht mal den Spülkasten, weil der von den Kacheln verdeckt ist.«

Anja schmunzelte. Das war schon in alten Krimis ein gern genommener Aufbewahrungsort für Drogen, Waffen oder was immer versteckt werden sollte. Sie sah sich um. Die Einbauküche war ziemlich luxuriös für eine Studenten-WG. Sie hatte sogar eine Dunstabzugshaube mit einem Gewürzschrank davor.

»Darf ich mal?«, fragte sie und wartete die Antwort nicht ab. Sie ging auf die Einbauküche zu und betrachtete die Öffnung der Dunstabzugshaube über den Herdplatten. Mit geübter Hausfrauenhand öffnete sie die Abdeckung. Nichts! Als sie jedoch die Hand in die Öffnung über dem zweiten Teil der Abdeckung schob, stieß sie gegen einen Widerstand. Sie zog eine Klemmmappe aus Kunststoff hervor und legte sie auf den Herd. »Ist die von Ihnen?«

Markus Christ starrte die Mappe überrascht an. »Die habe ich noch nie gesehen. Aber wir …«, er stockte, »… ich benutze den Herd auch nie. Entweder esse ich in der Mensa oder bei Freunden, die eine große Küche haben und leidenschaftliche Köche sind.«

Anja setzte die Abdeckung wieder ein und ließ sich mit der Mappe am Tisch nieder. »Darf ich mal gucken?«

»Wenn überhaupt, gehört das diesen dämlichen Eltern. Von mir aus können Sie das alles auch mitnehmen«, verkündete der junge Mann und schob die Flaschen beiseite, die ihm die Sicht auf die Mappe versperrten.

Als Erstes fiel Anja die Kopie einer Rechnung an Clarissa Möllmann in die Hände. Dort war ganz deutlich das Werk vermerkt, das übersetzt worden war.

»Rückgabe«, stand auf der Rechnung. Vielleicht ein Hinweis darauf, dass Clarissa mit ihrem Unterschlagungsvorwurf recht gehabt hatte. An die Rechnung war das Cover eines Buches geheftet. Clarissa Möllmann war dort als Autorin angegeben. »Die Gifte der Ritter«, lautete der Titel. Anja holte einen Zettel aus der Tasche, um sich den Buchtitel zu notieren. Danach musste sie unbedingt im Internet suchen. Dann schüttelte sie den Kopf, steckte das Papier weg und packte die Kamera aus, um das Cover und die anderen Unterlagen in der Mappe zu fotografieren. Die Bilder konnte sie Gerd schicken, damit er sich einen Reim darauf machte.

In einer Hülle befanden sich ein Artikel über Doktor Zielcke und den Behandlungsfehler sowie der Schriftwechsel mit einem Anwalt. »Arsch«, hatte jemand handschriftlich auf eines der Blätter geschrieben.

Darüber hinaus waren in der Mappe lediglich Buchhaltungspapiere, GUV, las sie und BWA. Vermutlich Unterlagen von Annegrets Übersetzungsbüro.

»Darf ich mal sehen?«, bat Markus Christ.

Anja wollte ihm die Mappe geben, doch er griff gezielt nach den Blättern mit den Zahlen.

»Das ist wirklich komisch. Ich habe das von Weitem schon gesehen.« Er wurde verlegen. »Ich habe ein fotografisches Gedächtnis und erkenne sofort, wenn Dinge sich nur in Nuancen unterscheiden. Dies sind beides Gewinn- und Verlustrechnungen aus dem Jahr 2014. Allerdings sind die Ausgaben unterschiedlich.«

»Können Sie die Stellen markieren? Dann frage ich meinen Mann, ob er sich das erklären kann«, bat sie den jungen Mann.

Markus Christ holte einen Bleistift und strich die Stellen an. »Echt merkwürdig. Die Einnahmen sind exakt gleich. Ziemlich hoch, würde ich sagen. Aber wenn man von BAföG lebt, kommt einem alles, was höher ist als der Höchstsatz, viel vor.« Er lachte. »Doch die Ausgaben sind unterschiedlich, obwohl es sich um die gleiche Firma handeln muss, zumindest ist hier oben die gleiche Steuernummer angegeben.«

Anja nahm ein Blatt und drehte es. Außer der Steuernummer deutete nichts darauf hin, um welches Unternehmen es sich handelte. Hoffentlich hatte Oliver eine Idee, wie sie herausfinden konnte, wessen Bilanz das war und welchen Grund die unterschiedlichen Zahlen haben mochten. Sie nahm das Angebot des jungen Mannes an, die Papiere mitzunehmen, und verabschiedete sich mit der Klemmmappe unter dem Arm. »Sagen Sie mir Bescheid, wenn Sie mehr wissen über das Begräbnis«, bat sie, auch wenn sie den Toten nicht gekannt hatte.

KAPITEL 33

Der gefleckte Schierling betäubt die Haut, lähmt Zunge und Gliedmaßen.

Auf dem Weg von der Wohngemeinschaft Sascha Bellkamps am Boeler Markt in die Stadt fuhr Anja am Baumarkt vorbei, um Materialien für eine mörderische Herbst-Deko zu besorgen, auch wenn der kalendarische Herbstbeginn erst in zwei Wochen sein würde. Als sie vom Parkplatz fuhr, fiel ihr Blick auf die Firmenschilder am gegenüberliegenden Zaun. »Walter Bäumler Immobilien« stach ihr sofort ins Auge. Die Uhr in ihrem Auto zeigte neun an. Noch hatte sie etwas Zeit, bis sie das »Mord & Ortschlag« öffnen musste. Sie fuhr zurück in ihre Parklücke, hob entschuldigend die Hände, als ein Autofahrer wegen ihres spontanen Manövers hupte, und überquerte zu Fuß die Straße.

Sie drückte den Klingelknopf neben dem Namen »Imm. Bäumler« und wartete gespannt, wer ihr öffnen würde.

»Ja?«, drang eine Frauenstimme scheppernd aus der Freisprechanlage.

»Ich habe eine Frage, könnte ich bitte hereinkommen?«, antwortete Anja. Sie hasste es, wenn sie in aller Öffentlichkeit ihr Anliegen in ein solches Mikro sprechen sollte. Immerhin ertönte der Summer. Sie drückte die Tür auf und sah sich direkt einer schwarzhaarigen Frau Mitte 20 gegenüber, die sie unwillkürlich an Schneewittchen denken ließ. So hatte sie sich als Kind Schneewittchen vorgestellt: schwarze Haare, rote Wangen, die mit dem roten Lippenstift und den roten Fingernägeln korrespondierten, und ein ebenmäßiger heller Teint, den sie selbst in ihrer Jugend nie gehabt hatte.

»Möchten Sie zu uns?«, erkundigte sich Schneewittchen und ließ beim Lächeln auch noch weiße Zähne sehen. Anja vermutete, dass ihr zur Modelkarriere nur die richtige Körpergröße fehlte. Trotz der schwindelerregend hohen Absätze musste sie zu Anja hinaufsehen, als diese direkt vor ihr stand.

Am liebsten hätte Anja geantwortet: »Sonst hätte ich nicht bei Ihnen geklingelt«, aber sie riss sich zusammen, schließlich wollte sie einen Eindruck vom Ehemann der Verstorbenen bekommen, und wenn sie das richtig sah, führte der Weg zu ihm an Schneewittchen vorbei.

»Mein Name ist Anja Henke«, stellte sie sich vor. »Ich habe zwei Anliegen. Zum einen suchen mein Mann und ich eine Immobilie. Einen alten Bauernhof oder so etwas Ähnliches. Seit unsere Tochter reitet, liegt sie uns in den Ohren, dass sie ein eigenes Pferd möchte, und das hat uns auf die Idee gebracht.« Anja staunte, wie flüssig ihr diese Geschichte über die Lippen gekommen war. Nichts davon stimmte, bis auf Idas Wunsch nach einem Pferd, obwohl sich der auch eher auf das Barbie-Pferd bezog, das sie im Schaufenster des »Schaukelpferdchens« gesehen hatte.

»Außerdem«, Anja kramte in der Fototasche nach einer Visitenkarte, »fotografiere ich vor allem Architektur und habe mich bei den anderen Maklern im Ort bereits vorgestellt. Vielleicht ist das ja auch für Sie interessant.« Der Gedanke war ihr spontan gekommen und sie fragte sich, wieso sie daran nicht eher gedacht hatte. Irgendjemand musste für die Makler doch die Immobilien fotografieren. Das konnte ein nettes Zubrot sein und sie liebte es, Häuser gut in Szene zu setzen. Als sie nach Hagen zog, hatte sie ihre ersten Kundenkontakte dadurch gewonnen, dass sie alte Architektur-Postkarten nachfotografiert hatte.

»Kommen Sie doch herein!«, bat Schneewittchen. »Mein Name ist übrigens Sigrid Schnermann. Ich leite mit Herrn Bäumler zusammen das Büro.«

Anja war überrascht. Wenn sie das richtig verstanden hatte, hatte das Ehepaar Bäumler seit längerer Zeit getrennt gelebt, allerdings hatte Annegret Bäumler weiterhin die Buchhaltung für das Maklerbüro gemacht, von einer Geschäftspartnerin hatte niemand gesprochen.

Sie wurde in ein lichtdurchflutetes Zimmer geleitet, von dem eine Tür abging. Das war eindeutig ein Vorzimmer, daran ließ auch die Anordnung der Möbel keinen Zweifel. Es gab einen Schreibtisch, auf dem ein Bildschirm stand und von dem aus der Blick nicht ins Grüne ging, sondern zu der geschlossenen Tür und zum Flur.

»Dann schauen wir mal, was wir für Sie haben«, sagte die Frau, nachdem sie Anja den Stuhl vor ihrem Schreibtisch angeboten und sich vor den Bildschirm gesetzt hatte. Anjas Visitenkarte hatte sie achtlos beiseitegelegt, auf das Angebot war sie nicht eingegangen.

»Ich würde aber doch gerne mit Herrn Bäumler sprechen«, sagte Anja und gab sich Mühe, ihrer Stimme jenen Hauch von Überheblichkeit zu verleihen, mit dem manche ihrer wohlhabenden Kundinnen sich Gehör verschafften.

»Herr Bäumler ist nicht da«, antwortete Schneewittchen Sigrid Schnermann in einem Ton, den man fast als schroff bezeichnen konnte.

»Ich glaube, er kennt meinen Mann Oliver Henke.« Es kam nicht oft vor, dass Anja es für nötig hielt, mit Olivers Namen Eindruck zu schinden. Sie hatte jedoch weder Zeit noch Lust, sich lange mit dieser aufgeblasenen Vorzimmerdame herumzuärgern.

»Wären Sie doch vor ein paar Monaten gekommen. Da hatten wir eine Wohnung im Wirtschaftsgebäude von Haus Harkorten in der Vermittlung, das wäre genau passend gewesen.«

Anja setzte ein betrübtes Gesicht auf, um zu signalisieren, dass sie Schneewittchens Bedauern teilte. Immerhin hatte die Frau richtig erkannt, dass Anja die Immobilie gefallen würde. Sie hatten sie sich ja wirklich angesehen und überlegt, sich dort einzumieten. Vor allem der Wildgarten, der unter Naturschutz stand, mit den gefährlichen Pflanzen, darunter sogar Schierling, hatte sie gehindert. Ida war zwar schon sehr verständig, aber wenn sie mit ihren Freundinnen spielte, vergaßen diese oftmals, was die Eltern ihnen eingeschärft hatten. Allerdings konnte sie sich nicht an einen Pferdestall erinnern, was sie der Frau hinter dem PC auch sagte.

»Ach so!«, lautete deren Antwort und sie wurde fahrig.

Anja kam es so vor, als wäre Haus Harkorten die einzige Immobilie, die sie kannte. Ihr Zweifel an der Teilhaberschaft wuchs. Zu gerne hätte sie hinter die verschlossene Tür geschaut. Eine Stimme war von dort nicht zu hören, vielleicht war Walter Bäumler wirklich nicht im Büro.

»Wie lange arbeiten Sie hier denn schon?«

Fast schien es, als wäre Schneewittchen Schnermann froh, dass ihre Suche unterbrochen wurde. »Seit drei Monaten«, antwortete sie. »Vorher habe ich Biologie studiert, aber dann fand ich das doch ekelig, Pflanzen zu sezieren und Mäusen ihr Gift zu injizieren, um für die Pharmafirmen Medikamente zu testen. Schließlich habe ich Walter kennengelernt und bei ihm angefangen.«

Anja registrierte amüsiert, dass sie nun nicht mehr von Herrn Bäumler, sondern von Walter sprach. »Verkaufen Sie nur Immobilien oder vermieten Sie auch welche?«, fragte sie, um weitere Minuten zu überbrücken, vielleicht kam Walter Bäumler ja doch noch.

»Hauptsächlich verkaufen wir. Aber in Unistädten haben wir ein paar Wohnungen, die an Studenten vermietet werden. Das ist ganz lukrativ, darüber habe ich Walter auch kennengelernt.«

»Gut zu wissen, mein Sohn will in Bochum studieren.« Anja verdrehte die Wahrheit ein wenig, weil ihr eine Idee gekommen war. »Haben Sie zufällig auch in Hagen ein Objekt, das sich für eine Wohngemeinschaft eignet? Mir wäre lieber, wenn er in der Nähe wohnte.«

»Ja, eine Wohnung am Boeler Markt«, antwortete die Frau und wandte sich dem Computer zu. »Da ist sogar gerade ein Zimmer frei geworden, sehe ich.«

»Gut zu wissen.« Anja wusste nicht, was sie sonst sagen sollte. Das musste die Wohnung sein, in welcher der tote Student gelebt hatte. Dessen Eltern gingen wirklich effektiv vor, wenn sie noch vor der Beerdigung ihres Sohnes dessen Zimmer gekündigt hatten.

Das Telefon auf dem Schreibtisch klingelte. Wieder meldete sich die Frau nur mit »Ja?«. Ein Telefontraining hatte die Dame ganz sicher nie besucht. Statt dem Anrufer einen Rückruf in Aussicht zu stellen, weil sie im Gespräch war, drehte sie Anja den Rücken zu und flirtete mit dem Menschen am Telefon.

Anja musste sich nicht besonders anstrengen, um mitzukriegen, dass Sigrid Schnermann nicht mit einem Kunden telefonierte, sondern mit »Walter-Schätzchen«, wie sie wiederholt betonte. Dann war Schneewittchen wohl die Frau, mit der Walter Bäumler sich aktuell tröstete, nachdem seine Frau sich von ihm abgewandt hatte.

Als Sigrid Schnermann endlich fertig geturtelt hatte, stand Anja auf. »Ich habe noch einen Termin in der Stadt«, entschuldigte sie sich.

»Walter, äh, Herr Bäumler kommt erst heute Mittag rein«, sagte die Frau. »Sollen wir uns dann bei Ihnen melden, um einen Termin zu vereinbaren?«

Anja bemerkte mit heimlicher Schadenfreude, dass die Frau suchend über den Schreibtisch blickte. Ganz blöd, wenn man die oberste Vertriebsregel, unbedingt die Daten potenzieller Kunden zu sichern, nicht beherrschte. Während die Frau mit ihrem Liebhaber flirtete, hatte Anja ihre Visitenkarte wieder an sich genommen. So leicht wollte sie es Schneewittchen nicht machen, Walter Bäumler über den Besuch der Interessentin zu berichten.

Sie ließ sich von der angeblichen Teilhaberin zur Tür bringen und fuhr zufrieden in ihre Buchhandlung. Die frisch gewonnenen Kenntnisse eröffneten ganz neue Möglichkeiten, den Mordverdacht von Clarissa Möllmann und Lars Wollenweber wegzulenken.

KAPITEL 34

Der Stechapfel soll bei Asthma entspannend wirken und löst stattdessen Weinkrämpfe, Tobsuchtsanfälle und Ähnliches aus.

»Guten Tag, ich brauche ein mörderisches Geschenk!«

»Aua!« Anja stieß sich den Kopf, als sie plötzlich hinter der Theke hervorkam, nachdem sie Gerds Stimme gehört hatte.

Der Kommissar stand an dem Tisch mit den Agatha-Christie-Werken und lachte. »Da bin ich ja froh, dass unsere Krimibuchhändlerin nicht blutüberströmt zwischen ihren blutrünstigen Büchern liegt.«

»Musst du mich so erschrecken!«, begrüßte Anja ihn und legte die Bonrolle, die sie in dem Chaos hinter dem selbstgebauten Holztresen gesucht hatte, auf den Tisch.

»Tut mir leid, aber ich brauchte gerade etwas zu lachen!« Er wurde ernst. »Dieser Fall macht mich wahnsinnig. Inzwischen steht immerhin fest, dass sich das Gift in der E-Zigarette von Annegret Bäumler befunden hat. Und auf einmal erinnern sich diese dämlichen Mitglieder der Theatergruppe daran, dass die Tote bei der Generalprobe mit einem solchen Ding aufgetaucht ist. Das hat gleich Ärger gegeben und sie hat die E-Zigarette ausgemacht.«

Anja konnte sich vorstellen, dass Annegret Bäumler sich von den Klagen der anderen nicht lange beeindrucken ließ. Wenn sie schon bei der Generalprobe eine Zigarette brauchte, dann sicher erst recht bei der Premiere. Das passte zu dem, was die Schwester erzählt hatte.

Es klang jedoch ganz danach, als wäre das Metallröhrchen nicht aufzufinden.

»Wir haben das ganze Theater noch einmal abgesucht, das Ding ist nicht da«, bestätigte Gerd Neubert Anjas Vermutung. »Aber das kann ja jeder, der auf der Bühne war, mitgenommen haben.«

Es war ruhig im Laden, wie immer zwischen Mittagspause und Ende der Kernarbeitszeit in den Behörden. Der größte Kundenandrang war zwischen zwölf und 14 Uhr und ab 16 Uhr. Selbst Frau Qualmann hatte sich noch nie zwischen zwei und vier blicken lassen. Vermutlich hielt sie Siesta und machte ein kleines Nickerchen. Anja konnte das nur recht sein, das erlaubte ihr jetzt, mit Gerd Neubert in Ruhe einen Kaffee in der Buchhandlung zu trinken und ihm seine neuesten Ermittlungsergebnisse aus der Nase zu ziehen.

»Dank deiner Fotos haben wir einige der Schauspieler inzwischen von der Liste der Verdächtigen streichen können. Dieser William Lockwood hat die ganze Zeit in dem Stuhl gesessen. Und aus der häufig wechselnden Beleuchtung hat unsere Technikmitarbeiterin geschlossen, dass die Frau im Regieraum keine Zeit hatte, unauffällig an die gegenüberliegende Seite der Bühne zu gelangen, um Frau Bäumler das Gift zu verabreichen.«

»Die beiden Frauen in den Liegestühlen haben sich auch nicht von der Stelle bewegt«, erinnerte sich Anja. Außer Lars Wollenweber waren Ilja Reimers, Ingo Groning und Felizitas Berger über die Bühne gelaufen, und Clarissa hatte hinter der Kulisse gestanden.

»Habt ihr die E-Zigarette auch nicht unter den Requisiten gefunden?«

Gerd Neubert winkte ab. »Erinnere mich nicht daran. Du glaubst nicht, wie viel Kleinkram da steht. So ein Bühnenbild ist ja die reinste Bastelpackung aus vielen kleinen Gegenständen. Zuerst dachten wir, wir hätten die Tatwaffe, äh, das tödliche Gift gefunden, weil zwischen den anderen Sachen Früchte von Stechäpfeln lagen. Hochgiftig! Allerdings waren es Kunststofffrüchte, die für ein anderes Agatha-Christie-Stück gebraucht werden.«

Ähnliches hatte Anja schon bei der Führung durch das Theater gedacht. Keine leichte Aufgabe, da den Überblick zu behalten.

»Wir gehen davon aus, dass jemand diesen Pseudo-Glimmstängel ausgetauscht hat, der Wechsel des Tanks wäre viel zu zeitaufwendig gewesen.«

Das bedeutete aber, dass der Täter nur ganz kurz

dort gewesen sein musste, wo die E-Zigarette lag. Wo eigentlich?

Als hätte er die Frage in ihrem Kopf gelesen, berichtete der Kommissar, dass sich niemand erinnern konnte, dass Annegret geraucht hätte.

»Merkwürdig. Ich habe mir das mal angeschaut, das Ding dampft doch, das muss man doch mitkriegen.« Anja stellte sich vor, wie es sein musste, hinter der Bühne auf einen Auftritt zu warten. »Mhm, andererseits, ich wäre bei einer solchen Veranstaltung auch so nervös, dass ich um mich herum nichts mitkriegen würde. Es sei denn, es würde direkt neben mir gedampft und der Rauch störte mich.«

Gerd seufzte. »Das Blöde ist, dass wir uns von Anfang an auf den Tee konzentriert haben. Deshalb ist keiner auf die Idee gekommen, die hinteren Räume intensiv zu durchsuchen. Ein Darsteller meinte allerdings, es hätte auf der Toilette nach Rauch gerochen. Vielleicht hat sie dort geraucht.«

»Ich glaube nicht, dass sie sich direkt vor ihrem Auftritt im WC einschließt, da muss sie doch immer damit rechnen, dass jemand kommt«, gab Anja zu bedenken. Sie holte das Textbuch hervor, das sie unter der Theke aufbewahrte und schlug die Szene auf, in der Annegret zusammengebrochen war. »Hier, es war so vorgesehen, dass Ilja Reimers als Timothy und Ingo Groning als Simon Gilliat an der Seite mehrmals auf- und abgingen. Die müssen sich ständig begegnet sein. Was sagen die denn?«

»Das, was du auch gesagt hast, sie waren nervös, es war eng und Annegret hatte sich, weil sie die letzte war, die auf die Bühne musste, auf die Treppe gesetzt.«

»Vielleicht ist die Zigarette unter die Treppe gefallen.«

Der Kommissar schüttelte den Kopf. »Nichts, das geht gar nicht, weil es eine Betontreppe ist. Weit und breit keine E-Zigarette. Der Täter muss sie mitgenommen haben.«

Eine wirklich verzwickte Lage, für die auch Anja spontan keine Lösung parat hatte. Also erzählte sie von ihrer Begegnung mit Schneewittchen und brachte den Ehemann als möglichen Verdächtigen ins Gespräch.

»Das kannst du vergessen.« Gerd wedelte mit den Händen, als wollte er den Verdacht auch körperlich von sich weghalten. »Er war an dem Abend mit Frau Schnermann zusammen, das haben beide bestätigt.«

»Schade, Schneewittchen hätte mir in der Rolle der Giftkönigin gut gefallen.«

Anja stand auf, weil eine Kundin den Laden betrat. Auch Gerd stellte seine Tasse ab und verabschiedete sich. »Melde dich, wenn du eine Idee hast«, bat er.

Die Ermittlungen mussten schon sehr verfahren sein, wenn er sie so offen um Unterstützung bat.

KAPITEL 35

Binnen weniger Minuten kann der Genuss von Tabak für alle Zeit vorbei sein.

»Guten Tag, kann ich Ihnen helfen?«, sprach Anja die Kundin an, die sich neben die Eingangstür gestellt hatte, um Gerd herauszulassen.

»Das hört sich jetzt vielleicht blöd an«, begann die Frau und druckste ein wenig herum.

Anja betrachtete sie genauer. Irgendwie kam sie ihr bekannt vor, aber sie wusste nicht, wo sie ihr schon begegnet war. Zu den Stammkundinnen zählte sie nicht, da war sich Anja sicher. Diese Frau hätte sie sich schon deshalb gemerkt, weil sie mit einer frisch gedrehten Zigarette in den Laden kam, obwohl sie überhaupt nicht Anjas Bild einer Selbstdreherin entsprach. Viel Übung schien sie darin nicht zu haben, zumindest erweckte eine Spur aus Tabakkrümeln von der Tür bis zur Theke diesen Eindruck. Anja konnte nur hoffen, dass nicht ausgerechnet in den nächsten Minuten ein Hund den Laden betrat und die Krümel verzehrte. Für Tiere konnten schon wenige Tabakblätter gefährlich sein.

»Haben Sie von Agatha Christie das Buch ›Die mörderische Teerunde‹?«

Anja blickte die Frau überrascht an, als sie mit ihrem Wunsch herausrückte. Sie hatte das Buch mit dieser Kurzgeschichte auf Lager, allerdings hatte sie nicht damit gerechnet, dass sie es noch loswerden würde nach dem tragischen Vorfall bei der Premiere. Möglicherweise hatte Britta es sogar bereits in die Kiste mit den Remittenden gepackt.

»Ich schaue im Lager nach«, versprach Anja hastig, weil sie bemerkte, dass die Antwort zu lange auf sich warten ließ. Sie huschte die Wendeltreppe hinunter, um der Frau zu signalisieren, dass sie sich schnell um ihren Wunsch kümmern würde.

Das Buch lag tatsächlich auf dem Tisch, wo sie die Rücksendungen sammelten. Anja nahm es und ging wieder nach oben. »Da ist es«, sagte sie. »›Die mörderische Teerunde‹ ist allerdings nur eine Kurzgeschichte.«

»Ach! Ich dachte, das wäre ein langer Krimi wie die anderen von Agatha Christie.«

Anja blätterte in dem Buch und suchte die Seite, auf der die Geschichte begann. »Sehen Sie.«

Die Kundin nahm ihr das Buch aus der Hand. »Egal. Ich nehme es trotzdem mit«, sagte sie nach einem kurzen Zögern. »Ich will jetzt wissen, wie die Geschichte ausgeht. Soviel ich gehört habe, wird das Stück in Hagen nicht mehr gespielt.« Sie zeigte auf einen Stapel Flyer in der Agatha-Christie-Präsentation. »Die können Sie also getrost wegwerfen.«

Anja widerstand dem Drang, eine patzige Antwort zu geben. Wie das klang: »Die können Sie wegwerfen!« Hier war sie die Chefin und entschied, wann was irgendwo hingelegt, weggenommen oder entsorgt wurde. Andererseits hatte die Kundin recht. Über eine Woche nach der missglückten Premiere war der Flyer wirklich überholt; das Plakat hatte sie bereits abgenommen, aber die Werbezettel hatten sie übersehen. Anja nahm sich zusammen und bedankte sich bei der Kundin für den Hinweis.

»Wirklich schade, das Stück fing so gut an.« Die Kundin trat näher an die Theke heran. »Ich war nämlich in der Premiere, als die Hauptdarstellerin ermordet wurde.«

Dann hatte Anja die Frau dort gesehen, deswegen kam sie ihr bekannt vor. Sie überlegte, ob sie sich auf das Gespräch einlassen sollte.

»Obwohl ich nicht meinen Patenplatz bekommen habe«, verkündete die Frau, ohne auf eine Reaktion von Anja zu waren. »Ich habe nämlich eine Patenschaft für einen Platz übernommen und seither sitze ich immer dort. Natürlich bezahle ich für die Karte, aber das ist irgendwie schön zu wissen, dass ich das Theater mit dem Patenstuhl unterstütze.«

Anja hatte mit Oliver über das Sponsoring-Projekt gesprochen, das in vielen Theatern üblich war. Ihr ging es wie der Kundin und sie konnte das Motiv gut nachvollziehen. Jetzt allerdings stand ihr der Sinn nicht nach einer Plauderei über solche Fördermöglichkeiten und sie hielt das Buch unter den Scanner, um der Frau zu signalisieren, dass aus ihrer Sicht der Kaufvorgang fast abgewickelt war.

Die Kundin holte ihre Geldbörse aus der Tasche, sprach aber weiter über ihre Sicht des Premierenabends und beklagte sich darüber, dass sie »ihren« Platz nicht bekommen hatte. »Dabei war der Stuhl gar nicht belegt. Da saß keiner!«, empörte sie sich. »Mir hatte man gesagt, der Platz wäre reserviert. Ich habe an der Abendkasse extra nachgefragt, aber die junge Frau dort hat mir erklärt, die Karte wäre abgeholt worden und ich könne nicht auf diesem Stuhl sitzen.«

Diese Aufregung konnte Anja nicht nachvollziehen. Wichtig war letztendlich, dass man gut sehen konnte. »Saßen Sie denn weiter hinten als sonst?«

»Nein! Ich sitze immer in der drittletzten Reihe rechts außen, Reihe zehn, direkt am Gang und dieses Mal saß ich in Reihe sechs, mittendrin.« Sie beugte sich so weit zu Anja vor, dass sich ihre Köpfe fast berührten, als Anja Wechselgeld aus der Kasse holen wollte. »Ich muss manchmal während des Stücks zur Toilette, hinten kann ich verschwinden, ohne dass es jemand merkt.«

Nun verstand Anja die Empörung. Mitten in der Reihe war es nicht möglich, während der Vorstellung unauffällig zu verschwinden. Als sie über die Chancen nachdachte, sich im Theater unsichtbar zu machen, fiel ihr etwas ein, das sie über all der Aufregung völlig vergessen hatte.

KAPITEL 36

Die Tollkirsche befreit von allerlei Leiden und unleidigen Zeitgenossen.

Als hätte die Kundin beim Verlassen des »Mord & Ortschlag« alle Passanten aufgefordert, die Buchhandlung zu betreten, riss der Strom der Buchkäufer für den Rest des Nachmittags nicht ab. Erst nach Ladenschluss kam Anja dazu, die Flyer für »Die mörderische Teerunde« wegzuräumen und den Tisch mit der Präsentation über Agatha Christie neu zu gestalten. Sie war froh, dass Oliver dienstags früher Feierabend machte, um Ida von der Betreuung abzuholen. So hatte sie Zeit, auf dem Heimweg am Theater an der Volme anzuhalten und zu überprüfen, was ihr eingefallen war. Den ganzen Nachmittag hatte sie es in Gedanken wie ein Mantra aufgesagt, damit sie die Idee nicht wieder vergaß. Sie war sich sicher, dass darin der Schlüssel zur Lösung des Falles lag.

Endlich war sie so weit, dass sie die Tür der Buchhandlung hinter sich abschließen und zum Auto gehen konnte. Kurz schwankte sie, ob sie zu Fuß zum Elbersgelände spazieren sollte. Sie entschied sich jedoch dagegen, weil sie bei der Fahrt auch gleich das Parkhaus erkunden konnte. Zwar war das auch ohne Auto möglich, aber die Zeit bis zum Abendessen um 19 Uhr wurde ohnehin knapp. Ida hatte ihr bereits telefonisch eingeschärft, dass sie auf keinen Fall zu spät kommen dürfe, weil sie das Essen zubereiten würde.

Als Anja an der Kreuzung am Emilienplatz stand, bereute sie es bereits, dass sie nicht zu Fuß gegangen war. Die Schlange der Rechtsabbieger schien unendlich zu sein. Sie brauchte zwei Ampelphasen, bis sie endlich am Finanzamt vorbei in Richtung Elbersgelände unterwegs war. Sicherheitshalber verzichtete sie auf die Marktbrücke und überquerte die Volme bei der nächsten Gelegenheit. Endlich stand sie in der Einfahrt zum Parkhaus, zog eine Karte und wartete, bis die Absperrung geöffnet wurde.

Sie seufzte. Die Schranke hatte sie vergessen. Wenn sie mit Oliver unterwegs war, parkten sie meistens in dem anderen Parkhaus, weil er dort eine Dauerkarte hatte. Sie war davon ausgegangen, dass im Parkhaus Elbershallen ein Parkscheinautomat stand. Dass man hier erst die Parkkarte lösen musste, passte nicht zu ihrem schönen Szenario des Tathergangs.

»Mist!«, ärgerte sie sich. Sie hatte sich ausgemalt, wie sie Gerd ihre Theorie präsentieren würde. Mit grimmigem Gesicht nahm sie dennoch ihre Kamera vom Rücksitz und hielt sich davon ab, die Tür fester zuzuknallen als nötig.

Der ärgerliche Blick verschwand, als sie neben der Tür, die zum Theater führte, einen Stapel Holzplatten, einige Eimer Farbe und anderes Bauzubehör entdeckte. Sie fotografierte die Materialien und machte sich anschließend daran, zwischen die Eimer und unter die Holzplatten zu gucken. Nichts. Sie öffnete jeden Eimer, doch außer Farbe und Pinseln befand sich dort nichts. Sie stocherte sogar mit einem Holzstück in der Farbe herum, um sicherzustellen, dass darin nichts verborgen war.

Es wäre auch zu schön gewesen, wenn sie hier die verschwundene E-Zigarette gefunden hätte. Sie wischte die Hände an ihrer Jacke ab und wollte schon an die Theatertür klopfen, als ihr eine große Flasche Cola auffiel, die neben der Tür stand. Sie dachte an die E-Zigarette, die Lars Wollenweber geraucht hatte. Die passte problemlos durch den Hals einer 1,5-Liter-Flasche. Sie wollte den Behälter bereits anheben, als ihr in den Sinn kam, dass sie damit mögliche Fingerabdrücke verwischen konnte. Sie blickte auf die Baumaterialien. Daran hätte sie auch eher denken können! Wie gut, dass sie ihr Auto dicht an der Tür geparkt hatte. Und wie gut, dass sie an der Tankstelle immer Dieselhandschuhe mitnahm, obwohl sie kein Dieselfahrzeug fuhr. Man konnte schließlich nie wissen, wann man sie gebrauchen konnte. Sie zog die durchsichtigen Handschuhe über, hob die Cola-Flasche hoch und schüttelte sie hin und her. Es befand sich eindeutig etwas in der Flasche. Am liebsten hätte sie gleich nachgesehen, was es war. Aber sie war sich ganz sicher, dass es die E-Zigarette war, und fand es deshalb vernünftiger, Gerd den Behälter zu bringen, damit der Gegenstand fachgerecht daraus entfernt wurde. Aus dem Kofferraum holte sie eine Tragetasche, um die Flasche zu transportieren. Sie stellte die Tüte hinter den Fahrersitz und klopfte endlich an die Tür zum Theater.

Während Anja darauf wartete, dass ihr geöffnet wurde, betrachtete sie die Gegenstände neben der Tür. Ein Holzbrett reichte fast bis an die Türfassung. Eine gute Ablagemöglichkeit für eine Zigarette.

»Entschuldigung, dass es so lange gedauert hat«, sagte die junge Frau, die am Premierenabend die Eintrittskarten verkauft hatte, und schnappte nach Luft. »Ich bin gerade allein und musste durch das ganze Theater laufen.«

Anja nickte verständnisvoll, obwohl sie das Theater nicht als so riesig empfunden hatte, dass man außer Atem geraten konnte, wenn man nicht gerade einen Sprint hinlegte.

»Die meisten Leute gehen wieder, wenn nicht sofort jemand die Tür öffnet.«

Die Erklärung leuchtete Anja ein. Sie hatte tatsächlich länger gewartet, als sie es üblicherweise getan hätte. »Ich wollte drei Karten für die Matinee kaufen und Sie noch etwas fragen«, sagte sie, um nicht noch mehr Zeit zu verschwenden. Ida würde zu Hause bereits zappeln, weil es bald 19 Uhr war.

»Kommen Sie doch mit«, bat die Frau und ging ihr voraus zur Kasse, wo sie auf dem Laptop drei Plätze markierte und die Karten ausdruckte. »Dann haben wir das schon mal. Und was möchten Sie von mir wissen?«

»Es geht um den Abend, an dem Frau Bäumler gestorben ist«, begann Anja. Wie sollte sie der jungen Frau erklären, dass sie mit Wissen der Polizei ihre eigenen Ermittlungen anstellte?

»Wissen Sie«, fing sie an und musste über sich selbst lachen, weil sie Frau Qualmanns Floskel verwendete. »Ich habe doch die Krimibuchhandlung und wollte schon immer wie Wilsberg aus dem Fernsehen in einem Mordfall ermitteln.«

Die Frau grinste sie an. »Und jetzt möchten sie mich verhören?«

»›Verhören‹ ist das falsche Wort. Eine Kundin hat mir heute erzählt, dass ein Platz leer geblieben ist, obwohl Sie ihr gesagt hatten, die Karte wäre verkauft.«

»Sie meinen, das könnte der Täter gewesen sein?«

»Möglich wäre das. Wissen Sie noch, wie die Person aussah?«

Die junge Frau zögerte. »Na ja, so richtig nicht. Ich habe mich nur gewundert, wieso jemand bei dem tollen Wetter eine Mütze trägt.« Sie grinste. »Der Typ wirkte nicht so, als wäre er cool und modern, sondern irgendwie komisch.«

»Inwiefern komisch?«, erkundigte sich Anja.

»Wenn ich jetzt so drüber nachdenke, könnte ich nicht sagen, ob es ein Mann oder eine Frau war«, meinte ihre Gesprächspartnerin. »Fast kommt es mir vor, als hätte die Person sich verkleidet.«

»Ist Ihnen noch etwas an der Person aufgefallen?« Anja fand selbst, dass das sehr nach einem Fernsehermittler klang, aber nun war die Frage bereits heraus.

»Er oder sie war total schwarz gekleidet.« Das war wenig hilfreich, aber an mehr Details konnte sich die Frau nicht erinnern.

Anja holte ihre Kamera heraus, dann fiel ihr ein, dass die Speicherkarte mit den Bildern der Premiere zu Hause war.

»Kann ich Ihnen nachher ein paar Fotos mailen, die ich vom Publikum an dem Abend gemacht habe?«, bat Anja. »Vielleicht hat sich die Person ja nur auf einen anderen Platz gesetzt und hat mit der Tat nichts zu tun.«

Die junge Frau nickte eifrig und diktierte Anja auch ihre private E-Mail-Adresse, damit die Bilder ganz bestimmt bei ihr ankamen.

»Ah. Birte Wegner heißen Sie«, meinte Anja, nachdem sie die Mailadresse notiert hatte. »Das hätte ich jetzt noch gefragt. Dann habe ich alles, was ich wollte«, verabschiedete sie sich. »Darf ich hinten wieder raus?«

»Klar! Sie wissen ja den Weg. Raus kommt man immer, das ist eine Sicherheitstür. Nur um reinzukommen braucht man einen Schlüssel.«

Anja nickte. Das hatte sie schon einmal gehört, aber nicht weiter beachtet. Vielleicht war das ein Fehler gewesen. In Gedanken versunken, ging sie an der Bühne vorbei. Als sie die Tür öffnete, fiel ihr Blick auf eine Schale voller schwarzer Beeren, die auf einer Kommode stand. Sie ergriff eine der Beeren, die Tollkirschen täuschend ähnlich sahen, und schmunzelte. Eine Attrappe! Mit einem Lachen verließ sie das Theater und mit schnellen Schritten, damit der Zorn ihrer Tochter nicht ins Unermessliche wuchs. Von der Johanniskirche schlugen die Glocken bereits die siebte Stunde an, als sie an der Ampel gegenüber vom Kolpinghaus auf Grün wartete. Das würde Ärger geben!

KAPITEL 37

Wolfsmilch im Auge kann zu Erblindungen führen und im Magen zu Übelkeit.

Nachdem Anja den Toast Hawaii, den Ida mit Olivers Hilfe zubereitet hatte, gebührend gelobt hatte und ihre Tochter im Bett lag, kam sie endlich dazu, Gerd Neubert anzurufen und ihm von ihrem Fund zu berichten.

»Ich lasse dir einen Streifenwagen schicken«, sagte der Kommissar.

So hatte Anja sich das nicht vorgestellt, sie würde gerne zusehen, wenn die Flasche geöffnet und die E-Zigarette herausgeholt würde. Allerdings erklärte Gerd ihr, dass das keinesfalls möglich wäre und sie froh sein konnte, dass sie das Ergebnis erfuhr. Das, versprach er immerhin, würde er ihr umgehend mitteilen.

Enttäuscht verzog Anja sich hinter den Laptop. Auch Olivers Bemühungen, sie zu trösten und aufzumuntern, besserten ihre Laune nicht. Selbst sein Versprechen, ihr eine Wolfsmilch zu kredenzen, rief bei ihr nur ein müdes Lächeln hervor. Dabei war das eigentlich ein Running Gag in ihrer Familie, seit Ida im botanischen Garten in Bochum das Schild einer Wolfsmilch-Pflanze entziffert hatte. Seither war kein Einkauf vergangen, bei dem sie nicht nach einer Wolfsmilch fragte – zu Tobias Entsetzen sogar die Verkäufer. Sie war so penetrant dabei geblieben, dass Anja es bereut hatte, ihr nicht gleich ausführlich erklärt zu haben, dass das nur der Name einer giftigen Pflanze war und Wölfe keine Milch gaben. Irgendwann hatte Tobias dem Betteln ein Ende bereitet, indem er behauptete, er hätte aus Bochum Wolfsmilch mitgebracht. Seither gab es in ihrem Haushalt jedes Mal, wenn Tobias kam, vermeintliche Wolfsmilch, die nichts anderes war als Kuhmilch in einer braunen Flasche.

»Ich hätte die Cola ausgießen und diese olle Zigarette aus der Flasche fischen sollen«, sagte Anja zum wiederholten Mal.

»Und was hättest du damit gemacht?«, wollte Oliver wissen.

Anja zuckte mit den Schultern. Wieso musste ihr Mann immer so analytisch sein?

»Vielleicht ist die Flüssigkeit aus der E-Zigarette ausgelaufen und nur in der Cola nachweisbar«, gab ihr Mann zu bedenken.

Er hatte ja recht, trotzdem war sie frustriert. Missmutig suchte sie in den Fotos vom Premierenabend nach Publikumsbildern. Wie gut, dass sie darauf geachtet hatte, die Menschen auf allen Plätzen einzufangen. Ein Zuschauer mit Mütze war nicht dabei, aber vielleicht hatte er die Kopfbedeckung abgenommen. Sie schickte Birte Wegner die Fotos und wartete gespannt auf ihre Antwort.

Während sie alle paar Minuten ihre Mails checkte, suchte sie Porträts der beiden Männer, die mit den Verstorbenen zu tun hatten. Von dem Mitbewohner des toten Studenten hatte sie kein Foto, sie lud also eines aus dem Internet herunter. Das gleiche galt für Walter Bäumler, der sich zum Glück mit breitem Lächeln auf seiner Website präsentierte. Beide Bilder schickte sie ebenfalls an die junge Frau, vielleicht erkannte sie einen von ihnen als den Mann, der die Karte für den Randplatz in Reihe zehn gekauft hatte. Wieso eigentlich Mann?, fragte sie sich. Die Frau hatte gesagt, dass sie das Geschlecht der Person nicht erkennen konnte.

»Hast du denn sonst nichts zu tun?«

Erschrocken sah Anja auf, als Oliver sie ansprach.

»Du zappelst die ganze Zeit herum und rufst alle paar Sekunden deine E-Mails ab, das ist ja nervtötend.«

»Doch. Ich brauche sogar deine Hilfe.« Anja fiel ein, dass sie Oliver die Mappe mit den Unterlagen aus dem Versteck des toten Studenten noch nicht gezeigt hatte. Vielleicht hatte ihr Mann eine Idee, was es mit den Zahlen auf sich hatte. Sie ging in ihr Arbeitszimmer, wo die Mappe unter der Augustabrechnung des »Mord & Ortschlag« in Vergessenheit geraten war.

»Guck mal hier. Hast du eine Idee, was das sein

könnte?« Sie hielt Oliver die Übersichten hin, in denen der Mitbewohner die Abweichungen notiert hatte.

»Mhm. Das sind die gleichen Bilanzen.« Oliver legte die Blätter nebeneinander auf den Tisch. »Da gibt es sehr hohe Ausgabeposten bei der Anschaffung von Maschinen. Das scheint ein Betrieb zu sein, der irgendwelche Produkte herstellt.«

Wie kam Annegret Bäumler an die Gewinn- und Verlustrechnung eines produzierenden Unternehmens? Sie selbst hatte ein Übersetzungsbüro, in dem man außer Computern und ein bisschen Software vor allem Manpower benötigte. Und ein Immobilienmakler brauchte ebenfalls keine Maschinen.

»Sehr merkwürdig! Da gibt es einen hohen Einnahmeposten ›Provisionen‹, der ist auf beiden BWA gleich. Vielleicht eine Verleihfirma für Maschinen? Anders kann ich mir das nicht erklären.« Er schob die Blätter zusammen und gab sie Anja zurück. »Wo hast du die Unterlagen überhaupt her?«

»Die habe ich bei dem toten Studenten gefunden und sein Mitbewohner meint, man könnte an der Steuernummer erkennen, um welche Firma es sich handelt«, antwortete Anja.

»Klar, das Finanzamt kann das natürlich. Und da jedes Unternehmen die Steuernummer im Impressum angeben muss, kannst du herauskriegen, welche Firma zu der Nummer gehört.«

Anja nahm ihren Laptop und klappte ihn auf. Sie

gab die Steuernummer in die Suchmaschine ein. Kein Ergebnis.

»Probier es mal mit den Schrägstrichen«, schlug Oliver vor.

»Bingo!«, jubelte Anja, als sie die Ergebnisse sah.

Oliver nahm die beiden Blätter erneut zur Hand. »Wenn man jetzt noch wüsste, welche der Bilanzen beim Finanzamt eingereicht wurde.« Er wedelte mit einem der Papiere. »Ich wette um eine Kiste Rotwein, dass es die mit den Ausgaben für Maschinen ist. Aber wozu braucht das Unternehmen Maschinen?«

Die Frage mussten sie zurückstellen, weil es an der Tür klingelte und Gerd mit einem Streifenbeamten auf dem Treppenabsatz stand, um die Colaflasche abzuholen. Die beiden verschwanden gleich wieder, nachdem der Kommissar erneut versprochen hatte, Anja unverzüglich über das Ergebnis der Analyse zu informieren.

KAPITEL 38

Nach dem Verzehr der Samenschalen des Wunderbaums erlebte schon mancher kein Wunder.

Am nächsten Tag machte Anja sich erneut auf den Weg zu dem Ehemann der Verstorbenen. Gerd hatte sich inzwischen gemeldet und bestätigt, dass sich in der Cola-Flasche tatsächlich eine E-Zigarette befand. Zudem hatte er berichtet, dass sich der Verdacht nun gegen Lars Wollenweber richtete, weil dieser vor dem toten Studenten eine Beziehung mit Annegret Bäumler gehabt hatte. Sie konnte nicht glauben, dass der junge, sympathische Kollege ihres Mannes eine Frau vergiftet und einen Mann erschlagen hatte. Oliver hatte versprochen, ihn über sein Verhältnis mit der Übersetzerin auszuhorchen. Anja war sich nicht mehr sicher, ob Lars es ihr gegenüber nicht sogar erwähnt hatte. In Erinnerung war ihr nur die Geschichte mit der peinlichen Übersetzung geblieben.

»Guten Tag, Frau Henke«, begrüßte Schneewittchen Anja beim ersten Klingeln. »Möchten Sie einen Tee?«, erkundigte sie sich, als sie sie in das Büro von Walter Bäumler führte.

Anja nickte, sie hätte lieber einen Kaffee getrunken, aber den gab es hier wohl nicht. Sie wandte sich dem Ehemann der Verstorbenen zu, der braun gebrannt mit jovialem Lächeln hinter dem Schreibtisch hervorkam und sie zu einer Sitzgarnitur geleitete, die ganz bestimmt nicht billig gewesen war. Aus einem schwedischen Möbelhaus wie der größte Teil von Anjas Ladeneinrichtung stammte sie sicher nicht.

»Meine Mitarbeiterin hat mir berichtet, dass Sie auf der Suche nach einem Bauernhof sind«, begann Walter Bäumler das Gespräch.

Anja staunte. Sie hatte nicht damit gerechnet, dass Schneewittchen sich ihr Anliegen gemerkt hatte. Sogar den Hinweis auf die Fotos hatte sie ihrem Chef oder Geliebten, was aus immer zwischen den beiden war, weitergegeben.

»Es wäre gut, wenn Sie mir Ihre Karte hier ließen, man weiß ja nie, was sich ergibt«, sagte der Immobilienmakler zu diesem Thema.

Anja wurde rot, weil die Bemerkung vermuten ließ, dass Schneewittchen das Manöver mit der verschwundenen Visitenkarte durchschaut hatte. Sie entschied, nicht darauf einzugehen, es war ohnehin schwierig genug, das Gespräch auf die verstorbene Ehefrau zu lenken, da musste sie sich nicht mit solchen Fragen belasten.

Schneewittchen, deren richtiger Name Anja zu ihrem Ärger nicht einfiel, stellte ein Tablett mit zwei gelben Designer-Teetassen auf den Tisch und stellte je eine davon vor Walter Bäumler und Anja. »Zucker haben wir leider gerade nicht da«, entschuldigte sie sich, »nur flüssigen Süßstoff.«

Anja nickte. Sie mochte zwar keinen Süßstoff, aber ein paar Tropfen reichten schließlich, um den Tee zu süßen. Immer noch besser, als den bitteren Teegeschmack im Mund zu haben. Obwohl es erstaunlich war, dass die sonst so penibel wirkende Sekretärin hier geschlampt hatte.

Amüsiert beobachtete Anja, wie die Frau ganz selbstverständlich Milch in Walter Bäumlers Tasse goss, ohne nachzufragen. Die Geste legte den Schluss nahe, dass sie ihn auch außerhalb des Büros bemutterte. Zumal sie das Kännchen wieder zurückstellte, ohne Anja Milch anzubieten.

Anja ließ einige Tropfen Süßstoff in ihre Tasse fließen, ehe sie die Geschichte erzählte, die sie sich ausgedacht hatte. »Wir haben ein schönes Haus, aber meine Tochter möchte unbedingt Tiere, besonders ein Pferd. Ich habe als Kind immer davon geträumt, wie Michel aus Lönneberga auf einem Hof etwas außerhalb zu leben, deshalb haben wir überlegt, uns nach einem passenden Objekt umzusehen.« Je länger sie sprach, umso flüssiger ging ihr die Schwindelei über die Lippen, zumal sie nun den wahren Kern einfließen lassen konnte. »Wir haben uns vor einiger Zeit sogar das Wirtschaftsgebäude von Haus Harkorten angesehen, aber das musste man ja mieten und wir würden gerne ein Haus kaufen.«

Walter Bäumler schien zufrieden, fast glücklich

über ihren Wunsch, was nicht verwunderlich war, bedeutete so eine Hausvermittlung für ihn doch eine satte Provision.

»Haben Sie auch darüber nachgedacht, selbst zu bauen? Ich hätte ein paar schöne Grundstücke an der Hand und arbeite mit einem Bauunternehmer zusammen, der das Haus nach Ihren Wünschen erstellt.«

Anja horchte auf. Sie hatte am Vorabend lange mit Oliver darüber nachgedacht, wie Walter Bäumler dem Finanzamt die Anschaffung und Abschreibung von Maschinen glaubhaft erklären konnte. Eine Möglichkeit war nach Meinung ihres Mannes, dass Bäumler suggerierte, er wäre in Baugeschäfte verwickelt, wie das, das er ihr gerade anbot, und würde die Maschinen zusteuern. Hatte nicht jemand darüber geklagt, dass er Geld unterschlagen hatte? Inzwischen war sie sicher, dass Annegret und später Sascha Bellkamp den Immobilienmakler erpresst hatten, wie sie auch Clarissa Möllmann und den Hausarzt Doktor Zielcke unter Druck gesetzt hatten. Von Gerd wusste sie, dass Clarissa zugegeben hatte, Annegret habe ihr angeboten, gegen Zahlung einer Abfindung, wie sie es nannte, über einen dunklen Punkt in ihrem Leben zu schweigen. Der Hausarzt hatte für den zweiten Mord ein unumstößliches Alibi, er war Gast in einer Live-Sendung gewesen, in der es um Naturheilkunde ging und die von 22 Uhr bis Mitternacht aus einem Studio in Köln gesendet worden war. Deshalb hatte Anja sich nicht weiter mit ihm beschäftigt. Sie war wie Gerd sicher, dass beide Taten von ein und derselben Person begangen worden waren.

»Ein eigenes Haus bauen, das ist mir zu anstrengend«, lehnte sie den Vorschlag des Immobilienmaklers ab. »Ich würde gerne in ein bestehendes Gebäude gehen und mir vorstellen, wie ich es einrichte, und ich möchte auch nicht so lange warten, bis ein neues Haus fertig gebaut ist.«

Walter Bäumler nickte und nahm eine Mappe, die bei Anjas Eintritt bereits auf dem Tisch gelegen hatte. »Wir haben Ihnen einige Objekte herausgesucht, vielleicht ist ja etwas Passendes dabei. Schauen Sie einfach alles in Ruhe durch und melden Sie sich, wir vereinbaren dann einen Besichtigungstermin.«

Das war ein deutlicher Rauswurf, der Anjas schönen Plan zunichtemachte.

»Ich habe etwas Zeit, können wir die Objekte kurz gemeinsam durchgehen? Dann habe ich das aus dem Kopf. Wenn ich in der Buchhandlung bin, holt mich die Arbeit sofort wieder ein und ich komme nicht mehr dazu, mir die Angebote anzuschauen.«

Walter Bäumler sah auf die Uhr. »Ich habe um 9.30 Uhr eine Verabredung, wir haben Sie kurzfristig eingeschoben und konnten den Anschlusstermin nicht umlegen. Aber die Besprechung dauert vielleicht 15 Minuten. Wenn Sie möchten und so viel Zeit haben, können Sie die Exposés durchsehen und wir vereinbaren gleich danach die Besichtigungstermine.«

Das war Anja lieber, zumal er anbot, dass sie in seinem Büro sitzen bleiben konnte. Das erlaubte ihr, sich in Ruhe umzusehen.

Wenig später verließ er den Raum und schloss die Tür hinter sich.

Anja versuchte zu horchen, was im Vorzimmer gesprochen wurde, aber mehr als Gemurmel war nicht zu hören. Sie entschied sich für eine Strategie, wie auch Fernsehkommissare sie gerne verwendeten: Sie öffnete abrupt die Tür. »Ich müsste mich mal eben …«, sagte sie im gleichen Atemzug und bemerkte zufrieden, wie Bäumler und Schneewittchen auseinanderfuhren. Eindeutig hatten sie sich gerade über den Schreibtisch hinweg geküsst. Damit war diese Frage auch abschließend geklärt. Sie tat, als hätte sie nichts bemerkt und ging auf den Flur in die Richtung, die Schneewittchen ihr zeigte.

An der Garderobe bemerkte sie einen schwarzen Poncho, der sie an das Kostüm von Knecht Ruprecht erinnerte. Sie fragte sich, wer von den beiden diesen Mantel wohl trug. Auf der Toilette fiel ihr die schwarz gekleidete Person aus Reihe zehn ein. Sie musste Birte Wegner fragen, ob die schwarze Kleidung ein Umhang gewesen sein konnte.

Als sie sich die Hände wusch, entdeckte sie im Spiegel auf dem Schrank hinter sich einen schwarzen Fleck. Sie drehte sich um, streckte den Arm aus und tastete auf dem Schrank herum, bis sie etwas fassen konnte. Erstaunt sah sie, dass es eine schwarze Mütze war, eine jener Strickmützen, die heute wieder angesagt waren..

Rasch fotografierte sie die Mütze mit ihrem Handy, froh, dass Oliver ihr zum Geburtstag ein Smartphone geschenkt hatte, obwohl sie es nicht wollte. Manchmal war die neue Technik in der Tasche eben doch nützlich, ob es galt, die Blüten eines Wunderbaums zu fotografieren oder die mögliche Verkleidung eines potenziellen Doppelmörders. Sie schickte das Foto sofort per E-Mail an Gerd und erklärte ihm, wo sie die Mütze gefunden hatte.

»Herr Bäumler ist schon weg, aber Sie können in seinem Büro die Angebote durchsehen«, empfing Schneewittchen Anja nach ihrer Rückkehr von der Toilette. »Wenn Sie etwas benötigen oder Fragen haben, melden Sie sich einfach.«

Anja ging in das Büro und schloss die Tür hinter sich. Durch die Glasfenster neben der Tür konnte sie sehen, dass die Frau sich an den PC gesetzt hatte und dort arbeitete. Schnell ging sie statt in die Sitzecke an den Schreibtisch des Maklers. Der Bildschirm war ausgeschaltet, sodass sie nichts in dem Rechner prüfen konnte. Aber neben der Tastatur lag ein Ausdruck von einem Reisebüro. Es waren Flugtickets auf die Namen Walter Bäumler und Sigrid Schnermann, jetzt erinnerte sie sich auch, dass das Schneewittchens Name war. Als Ziel waren die Seychellen angegeben. Ein Steuerparadies, in dem es sich leben ließ, das wusste selbst Anja, die sich mit tropischen Inseln sonst nicht auskannte. Aber bei einer Recherche nach einem Krimi, der auf den Seychellen spielen sollte, war sie auf ein Buch gestoßen, in dem ein Banker sich in kriminelle Machenschaften verstrickte.

»Herr Bäumler hat Ihnen die Mappe mit den Exposés auf den Besprechungstisch gelegt.«

Anja zuckte zusammen, als Sigrid Schnermann sie überraschend ansprach. Sie konnte nicht verhindern, dass sie rot wurde. »Ich wollte nur mal aus dem Fenster sehen, die Aussicht ins Wannebachtal ist ja wirklich wunderschön.« Sie war froh, dass sie den Satz nicht zu sehr gestammelt hatte, und ging mit erhobenem Kopf, um zu zeigen, dass sie sich nichts vorzuwerfen hatte, zur Sitzecke.

Schneewittchen Schnermann beobachtete sie und gerade als Anja nach ihrer Teetasse greifen wollte, bemerkte sie: »Und Ihren Tee haben Sie auch nicht getrunken.«

Nach dieser Feststellung verließ sie das Büro und zog die Tür hinter sich zu. Im ersten Augenblick war Anja erleichtert, bis sie hörte, dass die Tür nicht nur geschlossen, sondern von außen abgeschlossen wurde.

KAPITEL 39

Gegen Würmer hilft der Wurmfarn und ist dabei mitunter für alle Beteiligten tödlich.

Anja überlegte, was klüger war: so zu tun, als hätte sie nicht mitbekommen, dass Sigrid Schnermann sie eingeschlossen hatte, oder sich bemerkbar zu machen. Sie entschied sich für die erste Variante und gab vor, das Gesicht der schwarzhaarigen Frau an der Glaswand nicht zu sehen. Solange sie es aus den Augenwinkeln wahrnahm, blätterte sie die Exposés durch, die Walter Bäumler ihr hingelegt hatte. Auf den Tee verzichtete sie jedoch lieber. Er roch zwar wie Tee, allerdings wollte sie kein Risiko eingehen, die Geschichte mit dem Süßstoff war ihr ohnehin komisch vorgekommen und nun war die Flasche verschwunden. Jemand musste sie weggeräumt haben, als sie draußen war. Nicht, dass Schneewittchen ihr ein Betäubungsmittel in den Tee gemischt hatte. Sie dachte an den schwarzen Poncho und die Mütze. Wer sagte eigentlich, dass ein Mann die giftige E-Zigarette ins Theater geschmuggelt hatte?

Hatte Sigrid Schnermann nicht sogar davon gesprochen, dass sie Biologie studiert hatte, ehe sie begann, bei Walter Bäumler zu arbeiten? Vielleicht hatte sie sogar dasselbe Seminar besucht wie Sascha Bellkamp und kannte sich mit der Wirkung von Wurmfarn, Eisenhut und Herbstzeitlosen bestens aus. Sie prüfte unauffällig, ob die Frau noch ins Zimmer sah.

Anscheinend ging Schneewittchen davon aus, dass Anja sich auf ihre Exposés beschränkte. Sie saß am Schreibtisch und schob eifrig Blätter in den Aktenvernichter neben ihrem Platz. Diesen Moment nutzte Anja, um zum Schreibtisch hinüberzuhuschen. Wenn sie hier schon eingesperrt war, konnte sie die Zeit sinnvoll nutzen. Bevor sie jedoch die Schubladen durchsuchte, sandte sie Gerd ein Foto von den Tickets mit der Information, wo sie eingesperrt war, und stellte den Ton ihres Smartphones aus, ehe dessen Läuten Sigrid Schnermann daran erinnerte, dass sie zwar eingeschlossen, aber nicht von der Welt abgeschieden war.

In den Schubladen fand Anja nichts Brauchbares. Enttäuscht schlich sie zur Sitzecke zurück. Es wäre zu schön gewesen, wenn sie dort ein Fläschchen mit Gift oder sogar eine E-Zigarette gefunden hätte. Die Polizei ging davon aus, dass der Täter Annegret Bäumlers Zigarette gegen die todbringende getauscht hatte. Wenn es stimmte, was Anja vermutete, dass nämlich Annegret Bäumler das Röhrchen während der Vorstellung auf das Holzbrett im Parkhaus neben der Tür zum Theater gelegt hatte, um zwischen den Szenen ein paar Züge zu nehmen, konnte jeder den Austausch vorgenommen haben.

Wäre ihr Liebhaber nicht ebenfalls getötet worden, wäre der Verdacht sicher auf ihn gefallen. Gerd hatte ihr erzählt, dass Sascha Bellkamp an dem Premierenabend auf dem Elbersgelände gewesen war, weil er im »Feuervogel« nebenan mit Freunden verabredet war. Die Polizei hatte dem keine Bedeutung beigemessen, weil man davon ausging, dass das Gift im Tee war. Und als klar war, dass der »Tee« nur Wasser mit einem Spritzer Apfelschorle war, ohne jegliche Giftbeimischung, war der Geliebte bereits tot.

Anja spürte mehr, als dass sie es sah, dass jemand den Vorraum betrat. Sie drehte den Kopf so weit, dass sie Walter Bäumler erkennen konnte, der mit beiden Händen gestikulierte und auf sein Büro zeigte. Dann schloss er die Tür auf und sagte: »Bitte entschuldigen Sie, meine Mitarbeiterin hat da etwas überreagiert.«

Anja wusste nicht, was sie davon halten sollte. Sie stand auf und entgegnete selbstsicherer, als sie sich in dem Augenblick fühlte: »Dann gehe ich wohl besser, die Unterlagen lasse ich Ihnen hier. Mit einem Makler, dessen Mitarbeiterin mich einsperrt, möchte ich nicht zusammenarbeiten.« Sie ging auf die Tür zu, doch Walter Bäumler trat ihr entgegen. »Wie gesagt, das war eine Überreaktion, lassen Sie uns doch die Objekte durchgehen, wir werden uns dann schon einigen.«

Was sollte das nun wieder bedeuten? Wollte er sie bestechen, damit sie nicht über diesen Vorfall sprach?

»Am besten trinken Sie erst einmal einen Schluck Tee, dann sieht die Welt schon ganz anders aus«, schlug er vor und zwang Anja, indem er immer näher kam, sich wieder hinzusetzen.

Er ließ sich wie beim Beginn des ersten Gesprächs auf dem Sessel nieder und beugte sich vor. »Trinken Sie.« Der Ton seiner Stimme war nicht mehr so jovial wie am Morgen, sondern scharf und schneidend. Er nahm den Unterteller und hielt ihr die schicke gelbe Tasse hin.

Anja streckte die Hand aus und nahm den Henkel des Teebechers. Es kam ihr vor, als entspannten sich die Gesichtszüge des Maklers, als er sah, wie sie die Tasse anhob. Er griff an ihr vorbei nach der Mappe mit den Exposés. Den Augenblick nutzte Anja, um die Tasse auf den Boden zu leeren, als hätte er sie angestoßen.

»Oh nein!«, rief sie und hoffte, dass ihr Entsetzen echt wirkte. Sie kramte in ihrer Hosentasche nach einem Papiertaschentuch und begann den Teppichboden abzutrocknen, als wäre das in der angespannten Situation die einzig richtige Reaktion.

Walter Bäumler war aufgesprungen. »Sigrid, kannst du mal kommen?«, rief er und gab sich im Gegensatz zu vorher keine Mühe mehr, Anja ein rein berufliches Verhältnis zu seiner Mitarbeiterin vorzuspielen.

»Frau Henke hat den Tee verschüttet«, berichtete er Schneewittchen, die sofort zur Stelle war. »Was machen wir denn da?«

Anja fröstelte, weil die Frage keineswegs freundlich klang, sondern drohend.

»Ich habe die Papiere vernichtet und das Geld transferiert«, antwortete die Frau. »Von mir aus können wir sie hier einschließen und uns vom Acker machen.« Sie ging an den Schreibtisch und nahm die Flugtickets an sich. »In Amsterdam kriegen wir sicher kurzfristig einen Flug.«

Walter Bäumler blickte von Anja zu Sigrid Schnermann. »Bis Amsterdam sind es drei Stunden. Vermisst Sie in der Zeit jemand?«, fragte er Anja.

Britta rechnete nicht vor Mittag mit ihr, das wusste Anja. War es klug, Walter Bäumler dies zu verraten?

»Guck mal, ob sie ein Handy dabei hat«, forderte der Makler seine Freundin auf und ging zu dem Telefon auf seinem Schreibtisch, um den Akku herauszunehmen und das Kabel von seinem PC zu entfernen.

Sigrid Schnermann nahm Anja das Smartphone ab. Anja hoffte, dass sie nicht auf die Idee kam, die letzten Nachrichten zu checken. Darin hatte sie Gerd zum Glück verraten, wo sie sich befand.

Während Sigrid Schnermann mit Anjas Mobiltelefon und der leeren Tasse den Raum verließ und das Handy auf ihren Schreibtisch legte, ging Walter Bäumler zu dem Schrank neben dem Arbeitsplatz.

Staunend sah Anja, dass sich hinter der herkömmlichen Büroschranktür ein Tresor verbarg. In Fernsehkrimis holten die Täter in solchen Fällen meist eine Pistole hervor. Daran mochte sie nicht denken, stattdessen versuchte sie, mental Gerd herbeizuzitieren. Sonst konnte er doch auch Gedanken lesen.

Erleichtert sah sie, dass der Makler lediglich eine Aktenmappe und zwei Geldbündel, die sie als Euro- und Dollarscheine identifizierte, aus dem Tresor nahm.

»Nun, wie ist es, werden sie vermisst oder nicht?«, fragte er Anja erneut, als Schneewittchen mit der wieder gefüllten Teetasse und der Süßstoffflasche in der Tür erschien.

»Meine Mitarbeiterin rechnet erst am frühen Nachmittag mit mir«, schönte Anja die Wahrheit ein wenig. Sie hoffte, dass die beiden ihr nichts tun würden, wenn klar war, dass sie nichts von den Vorfällen verraten konnte, ehe das Flugzeug in Amsterdam abhob.

Walter Bäumler gab Schneewittchen ein Zeichen, dass sie mit Tasse und Flasche verschwinden sollte. »Bring mir aber sicherheitshalber das Packband«, bat er.

Wenig später saß Anja auf seinem Schreibtischstuhl. Ihre Arme waren mit braunem Klebeband an die Lehnen gefesselt und ihr Mund war zugeklebt. Sie konnte nichts machen, außer zuzusehen, wie die Bürotür von außen verschlossen wurde.

Sigrid Schnermann machte sich noch einen Spaß daraus, ihr zu zeigen, wie sie den Schlüssel im Aktenvernichter versenkte, dann verschwand auch sie aus Anjas Blickfeld.

KAPITEL 40

Nach der Einnahme der Zaunrübe werden Zahnschmerzen häufig von Übelkeit und Erbrechen abgelöst.

Anja zappelte auf dem Drehstuhl hin und her und versuchte, ihn zum Fenster zu bugsieren. Die schöne Aussicht half ihr allerdings wenig, denn außer viel Grün und dem See war nach hinten raus nichts zu erkennen. Kein Fußgänger weit und breit, den sie auf sich hätte aufmerksam machen können. Also rollte sie zu dem verglasten Spalt neben der Bürotür, vielleicht ging jemand dort vorbei und sah sie in ihrer misslichen Lage. Sie beruhigte sich damit, dass sie im Gegensatz zu Annegret Bäumler und Sascha Bellkamp lebte und Britta spätestens in drei Stunden Alarm schlagen würde. Heute war ihre Übergabe genau abgesprochen, weil ihre Mitarbeiterin einen, aus Anjas Sicht völlig überflüssigen, Workshop zum kreativen Einpacken von Geschenken besuchen wollte. Sie musste sich pünktlich auf den Weg machen, da die Parkplätze bei der Villa Post immer knapp waren und sie nicht zu spät kommen wollte. Vielleicht rief sie direkt Gerd Neubert an, weil Anja in dem knappen Jahr ihrer Zusammenarbeit noch nie zu spät zu einem Termin gekommen war. Gerd würde, aufgrund der Nachrichten, die sie ihm geschrieben hatte, wissen, wo sie war und konnte sie befreien und mit etwas Glück sogar noch verhindern, dass das Pärchen in Amsterdam ins Flugzeug stieg.

Es war also doch der Ehemann gewesen, der sich mit dem schwarzen Mantel und der Mütze ins Theater geschlichen hatte. In der Dunkelheit musste er den Gang aus dem Zuschauerraum hinuntergeschlichen sein. Vermutlich hatte er das Durcheinander auf der Bühne, das sämtliche Zuschauer einschließlich Anja in den Bann zog, genutzt, um hinter die Bühne zu schleichen. Dabei hätte er es so einfach haben und direkt über das Parkhaus an die E-Zigarette kommen können. Sie hatte also von Anfang an recht gehabt, mit ihrer Vermutung, dass der Ehemann der Täter war. Wenn sie nur stärker darauf beharrt hätte!

Sie trat mit den Füßen gegen die Tür. Irgendwer musste doch in diesem Haus sein, der sie hörte! Wo waren denn die Mitarbeiter aus den anderen Büros, die auf dem Eingangsschild standen?

Entmutigt rollte sie zum Fenster und starrte auf die Wiese hinter dem Haus. Um keine Panik zu bekommen, weil das Klebeband auf dem Mund ihr das Atmen erschwerte, versuchte sie, die Pflanzen zu bestimmen, sofern sie deren Blätter, Stängel oder Blüten erkennen konnte. Sie entdeckte die blaue Blüte eines Eisenhuts, Walter Bäumler und Sigrid Schnermann hätten also beide spielend Zugang zu einer Pflanze gehabt, deren Gift tödlich war! Daneben wuchs etwas, das wie eine Zaunrübe aussah, auf die die Dozentin bei der Krimikräuterwanderung explizit hingewiesen hatte. Anja hatte sich den Namen gemerkt, weil er automatisch die Assoziation mit Ratz und Rübe aus einer Fernsehsendung ihrer Kindheit hervorgerufen hatte. Auch das war eine Pflanze, die unscheinbar wirkte, aber so giftig war, dass sie selbst in der Heilkunde nur selten eingesetzt wurde.

Nach einer gefühlten Ewigkeit hörte Anja aus dem Vorzimmer eine dumpfe, aber bekannte Stimme. »Frau Henke muss hier irgendwo sein, sie hat mir eine Nachricht geschickt!«

Hastig rutschte sie auf dem Stuhl zurück zur Tür und stieß mit dem Fuß gegen die Scheibe, um sich bemerkbar zu machen. Ein Polizist ging sofort zur Tür, um sie zu öffnen. Er rüttelte an der Klinke und zog die Schultern hoch. »Der Schlüssel ist nicht da«, hörte sie ihn zu Gerd Neubert sagen, dessen Gesicht ebenfalls hinter der Scheibe auftauchte.

Anja versuchte ihm mit Kinn und Füßen zu signalisieren, dass der Schlüssel im Aktenvernichter lag. Sie war erleichtert, dass er ihr Zappeln als Botschaft verstand und wie bei einem Spiel auf die Gegenstände und Möbel zeigte, die um den Schreibtisch herumstanden. Es dauerte eine Weile, bis sie endlich nicken konnte. Wer kam auch auf die Idee, einen Schlüssel in einen Aktenvernichter zu werfen?

Gerd öffnete das Gerät und wirbelte so lange Papierschnipsel auf, bis er einen Schlüssel hervorzog und ihr damit triumphierend zuwinkte.

Er öffnete die Tür und riss das Packband von ihrem Mund. Anja verzichtete darauf, zu schreien, auch wenn das Abreißen höllisch wehtat. Wichtiger war, die beiden Geflüchteten aufzuhalten. »Die wollen nach Amsterdam und von dort aus auf die Seychellen fliehen«, sagte sie. »Ich glaube, die Geliebte von Walter Bäumler hat sämtliche Konten leergeräumt und«, sie zeigte auf den Aktenvernichter, »einige Unterlagen geschreddert.«

Gerd forderte einen Polizisten auf, sich um die Fahndung nach dem Paar zu kümmern, und löste selbst die Klebefesseln an Anjas Armen, die zum Glück nur auf ihrem Pullover angebracht waren und nicht direkt auf der Haut.

Anja war froh, als sie sich wieder frei bewegen konnte. »Ich konnte doch nicht ahnen, dass die mich hier einsperren!«, kommentierte sie den vorwurfsvollen Blick des Kommissars.

»Ich sag ja nichts«, entgegnete dieser. »Gut, dass du mir ein Foto von der Mütze und den Tickets geschickt hast. Wir haben sicherheitshalber sofort an der A 3 Richtung Amsterdam Streifenwagen postiert. Ich denke, die gehen davon aus, dass sie genügend Vorsprung haben, sodass wir sie noch auf deutscher Seite kriegen müssten.«

»Ich glaube, die wollten mich vergiften.« Anja wurde erst jetzt klar, in welcher Gefahr sie geschwebt hatte. »Vielleicht stehen die Tasse und die Süßstoffflasche noch irgendwo.« Sie ging in die Teeküche, an der sie auf dem Weg zur Toilette vorbeigekommen war. Auf der Anrichte entdeckte sie den mittlerweile wieder leeren Teebecher, von der Süßstoffflasche war nichts zu sehen. Weder auf der Arbeitsplatte noch in einem der Schränke oder im Kühlschrank.

»Blöd! Die müssen sie mitgenommen haben«, ärgerte sich Gerd, nachdem Anja ihm von dem Verschwinden berichtet hatte. »Das hätte das letzte Glied in der Beweiskette sein können.« Er setzte sich in den Sessel, aus dem vor Kurzem noch Walter Bäumler sie drohend angesehen hatte. »Wir haben nämlich eine Zeugenaussage, dass Sigrid Schnermann am Premierenabend im Parkhaus Elbershallen gesehen wurde. Damit ist das Alibi für Walter Bäumler hinfällig und im Theater kann er ebenfalls gewesen sein, wie die Information zeigt, die du beschafft hast.«

Anja nickte zwar, doch war sie mit ihren Gedanken ganz woanders. »Vielleicht hat nicht Walter Bäumler, sondern die Schnermann Annegret Bäumler umgebracht.«

»Das würde auch erklären, warum der Student ermordet wurde. Nicht wegen der Erpressung Bäumlers, sondern weil er dessen Mitarbeiterin an dem Abend im Parkhaus gesehen hat. Vielleicht wollte er daraus Profit schlagen und hat versucht, *sie* zu erpressen. Die Freunde, mit denen er an dem Abend im ›Feuervogel‹ war, haben von einer früheren Kommilitonin erzählt, die ihnen im Parkhaus begegnet ist. Wir haben das für nicht so wichtig erachtet, weil die Männer gleich darauf hingewiesen haben, dass die Frau schon länger nicht mehr an der Uni gesehen worden war. Den Namen kannten sie nicht, sonst hätten wir vielleicht sogar weitergeforscht.« Er schlug sich gegen die Stirn. »Puh, da haben wir aber richtig Mist gebaut. Nachdem wir nämlich den Tod von Sascha Bellkamp bekannt gegeben haben, haben einige späte Besucher des Funparks berichtet, dass eine junge Frau mit wehendem schwarzen Umhang unterwegs war. Wir haben das nicht weiter beachtet, weil in der Disco immer mal Motto-Partys stattfinden. Schwarzer Poncho und schwarze Mütze sind da nichts Außergewöhnliches. Aber wenn ich mir das hier so ansehe!« Er zeigte auf die beiden Kleidungsstücke, die Anja in dem Maklerbüro entdeckt hatte.

Zu ihrer Überraschung warf er sich den Umhang um. »Ich dachte, die hätten Einheitsgröße«, meinte er, als seine Unterarme zur Hälfte herausschauten und der Poncho auch sonst eher wie ein Konfirmationsanzug wirkte, aus dem jemand herausgewachsen war. »Damit hat sich auch die Frage erledigt, wer der Täter war«, stellte er fest.

Ein wenig tat es Anja leid, dass sie sich von ihrer Theorie verabschieden musste. Walter Bäumler hatte etwa die Statur von Gerd Neubert, er wäre mit dem Umhang im Theater aufgefallen und nicht nur Birte Wegner im Gedächtnis geblieben. Blieb nur Sigrid

Schnermann als Täterin, die am Ende auch am meisten profitierte, weil sie Walter Bäumler für sich hatte und sein Vermögen ebenfalls. Zwar stand seine Firma kurz vor der Insolvenz, aber Oliver hatte die Bilanzen durchforstet, da war eindeutig Geld verschoben worden, wozu die Tickets auf die Seychellen und die Geldbündel im Tresor passten.

»Ich bin gespannt, was Frau Schnermann und Herr Bäumler uns zu sagen haben.« Gerd sah Anja mit dem zufriedenen Grinsen an, das er immer aufsetzte, wenn er auf das Ende eines Falls zusteuerte.

Anja spürte, wie sich das wohlige Gefühl in ihr ausbreitete, das sie stets bekam, wenn ein Puzzle kurz vor der Vollendung stand. Das hier zwar war kein Puzzle – oder letztlich doch, auch wenn am Ende weder eine Aufnahme von Schloss Werdringen noch ein Pferdebild entstand. Ihr Blick fiel auf den Fleck, den sie mit dem Tee auf dem Fußboden verursacht hatte. Ein paar Tropfen rannen noch das Tischbein hinunter.

»Kannst du die Tropfen einfangen?«, fragte sie Gerd Neubert, der sie verständnislos anschaute, dann aber grinste, als er das Tischbein sah. Er rief einen Kollegen und bat ihn, aus dem Spurensicherungsset, das sich im Streifenwagen befand, eine Pipette zu holen. Damit saugte er wenig später die Spurenreste an und schickte sie ins Labor.

»Am besten fährst du in die Buchhandlung«, schlug er Anja vor. »Hier können wir ohnehin nichts mehr tun, um den Rest kümmert sich die Spurensicherung. Für mich klingt das Ganze rund, und den Rest erfahren wir hoffentlich, wenn die Herrschaften in der blauen Minna wieder nach Hagen gebracht werden.«

Er wurde vom Läuten seines Smartphones unterbrochen und lachte noch, als er es wieder verstaut hatte. »Tja, wenn man sich schon absetzen will, sollte man vorher die Verkehrsmeldungen prüfen. Die beiden stehen im Stau auf der A 40, da gibt es eine Teilsperrung, weil eine Brücke erneuert werden muss. Dumm gelaufen!«

Das fand Anja ebenfalls. Sie ärgerte sich jedoch ein klein wenig, dass sie bei der Vernehmung nicht dabei sein durfte. Schade, dass ihr die beiden nur Informationsbröckchen zugeworfen hatten.

Entsprechend unzufrieden fuhr sie ins »Mord & Ortschlag«, wo Britta sie bereits ungeduldig erwartete, um zu ihrem VHS-Kurs zu fahren. Anja hatte also keine Zeit, ihr die Story zu erzählen.

Missmutig ging sie in den Keller, um sämtliche Teepackungen zu entsorgen, bei ihr jedenfalls gab es ab sofort nur noch Kaffee. Als sie wieder nach oben kam, sah sie wie eine Frau im grünen Mantel und ein Mann mit einem schwarz-rot-goldenen Rollator auf die Buchhandlung zukamen. Sie hätte nicht gedacht, dass sie sich einmal über den Besuch der beiden freuen würde.

Anja hielt dem Paar die Tür auf und schilderte ihnen mit einem »Wissen Sie …«, wie Annegret Bäumler und Sascha Bellkamp aus ihrer Sicht getötet worden waren. Ihre bange halbe Stunde in dem Arbeitszimmer des Immobilienmaklers schmückte sie besonders aus und beendete den Bericht, dem die beiden alten Leute mit großen Augen und ohne Einmischung lauschten, mit einem resoluten: »Es war nämlich *kein* Tod im Tee«.

Weitere Krimis finden Sie auf den folgenden Seiten und im Internet:

WWW.GMEINER-SPANNUNG.DE

BIRGIT EBBERT
Schneewalzer

978-3-8392-1738-2 (Paperback)
978-3-8392-4739-6 (pdf)
978-3-8392-4738-9 (epub)

»Eine Buchhändlerin ermittelt.«

Die elfjährige Hanna verschwindet spurlos aus der Hagener Innenstadt. Sie hatte versucht, ihr Taschengeld als Straßenmusikerin aufzubessern. Zwei Freundinnen des Mädchens verteilen in der Stadt Suchplakate, eines davon in der Buchhandlung von Anja Henke. Als die Krimiliebhaberin und Hobbykriminalistin von der Vermissten Hanna erfährt, macht sie sich auf die Suche nach der Verschwundenen. Dabei stößt sie auf mafiaähnliche Strukturen, die die Hagener Vorweihnachtszeit trüben.

GMEINER SPANNUNG

BIRGIT EBBERT
Wer mordet schon im Ruhrgebiet?

978-3-8392-1776-4 (Paperback)
978-3-8392-4815-7 (pdf)
978-3-8392-4814-0 (epub)

»Dort, wo die Verbrecher wohnen«

Nach einem Klassentreffen liegt einer der ehemaligen Kameraden tot in der Burgruine Isenburg. Am Ümminger See wird eine Frauenleiche gefunden. Im Archäologischen Park Xanten verschwinden nacheinander Teilnehmer eines PR-Wettbewerbs. Anja Kleine, Krimi-Buchhändlerin, Sven Kempelmann, Hobbyermittler, und der gerade vom Bergmann zum Privatdetektiv umgeschulte Hannes Haarmann haben alle Hände voll zu tun. Denn das Verbrechen scheint sich im Ruhrgebiet wohlzufühlen.

BIRGIT EBBERT
Falsches Zeugnis

978-3-8392-1696-5 (Paperback)
978-3-8392-4669-6 (pdf)
978-3-8392-4668-9 (epub)

»Gibt es noch weitere Tagebücher von Anne Frank?«

Ein Unbekannter wendet sich per E-Mail an Karina Bessling. Er ist angeblich im Besitz von bisher unveröffentlichten Tagebüchern von Anne Frank und möchte diese nun gewinnbringend veräußern. Karina glaubt zuerst an einen Scherz, bietet jedoch aus Neugier ihre Hilfe an. Kurz darauf steht die Polizei vor ihrer Tür und erklärt ihr, dass der Unbekannte ertrunken ist. Als Karina dennoch eine weitere Mail erhält, beschließt sie, den Verfasser zu suchen und dem Fall auf den Grund zu gehen.

GMEINER SPANNUNG

WWW.GMEINER-VERLAG.DE
Wir machen's spannend

BIRGIT EBBERT
Brandbücher

978-3-8392-1448-0 (Paperback)
978-3-8392-4209-4 (pdf)
978-3-8392-4208-7 (epub)

»Ein dunkles Kapitel
deutscher Geschichte spannend erzählt.«

Die junge Karina findet im Haus ihrer verstorbenen Großtante geheimnisvolle Postkarten. Die Suche nach deren Ursprung führt sie 70 Jahre zurück, in das Jahr 1933, als ihre Großtante Haushälterin bei einem jüdischen Buchhändler war. Hautnah musste ihre Großtante miterleben, wie der Einfluss der Hitler-Getreuen wuchs und in Münster die Bücherverbrennung vorbereitet wurde.

Karina taucht tief in die damaligen Geschehnisse ein und gerät schließlich in Lebensgefahr. Denn sie stößt auf Machenschaften, die bis heute unentdeckt blieben.

ASTRID PLÖTNER
Todesgruß

978-3-8392-1949-2 (Paperback)
978-3-8392-5155-3 (pdf)
978-3-8392-5154-6 (epub)

BLUTLISTE Ein brutaler Mord erschüttert die westfälische Kleinstadt Unna während der alljährlichen Altstadtkirmes. Eine Zahnärztin wird erdrosselt im Stadtpark aufgefunden. Um ihren Hals hängt ein Lebkuchenherz mit der Aufschrift »Ein letzter Gruß, G.«. Kommissarin Maike Graf und ihr Kollege Max Teubner nehmen die Ermittlungen auf und stoßen schon bald auf eine heiße Spur, als ein weiterer Mord geschieht. Erneut trägt das Opfer ein Lebkuchenherz, und es scheint nur eine Frage der Zeit zu sein, bis der Mörder wieder zuschlägt …

GMEINER SPANNUNG

WWW.GMEINER-VERLAG.DE
Wir machen's spannend